Reiner Plaumann:

Bikespur

Ein Kriminalroman von der Schwäbischen Alb

SP

Die deutsche Bibliothek – CIP Einheitsaufnahme

Reiner Plaumann: Bikespur.
Ein Kriminalroman von der Schwäbischen Alb.

Mozartstraße 17
72458 Albstadt
Tel. 07431 500233
Fax: 07431 500234

ISBN: 978-3-9811017-9-9

Lektorat: Karin Seeger.

Lektorat und Produktion: Roger Orlik M. A.

Druck:
Buchproduktion Ebertin
D-88690 Uhldingen-Mühlhofen

Mit herzlichem Dank an:

Sparkasse
Zollernalb

Dieser Kriminalroman entstand mit freundlicher Unterstützung von:

INTERSPORT®

REBI

1

Es hörte nicht auf. Auch nachdem er die Schlummertaste seines Radioweckers fast eingedrückt hatte, klingelte es weiter. Er schielte auf die rote Leuchtanzeige: „8:55“ – und wieder das Klingeln. Warum klingelte der Wecker eigentlich wie ein Telefon? Sehr langsam begann Konrads Gehirn, seine Tätigkeit wieder aufzunehmen. Das Telefon klingelte!

„Wer..“.

Mühsam erhob er sich aus dem Bett und schlurfte ins Wohnzimmer.

„Landberg“. Seine Stimme klang sehr rau.

„Auch. Ich dachte schon, du hast verschlafen“.

„Vater!“

„Du kommst doch noch. Der Rasen muss gemäht werden. Heute Nachmittag erwarten wir neue Gäste. Ich habe jetzt keine Zeit – also bis gleich“.

„Wie bis gleich...?“

Diese Worte hatte sein Vater schon nicht mehr gehört; er hatte schon wieder aufgelegt. Konrad taumelte zurück ins Schlafzimmer und ließ sich auf sein Bett fallen. Er hatte furchtbare Kopfschmerzen.

Endlich, nach angestrengtem Nachdenken, war er wieder Herr der Lage. Heute war Samstag. Irgendwann in der zurückliegenden Woche hatte er seinem Vater versprochen, heute den Rasen zu mähen. Seine Eltern hatten vor vier Jahren damit angefangen, Ferienwohnungen zu vermieten. Nachdem das Geschäft anfangs sehr schleppend angelaufen war, wurden die zwei Wohnungen mit der Zeit immer besser angenommen. In diesem Jahr waren sie sogar von Mai bis September nahezu restlos ausgebucht. Meist samstags fand ein Mieterwechsel statt. Dann hatten seine Eltern alle Hände voll zu tun, die Wohnungen zu reinigen und für die neuen Mieter herzurichten, die nachmittags anreisten.

Wenn es Konrads Zeit zuließ, half er gerne mit, was allerdings in den letzten zwei Monaten kaum möglich gewesen war. Er hatte nämlich einen großen Auftrag an Land gezogen, der ihn voll und ganz in Anspruch nahm. Bis gestern – da hatte er das Projekt erfolgreich abgeschlossen und dieses Ereignis danach ausgiebig mit seinem Schwager Gerd gefeiert.

Konrad war studierter Informatiker und seit nunmehr sieben Jahren selbstständig. Er arbeitete eng mit zwei ortsansässigen Softwarehäusern zusammen und erledigte zudem bei Nachfragen verschiedene kleinere Projekte für seine Kunden. Er hatte sich auf das programmieren von Individualsoftware spezialisiert und fuhr sehr gut damit. Zumindest so gut, dass er mit seinem Leben zufrieden war. Reich allerdings wurde er mit seiner Arbeit nicht. Dazu waren die Pausen, die er sich zwischen zwei Aufträgen gönnte, zu groß. In dieser Zeit verdiente er kein Geld und musste mit dem auskommen, was er zuvor erwirtschaftet hatte. Einige Neider warfen ihm sogar vor, ein ‚Faulenzer' zu sein. Sie sahen ihn oft zu Zeiten im Straßencafé, beim Joggen oder Radfahren, in denen sie arbeiten mussten. Er frage sich dabei immer, wieso sie ihn dann sahen, wenn sie doch eigentlich zu arbeiten hatten. Dass Konrad aber oft die ganze Nacht durch schuftete, das sahen sie natürlich nicht. Diese Leute störten ihn jedoch nicht. Er war der Meinung, man müsse sich auch Zeit nehmen, das Geld auszugeben, das man verdient hatte. Außerdem setzte er andere Prioritäten. Autos zum Beispiel waren ihm absolut nicht wichtig. Sie mussten fahren. Und das tat sein vierzehn Jahre alter Citroën ZX noch sehr gut. Er hatte sogar ein elektrisches Schiebedach, das Konrad so oft wie möglich nutzte.

Gestern, wie schon erwähnt, war es wieder einmal so weit gewesen. Er hatte einen Auftrag abgeschlossen, der ihn in den vergangenen acht, aber vor allen in den letzten zwei Wochen, Tag und Nacht beschäftigt hatte, um den Termin halten zu können. Es ging dabei um eine Betriebsdaten-

erfassung für automatische Fräsmaschinen einer Albstädter Firma. Alle Lauf- und besonders Stillstandszeiten mussten elektronisch erfasst und in grafischer Form für den Betriebsleiter aufbereitet werden.
Gestern, nach Abnahme des Programms, hatte er sich umgehend mit dem Mann seiner Schwester in Verbindung gesetzt, um für den Abend ein Treffen zu verabreden. Gerd hatte sofort eingewilligt. Er war froh über diese Abwechslung. Seine neun und elfjährigen Söhne – übrigens Konrads Patenkinder – nahmen ihn doch sehr in Anspruch. Außerdem hatte er ein hervorragendes Verhältnis zu seinem Schwager.
Die Kneipenlandschaft in Albstadt war weitaus besser als ihr Ruf. Allein im Stadtteil Ebingen standen mehrere ausgezeichnete Betriebe zur Auswahl, so dass sich die beiden Männer entschlossen hatten, durch die Kneipen zu ziehen. Sie begannen die Tour in einer urigen Kneipe hinter dem Ebinger Rathaus. Von dort wollten sie weiter ziehen und noch mindestens fünf andere Lokale aufsuchen. Aus diesem Vorhaben wurde jedoch nichts. Ihr Gespräch verlief so lebhaft, wie das Weizenbier gut schmeckte. So kam es, dass sie bis nach Mitternacht sitzen blieben, um danach mit dem Taxi nach Hause zu fahren.
So waren die Kopfschmerzen, die Konrad verspürte, durchaus zu erklären. Nach dem Stress der letzten Wochen war es zu verstehen, dass sein Körper rebellierte.
Er zog die Vorhänge zurück und öffnete die Balkontüre. Helles Licht und eine, trotz der frühen Stunde, drückende Wärme schlug ihm entgegen. Er kniff die Augen zusammen und beschloss, erst einmal unter die Dusche zu gehen. Vorher jedoch setzte er einen besonders starken Kaffee auf.
Nach dem Duschen und der zweiten Tasse Kaffee ging es ihm bereits viel besser. Zudem hatte er völlig unerwartet eine zwei Tage alte Laugenstange gefunden, die er mit Butter bestrichen genoss. Bei seiner Mutter würde er sicher ein zweites Frühstück bekommen – nach dem Rasenmähen. Die positiven Gedanken wegen des erfolgreichen Projektab-

schlusses und die Aussicht auf einige freie Tage wirkten sich äußerst vorteilhaft auf seine Laune aus. Außerdem war das Wetter wunderschön und die Aussichten für die kommende Woche ebenfalls gut. Endlich würde er Zeit finden, Teile der Strecke des „Albstadt-Bikemarathons" mit seinem Mountainbike abzufahren. Dieses Jedermann-Radrennen, an dem Hobbyfahrer, aber auch Profis teilnahmen, fand nun schon zum zwölften Male statt. Es hatte sich zu einem echten Klassiker entwickelt und war weit über die Grenzen Albstadts hinaus bekannt. Die Strecke war sehr anspruchsvoll und führte durch alle Albstädter Stadtteile. Mit einer Länge von 86 km und insgesamt 1600 Höhenmetern wurde sie von den Schnellsten in einer Zeit von knapp drei Stunden bewältigt. Inzwischen war das Starterfeld auf 1700 Teilnehmer aufgestockt worden, was die Veranstalter jedoch als absolute Höchstmarke verstanden. Mehr Fahrer waren organisatorisch kaum möglich. Daher mussten sehr viele Absagen erteilt und die Sportler auf nächstes Jahr vertröstet werden. Konrad selbst hatte noch nie am Rennen teilgenommen, aber schon zwölf mal mit dem Gedanken gespielt. Irgendwann wollte er es anpacken. Er war die Strecke zwar schon mehrfach abgefahren, jedoch nicht an einem Stück, sondern im mehreren Tagesetappen.
Er liebte es, durch die herrliche Alblandschaft zu radeln. Oft nutzte er eine solche Ausfahrt auch zu einem „Duathlon", wie er es nannte. Dabei packe er in einen Rucksack Badehose und Handtuch ein, um seine Radtour dann im Tailfinger Naturbad oder im Freizeitzentrum Badkap zu unterbrechen. Dort schwamm er mehrere Längen im kühlen Nass und entspannte sich danach bei einer Tasse Kaffee und der aktuellen Tageszeitung, ehe er weiter radelte.
Auch jetzt würde er sein Mountainbike aus der Garage holen. Dieses Mal jedoch nur, weil sein Wagen noch auf dem Parkplatz vor der Kneipe stand. Die Rücksitze seines Autos waren ohnehin fast ständig nach unten geklappt, so dass er das Rad später bequem einladen konnte.

Die rasante Fahrradfahrt auf einer schmalen Nebenstraße von Truchtelfingen nach Ebingen vertrieb seine Kopfschmerzen völlig. Die Straße führte entlang eines kleinen Bachs namens Schmiecha, der sein Wasser über die Donau dem Schwarzen Meer zuführte. Nur wenige Kilometer entfernt von hier entsprang im Stadtteil Pfeffingen die Eyach. Diese wiederum floss in den Neckar, der bekanntlich in den Rhein, und der wiederum in die Nordsee. Die Tatsache, dass die Europäische Wasserscheide durch Albstadt verlief, hatte Konrad als Kind total fasziniert. Er konnte sich noch genau an die Situation erinnern, als sein Vater bei einem Spaziergang zu ihm und seiner Schwester sagte: „Wenn Konrad jetzt hier links Pipi macht und Marion hier rechts, dann fließt Konrads Wasser Richtung Türkei und Marions Richtung Holland“. Natürlich hatten die Kinder es sofort versucht. Ob Vater die Wahrheit sagte, konnte jedoch nicht geklärt werden.
Nicht ganz zehn Minuten dauerte die Fahrt, bis Konrad die Ebinger Innenstadt erreichte. Fast an jedem Haus hing eine schwarz-rot-goldene Flagge aus dem Fenster. Viele Autos waren mit einer oder mehreren Deutschlandfahnen geschmückt. Heute war der 8. Juli, der Tag an dem Deutschland gegen Portugal um den dritten Weltmeisterschaftsplatz spielte. Nach der unglücklichen Niederlage gegen Italien im Halbfinale war die Nation traurig. Aber nur kurz – nun fieberte sie wieder mit der deutschen Elf dem Spiel am Abend entgegen. Zu schön war die Fußballweltmeisterschaft bis jetzt gewesen.
Konrad war ein großer Fußballfan. Leider hatte es ihm seine Arbeit nicht erlaubt, die Spiele so zu verfolgen, wie er es sich gewünscht hätte. Die deutschen Spiele allerdings hatte er sich allesamt gegönnt. Auch hätte er die Siege der Elf gerne ausführlicher gefeiert. Allein, sein Projekt ließ ihm keine Zeit dazu.
Beim Viertelfinalsieg gegen Argentinien hatte er die Deutschlandfahne jedoch vom Balkongeländer geschnappt und auf dem Autodach befestigt. Danach hatte er sich hupend

und winkend in den Autokorso Richtung Ebingen eingereiht. Um den Kreisverkehr beim Ebinger Stadion war er dann sechs mal herumgefahren. Für jedes Elfmetertor einmal und für Kloses Ausgleichstreffer zwei mal. Danach war er voller Elan an seinen Computer zurückgekehrt, um bis zum nächsten Morgen zu programmieren.

Sein elterliches Haus befand sich in Ebingen, unterhalb des Ochsenbergs – einer bevorzugten und sonnigen Wohngegend in Hanglage. Das Haus war gegen Ende der Sechziger Jahre erbaut und vor vier Jahren von Grund auf renoviert worden. Es lag auf einem großzügigen Grundstück mit Schatten spendenden Bäumen und – zu Konrads Leidwesen – einer großen Rasenfläche.
Die Haustür stand offen und gleich dahinter ein Wäschekorb mit gebrauchter Bettwäsche. Aus dem unteren Stock, wo sich die beiden Ferienwohnungen befanden, ertönten laute Staubsaugergeräusche. Als er näher kam, sah er seine Eltern, mit je einem Staubsauger die Wohnungen reinigen. Als sie Konrad bemerkten, stellten sie fast gleichzeitig ihre Geräte ab. Sein Vater, Martin Landberg, war ein groß gewachsener, kräftiger Mann, dem man seine 67 Jahre nicht ansah. Dies lag vor allem an seinem vollen, dunklen Haar, welches nur mit wenigen grauen Strähnen durchzogen war.
Seine Mutter Hannelore dagegen war eher von zierlicher Statur und hatte ein ständiges Lächeln auf den Lippen. Sie war die gute Seele des Hauses und zugleich der heimliche Chef. Von ihr kam auch die Idee, Ferienwohnungen einzurichten und zu vermieten. Das war vor vier Jahren, als ihr Mann in den Ruhestand ging. Den ganzen Tag nichts zu tun und keine Aufgaben zu haben, wäre schlecht für ihren Mann, meinte sie damals.
„Hallo Konrad!“ Hannelore war sichtlich erfreut, ihren Sohn zu sehen.
„Du siehst müde aus“, waren die Begrüßungsworte des Vaters.

„Das sieht nicht nur so aus".
„Du brauchst mir gar nichts erzählen. Ich habe schon mit Marion telefoniert. Deshalb weiß ich, dass Gerd und du Gestern ‚unterwegs' wart. Aber du schneidest ganz gut ab. Gerd konnte nämlich noch nicht einmal aufstehen".
„Jetzt lass ihn", warf seine Mutter ein, „der Junge hatte viel Stress in letzter Zeit".
„Schon in Ordnung Mutter. Jetzt habe ich ja ein paar freie Tage. Außerdem habe ich versprochen, den Rasen zu mähen".
„Das ist lieb von dir. Nachher gibt es Linsen und Würstchen zum Mittagessen. Heute muss es schnell gehen".
„Wer ist denn für heute angemeldet?", wollte Konrad wissen.
„Hier hinein", seine Mutter deutete auf die erste Ferienwohnung, „kommt ein älteres Ehepaar aus Österreich".
„Österreich?"
„Ja, sie wollen hier anscheinend Verwandte besuchen, ihnen aber nicht zu sehr zur Last fallen. In die hintere Wohnung zieht eine Dame aus Norddeutschland. Sie möchte am nächsten Wochenende an dem Radrennen teilnehmen und vorher noch trainieren, wenn ich sie richtig verstanden habe".
„Am Bikemarathon?", fragte Konrad erstaunt.
„Ja", mischte sich sein Vater wieder ein, „da wo sie durch den Wald, den Berg rauf und wieder runter fahren, wobei es doch eine direkte Verbindung auf der Ebene gibt".
„Das macht doch den Reiz eines solchen Rennens aus". , verbesserte ihn sein Sohn. „Die kernigen Anstiege und die rasanten Abfahrten".
„Da sitze ich lieber bei einem Glas Rotwein im Schatten".
„Die Frau", berichtete Hannelore jetzt weiter, „hat sich erst vorgestern angemeldet".
„Ich dachte, ihr seid ausgebucht".
„Waren wir auch, aber am Mittwoch haben mir die Leute abgesagt, wegen eines Todesfalls. Was soll man da machen. Ich habe die Wohnung dann am Computer sofort wieder als frei gekennzeichnet, wie du es mir gezeigt hast".

„Mit Erfolg, wie du siehst". Konrad hatte die Homepage der Ferienwohnungen entworfen und die Möglichkeit zur Online-Buchung geschaffen. Seine Mutter hatte damals einen EDV-Grundkurs bei ihrem Sohn absolviert. So hatte sie jetzt die elementaren Dinge des Computers im Griff und konnte damit auch ihre Ferienwohnungen verwalten. Für schwierigere Aufgaben stand ihr natürlich Konrad zur Seite. Vater Martin dagegen wollte von dem Computer nichts wissen. Er sagte immer: „Das einzige technische Gerät, das ich bedienen kann, ist die Fernbedienung des Fernsehers".
Jetzt drängte Martin jedoch zur Eile: Wir müssen weiter schaffen, sonst werden wir nicht fertig".
„In Ordnung", entgegnete Konrad, „ich fange dann schon mal an zu mähen".
Noch bevor er sich umgedreht hatte, waren die Staubsauger wieder eingeschaltet worden.
Das Rasenmähen selbst fand Konrad gar nicht so anstrengend. Mühsam war nur das ständige leeren des Grasfangsacks.
Nach gut eineinhalb Stunden, pünktlich zur Mittagszeit, war das Werk vollbracht. Die Sonne brannte vom Himmel und das Thermometer hatte die 30-Grad Marke beinahe erreicht. Die Eltern waren inzwischen auch mit ihrer Arbeit fertig geworden und so saß die Familie nun in der Küche beim Essen. Obwohl Konrad nur noch selten bei seinen Eltern zum Mittagessen war, hatte er doch seinen festen Platz am Tisch, der leer blieb wenn er nicht da war. Genauso war es mit dem Platz seiner Schwester Marion.
Gerade hatten sie mit dem Essen begonnen, als die Türglocke ertönte.
„Heiligs Blechle – wer stört!?" Martin Landberg ließ den Löffel fallen. Wenn er eines nicht leiden konnte, so war dies, beim Essen gestört zu werden. Situationen, die ihn fröhlich stimmten, aber auch solche, die ihn nervten – wie diese jetzt – bewogen ihn immer, ins tiefste Schwäbisch zu wechseln.

Hannelore erhob sich mit der Vermutung: „Entweder ist es die Post oder die neuen Gäste kommen verfrüht an". Nach nur wenigen Augenblicken kehrte sie zurück. „Es sind die neuen Gäste aus Österreich. Kommt nach unten und begrüßt sie".
„Damit meine Linsen kalt werden? Das hat mir gerade noch gefehlt". Martin schien mit dem Vorschlag seiner Frau nicht bedingungslos einverstanden zu sein. Als ob sie mit dieser Reaktion gerechnet hatte, wandte sie sich an ihren Sohn: „Dann komm du wenigstens mit, Konrad".
Seine Erfahrung sagte Konrad, dass es in solchen Situationen besser war, seiner Mutter kommentarlos zu folgen.
Vor der offenen Haustüre standen ein Mann und eine Frau, beide etwa Mitte fünfzig. Sie machten einen äußerst gepflegten Eindruck, zu dem die dunkle BMW-Limousine, aus der sie ausgestiegen waren, durchaus passte.
„Das ist mein Sohn Konrad — die Familie Scharowski", übernahm Hannelore das Vorstellen. Konrad schüttelte dem Ehepaar die Hand und frage: „Hatten sie eine gute Anreise?"
„Ja doch. Wir sind schon heute Morgen um 2:00 Uhr losgefahren und hatten das Glück, in keinen Stau zu geraten. Um München herum wurde der Verkehr zwar stärker, aber wir sind dennoch gut durchgekommen". Der Mann machte einen sympathischen Eindruck. Seine Frau fügte hinzu: „Ich kann in der Nacht vor einer langen Fahrt sowieso nicht schlafen und mein Mann ist lange Autofahrten gewohnt. Er ist Repräsentant einer Baufirma und oft in ganz Österreich unterwegs".
Konrad nickte. „Wie ich ihrem Kennzeichen entnehme, kommen sie aus Wien".
„Ganz genau, wir wohnen im 16. Bezirk. Kennen sie die Stadt?"
„Ich war schon zweimal dort und finde Wien traumhaft".
Dieses Kompliment schien die beiden Gäste zu freuen. Gesprächig fuhr die Frau fort: „Wir besuchen meinen Bruder, der mit seiner Familie in Pfeffingen wohnt. Sie waren letztes

Jahr bei uns in Wien. Dies ist nun der Gegenbesuch. Vielleicht können sie uns später erklären, wie wir am besten von hier aus nach Pfeffingen kommen?"
„Aber gerne!" antwortete Konrad. Als er den unruhigen Blick seiner Mutter wahrnahm, sagte er weiter: „Zuerst jedoch wollen sie bestimmt ihre Unterkunft sehen. Danach helfe ich ihnen gerne, ihr Gepäck auszuladen".
„Vielen Dank, aber das wird nicht nötig sein. Wir haben nur zwei Koffer, die ich gut alleine tragen kann", lehnte der Mann schnell ab. Hannelore, sichtlich darüber erfreut, dass sie nun wieder das Ruder übernehmen konnte, sagte: „Folgen sie mir bitte, ich zeige ihnen ihre Wohnung und erkläre ihnen alles. Mein Mann..". , sie räusperte sich, „hat noch zu tun. Sie werden ihn später kennen lernen".
Die Wiener Gäste folgten seiner Mutter, während Konrad in die Küche zurückkehrte. Nachdem auch er das Essen beendet hatte, griff er zur lokalen Tageszeitung und setzte sich damit auf den Balkon in den Schatten. Während des Lesens überkam ihn plötzlich eine starke Müdigkeit. Er legte die Zeitung beiseite und streckte sich auf dem Liegestuhl, am hinteren Ende des Balkons, aus. Mit geschlossenen Augen musste er an die Zeit zurückdenken, in der er sich endlich entschlossen hatte, von zu Hause auszuziehen.

Es war im Frühling des Jahres 2000, also vor über sechs Jahren. Von den Nachbarn belächelt, von seiner Schwester verspottet – allerdings auf nette Art – wohnte er noch mit 35 Jahren bei seinen Eltern. Da ihm schon immer egal war, was die anderen dachten und sagten, war es ihm auch in dieser Beziehung einerlei.
Anfang 1999, kurz nachdem er sich selbstständig gemacht hatte, gab es in EDV-Kreisen nur noch ein Thema: den Jahrtausendwechsel! Die Aufgabe, alle Programme, PCs und sonstige Anlagen so umzuschreiben und zu präparieren, dass sie auch im neuen Jahrtausend noch ihre Arbeit taten. Dazu wurde landauf und landab händeringend nach EDV-Spezia-

listen gesucht. Natürlich war dies ein großes Glück für jemand wie Konrad, der sich gerade eben selbständig gemacht hatte. So nahm er gleich mehrere Projekte gleichzeitig an und musste dabei noch einigen Interessenten absagen. Er arbeitete in der Endphase 16 Stunden am Tag, auch samstags. Als schließlich das neue Jahrtausend anbrach, die Welt nicht untergegangen war und selbst die Computer noch funktionierten; nachdem dann auch die fälligen Nacharbeiten getan waren, konnte sich Konrad endlich ausruhen – und sein Geld zählen.

In der Tat hatte er in diesem einen Jahr so viel verdient, dass der Gedanke aufkam, von zu Hause auszuziehen und ein Haus oder eine Wohnung zu kaufen. Zuerst verwarf er die Idee wieder. Denn wo konnte es ihm schon besser gehen als bei seiner Mutter? Doch dann ging alles sehr schnell. Ein Schulfreund seines Vaters, ein eben in den Ruhestand gegangener Arzt, wollte seinen Lebensabend genießen und zwar hauptsächlich auf der Insel Madeira. Da er sein großes Haus jedoch nicht alleine lassen wollte, fasste er den Gedanken, den oberen Stock zu vermieten. An das Mieten einer Wohnung hatte Konrad zwar nicht gedacht, aber bei einem solchen Angebot...

Das Haus lag im Stadtteil Truchtelfingen, in unmittelbarer Nähe einer Rehabilitations-Klinik. So kam es, dass Konrad im Mai des Jahres 2000 auszog – in ein Haus jedoch, welches keine vier Kilometer von seinem Elternhaus entfernt lag. Tatsächlich hielt sich das Ärzteehepaar die meiste Zeit auf der Atlantikinsel auf, so dass Konrad oft alleine im Haus war. Aber auch, wenn die beiden für kurze Zeit in Albstadt weilten, kamen sie ihm nicht in die Quere. Er hatte einen separaten Eingang und zudem ein sehr gutes Verhältnis zum Freund seines Vaters, den er ohnehin schon sein ganzes Leben lang kannte. Oft verbrachte er lange Abende mit dem Hausherrn vor dem offenen Kamin. In den Gesprächen versuchte Konrad, möglichst viel Lebenserfahrung von dem älteren Herrn vermittelt zu bekommen. Dieser wiederum war allen technischen Neuerungen aufgeschlossen und ließ sich von seinem Mieter in die Geheimnisse der Computerwelt einweihen. Darüber hinaus richtete Konrad ihm einen Internetanschluss ein, von dem aus er jetzt immer die nächsten Flüge nach Madeira buchte.

Über diese Gedanken schlief Konrad schließlich ein. Erst eine Stunde später wurde er durch laute Stimmen vor dem Haus geweckt. Er war jetzt wieder ganz wach und fühlte sich ausgeruht. Da kam sein Vater auf den Balkon.

„Unser zweiter Gast ist eingetroffen, die Dame aus Norddeutschland. Sie will tatsächlich beim Radrennen mitfahren, zuvor jedoch die Strecke kennen lernen. Ich habe gesagt, dass du sie ihr gerne zeigst".

„Was ich? Das geht jetzt zu weit, " brauste Konrad auf, „ich habe keine Lust, als Animateur für eure Feriengäste zu arbeiten!"

„Jetzt schau dir die Dame erste einmal an, bevor du an die Decke gehst wie ein HB-Männchen".

Widerwillig folgte Konrad seinem Vater in den unteren Stock. Dort war seine Mutter in ein Gespräch mit einer Frau vertieft. Als Konrad und sein Vater näher traten, wandten sie sich um.

„Das ist mein Sohn Konrad — Frau Hansen". Mutter stellte ihren Sohn in bewährter Form vor.

Frau Hansen war Anfang 30, groß, sportlich, hatte halblanges, blondes Haar und sah geradezu umwerfend aus. Konrad gab ihr etwas schüchtern die Hand, während er in ihre großen, blauen Augen blickte: „Landberg", sagte er umständlich, „ich werde ihnen gerne die Bikestrecke zeigen". Dabei meinte er ein leises Grunzen seines Vaters zu hören.

Dass die Frau ihn später noch mehr beschäftigen würde, als es ihm lieb war, ahnte er jetzt noch nicht.

2

Die Spannung im Raum war förmlich greifbar.
Trotz der vielen Biere, die die Männer – direkt aus der Flasche – bereits geleert hatten, waren die Gespräche eher zurückhaltend und monoton. Kein lautes Wort war zu hören. Ganz im Gegensatz zu sonstigen Treffen der Gruppe. Jeder schien sich im Hinterkopf dieselbe Frage zu stellen: „Welche Nachricht bringt der General?“
Gestern hatte dieser die Männer informiert, sich heute hier einzufinden. Er hatte ungeheuerliche Neuigkeiten angekündigt. Der Zigarettenqualm verschlechterte die Luft noch mehr, als sie ohnehin schon war. Es gab kein Fenster, das geöffnet werden konnte. Nur zwei mit Spinnweben überzogene Lichtschächte waren in diesem Keller des alten Gasthauses vorhanden. Dennoch, so meinte der General, wäre dies genau der richtige Club- und Versammlungsraum.
Von Zeit zu Zeit steckte der Wirt seinen länglichen Schädel durch die Tür. Meist trat er danach vollständig ein, eine Kiste mit Bier in der rechten Hand. Ohne ein Wort zu verlieren, stellte er den vollen Kasten auf den Boden, um beim Hinausgehen einen leeren mitzunehmen. Er sah und hörte nichts, solange er die Pacht für den Raum pünktlich am Ersten des Monats bekam. Die Bierzeche kassierte er immer am selben Abend.
Das Mobiliar des Kellers bestand aus mehreren, zu einer großen, länglichen Tafel zusammengestellten Tischen, sowie zirka zwanzig Stühlen, die um die Tafel herum aufgestellt waren. Die Wände des Raums waren sicherlich einmal weiß gewesen – vor dreißig Jahren –, jetzt jedoch waren sie gelb und fleckig. Einzig die Tür, durch die gerade der Wirt verschwand, schien neu zu sein. In der Tat war sie erst vor zwei Wochen eingebaut worden, nachdem ein Mitglied der Gruppe im Vollrausch durch die alte gefallen war. Noch bevor der Wirt damals Einspruch erheben konnte, hatte ihm

der General klar gemacht, dass er für den Schaden aufkommen würde.
Im Raum befanden sich vierzehn Personen, allesamt Männer. Nur drei von ihnen hatten Haare auf dem Kopf. Die Tischordnung wirkte auf den ersten Blick wild durcheinander gewürfelt, was jedoch täuschte. Jeder hatte seinen festen Platz, der wiederum durch den Rang innerhalb der Gruppe bestimmt war. Die obere Stirnseite gehörte dem General und war momentan nicht besetzt. Links und rechts, an der Seite der Tafel entlang, hatten die Männer in einer definierten Reihenfolge Platz genommen. Oben, also dem General am nächsten, saßen die Unteranführer; ganz unten am Ende des Tisches, hatten die Neuen ihren Platz. Das waren diejenigen, die noch nicht lange der Gruppe angehörten. Sie waren – wie fast alle anderen Mitglieder auch – nicht ihrer Gesinnung wegen hier, sondern weil sie in jeglichen anderen Gruppen keine Aufnahme finden konnten. Die Gesinnung stellte sich rasch ein, so dass dieser zusammen gewürfelte Haufen von sich selbst dachte, eine zusammen geschweißte Einheit zu sein. Wen man dabei verherrlichte und wen man hasste, spielte eine untergeordnete Rolle. Hätte jemand gesagt, man solle statt des Dritten Reichs Weißwürste verherrlichen und statt der Ausländer Pinguine hassen, so wäre wohl auch dies für die Anwesenden in Ordnung gewesen – nach dem vierten Bier sowieso. Da rief man alles nach, was irgendjemand vorsagte. Doch heute war es anders. Heute würde der General Neuigkeiten bringen, die die ganze Gruppe verändern würden. Manche meinten sogar, ganz Deutschland.

Endlich wurde die Tür wieder aufgestoßen. Dieses Mal war es nicht der Wirt, sondern ein äußerst unscheinbarer Mann stand an den Türrahmen gedrängt, um den Eingang weit aufzuhalten. Es war ein schmächtiger Typ mit kurzen, blondbraunen Haaren und einer runden Brille. Seine rot gefärbten Wangen gaben ihm das Aussehen eines Sechzehnjährigen. In Wirklichkeit war der Mann achtundzwanzig

Jahre alt, unverheiratet und dem General bedingungslos ergeben. Dieser war es nämlich, dem er die Türe so salbungsvoll aufhielt.
Der General schien seinen Auftritt zu genießen. Mit einem Mal war Todesstille in dem Keller eingetreten. Die Männer standen stramm, das Gesicht zu Tür gewandt, wo ihr Anführer jetzt eintrat. Ein dunkelgrauer Anzug, sowie ein weißes Hemd mit einer rot-grau gestreiften Krawatte gaben ihm das Aussehen eines erfolgreichen Geschäftsmannes. Volles, schwarzes Haar und ein dichter, schwarzer Vollbart erweckten sofort den Eindruck, dass dieser Mann keinen Widerspruch duldete.
Nachdem er sich zu seinem Platz begeben und seinen Aktenkoffer auf dem Tisch abgelegt hatte, blickte er gespannt in die Runde. Immer noch schwiegen die Männer in strammer Haltung, die Augen nicht vom General lassend. Der schien zufrieden zu sein, mit dem was er sah. Seine hellen Augen funkelten, als er laut „Heil" in die Runde rief. Prompt wurde ihm von den Anwesenden mit einem laut geschmetterten „Heil" geantwortet. Es kam wie aus einem Munde. Die Männer streckten dabei ihren rechten Arm mit ausgestreckter Hand senkrecht nach vorne.
„Setzen!", rief der General, nachdem er selbst Platz genommen hatte. Er öffnete seinen Aktenkoffer, um nachdenklich einige lose Blätter herauszunehmen. Die Aufmerksamkeit seiner Männer war erwartungsvoll auf ihn gerichtet. Der schmächtige ‚Türaufhalter' hatte sich nun ebenfalls gesetzt. Allerdings nicht an den Tisch, sondern in gebührendem Abstand hinter dem General. Dieser begann nun, während er keinen Blick von den Blättern ließ, mit kräftiger Stimme zu sprechen:
„In den letzten Tagen hat es wunderbare Entwicklungen gegeben. Wir haben Entdeckungen gemacht, die gar nicht hoch genug zu bewerten sind. Männer..". , erst jetzt hob er seinen Blick, um eindringlich in die Runde zu sehen. „Wir haben Hinweise, von geheimen Dokumenten unseres

Führers, gefunden. Allem Anschein nach kommen die Dokumente vom Führer persönlich. Die Schriften werden uns helfen, Deutschland wieder zu dem zu machen, was es früher einmal gewesen ist".

Ein unbeschreiblicher Jubel ertönte. Die Anwesenden stampften mit den Füßen auf den Boden, während sie dazu mit ihren Fäusten auf den Tisch schlugen. Allein, der General brauchte nur die Hand zu heben – und schon herrschte wieder absolute Stille. Leiser als bisher fuhr er fort: „Das ist der Grund, warum ich dieses Treffen so kurzfristig einberufen habe. Es gilt, die weitere Vorgehensweise abzustimmen. Aber kurz zur Erklärung: Wir haben einen Plan abgefangen, der der Zeitung übergeben werden sollte. Noch bevor ihn jemand anderes zu Gesicht bekam, ist er in unsere Hände gefallen. Der Plan weist den Weg zu geheimen Dokumenten aus dem Dritten Reich. Unsere Nachforschungen haben ergeben, dass die Dokumente irgendwo in Süddeutschland – auf der Schwäbischen Alb – versteckt sind. Sie stehen im Zusammenhang mit dem Bau der Atombombe, den unser Führer damals befohlen hatte".

Die Spannung im Raum war jetzt noch einmal deutlich gestiegen, als der General nun seine Rede unterbrach, um der Reihe nach jedem Einzelnen am Tisch in die Augen zu sehen. „Männer", fuhr er danach wieder lauter fort. „Wir werden erfahren, was die wirklichen Pläne unseres Führers in Bezug auf die Atombombe waren".

Jubel wollte wieder losbrechen, doch der General gebot Einhalt.

„Mit diesem Wissen werden wir Deutschland verändern. Aber lasst mich weiter berichten: Die Person, die die Unterlagen zur Zeitung bringen wollte, weilt nicht mehr unter den Lebenden. Wir können davon ausgehen, dass er der Einzige war, der über die Sache Bescheid gewusst hatte. Alle Versuche, ihn auf unsere Seite zu ziehen, sind fehlgeschlagen. Ihr kennt alle mein Motto: ‚Wer nicht für mich ist, ist gegen mich. Dazwischen gibt es Nichts.'"

Die letzten Sätze wurden in einem solchen Ton gesprochen, dass jeder der Anwesenden sie so auffasste, wie sie gemeint waren: ‚Wenn ihr nicht auf meiner Seite seid, werdet ihr es mit dem Leben bezahlen'.
Nach einer kurzen Pause fuhr er fort: „Leider ist das Versteck der Dokumente nicht offenkundig. Es wurde in verschlüsselter Form niedergeschrieben. Deshalb wird sich eine Gruppe von uns, unter meiner Leitung, auf den Weg machen, die Dokumente zu finden, um so das Werk unseres Führers zu beenden. Die Betreffenden werden nachher eingewiesen. Schon übermorgen geht es los. Und jetzt: Bier für alle!"
Der Jubel kannte keine Grenzen.

3

Konrad hatte es Frau Hansen freigestellt, wann er ihr die Bikestrecke zeigen sollte. Sie hatte jedoch darauf gedrängt, noch an diesem Tag damit anzufangen. Allzu viel Zeit bleibe ja nicht bis zum Rennen, hatte sie gemeint. Daraufhin hatte er vorgeschlagen, sie gegen 17:30 Uhr mit dem Rad abzuholen. Unter keinen Umständen, wollte er jedoch das Fußballspiel am Abend verpassen. Er war bei seinem Schwager Gerd eingeladen, das Spiel anzuschauen. Seine beiden Patenkinder würden ihn bestimmt schon im Deutschland-Dress empfangen. Die beiden waren ausgesprochene Fußballfans und spielten in der Jugendmannschaft ihres Heimatvereins FC Pfeffingen. Im Albstädter Stadtteil Pfeffingen wohnte Familie Müller nämlich. Das Talent hatten die beiden offenbar von ihrem Vater und von Konrad geerbt. Beide spielten früher selbst aktiv Fußball; zwei Jahre davon sogar in derselben Mannschaft, beim FV 07 Ebingen. Diesen Verein gab es jedoch nicht mehr, seitdem die beiden führenden Vereine von Albstadt, der FC Tailfingen und eben der FV 07 Ebingen, zum FC 07 Albstadt fusioniert hatten.
Leider hatte dieser Zusammenschluss nicht den erhofften sportlichen Höhenflug gebracht. Im Gegenteil, Albstadt spielte inzwischen nurmehr in der Landesliga und war schon lange von der TSG Balingen als Spitzenverein des Zollern-Alb-Kreises abgelöst worden.
Konrads Schwager Gerd war dabei der weitaus talentiertere Spieler gewesen. Nach den zwei Jahren in Ebingen erhielt er sogar ein Angebot von einem Drittligaverein. Er nahm an und spielte dort fünf Jahre lang erfolgreich Fußball. Gerd meinte immer, wenn man schon Gerd Müller hieße, müsse man ja auch gut Fußball spielen können.
Dass sich seine Schwester und Gerd durch ihn kennen gelernt hatten, stritt Konrad vehement ab. In der Tat hatten sich beide in der Schule, dem Wirtschaftsgymnasium in Ebingen, zum

ersten Mal getroffen. Gerd war in der Dreizehnten, der Abschlussklasse, während Marion in der elften Klasse neu auf die Schule gekommen war. Dass die beiden mit Konrad einen gemeinsamen Bekannten hatten, wirkte sich natürlich günstig auf die ersten Begegnungen der beiden aus.
So kam es auch, dass plötzlich nicht nur Konrads Vater, sondern auch seine Schwester Zuschauer bei den Heimspielen des FV 07 waren. Letztere jedoch nicht ausschließlich wegen ihres Bruders.
Seither hatte Marion ihre Wochenenden auf Sportplätzen verbracht. Als Gerd aufgehört hatte, aktiv zu spielen, trat eine kurze Pause ein. Jetzt jedoch, seit ihre Kinder begonnen hatten, Fußball zu spielen, sah man Frau Müller wieder auf den Fußballplätzen des Bezirks.
Konrad hatte sein Rad bei seinem Vater untergestellt und war anschließend nach Hause gefahren. Obwohl er erst vor sechs Stunden geduscht hatte, war es nun wieder nötig – allein der Abkühlung wegen. Seine Wetterstation zeigte eine Außentemperatur von 31 Grad an. Nach dem Duschen ertappte er sich dabei, wie er vor dem Kleiderschrank stehend überlegte, was er anziehen sollte. Er schüttelte über sich selbst den Kopf und griff nach seinem bewährten Raddress: einer gefütterten kurzen Hose und einem normalen T-Shirt. Da er noch Zeit hatte, studierte er den Videotext im Fernseher. Deutschland würde mit Kahn im Tor antreten, eine nette Geste von Trainer Klinsmann, wie Konrad meinte. Schließlich kochte er sich Kaffee und setzte sich damit auf seinen Balkon, um zu dösen und dabei nachzudenken: Frau Hansen war eine überaus attraktive Person. Konrad hatte es sich nicht verkneifen können, in ihrem Anmeldeformular herumzustöbern. Sie war 1971 geboren, also 35 Jahre alt. Als Heimatadresse hatte sie Eckernförde bei Kiel angegeben, als Familienstand ledig.
Die Frage, die sich Konrad aufdrängte, war: War es möglich, dass eine junge Frau – alleine – fast 1000 Kilometer zurücklegt, um an einem Mountainbikerennen teilzunehmen?

Er hatte sich vor einiger Zeit intensiv mit dem Gebiet der Körpersprache beschäftigt, drei Bücher gelesen und sogar an einem Seminar in Reutlingen teilgenommen. Wenn nicht alles Unsinn war, was er dabei gelernt hatte, so konnte er sich seine Frage mit einem eindeutigen ‚Nein' beantworten. Nein hieß in diesem Fall, dass es noch andere Gründe geben musste, warum diese Frau den weiten Weg auf sich genommen hatte. Was es war, konnte er jedoch nicht sagen – noch nicht. Er hoffte, am Abend schlauer zu sein.

4

Zwei Minuten vor der verabredeten Zeit traf Konrad beim Haus seiner Eltern ein. Zu seiner Überraschung stand Frau Hansen schon wartend auf der Straße vor dem Haus. Ihr Fahrrad lehnte am Zaun, eines jener Räder, die unter 1500 Euro nicht zu bekommen waren. Konrad war beeindruckt. Mehr noch, als er die junge Frau genauer betrachtete. Ihre blonden Haare wurden durch einen blauen Radhelm fast gänzlich verdeckt. Sie trug einen schwarz-blauen, engen, einteiligen Radoverall, mit kurzen Ärmeln und Beinen; und dazu passende Radschuhe sowie fingerlose Handschuhe.
„Super, dass sie schon bereit sind“, strahlte Konrad.
„Es freut mich, dass sie sich die Zeit nehmen, mir die Strecke zu zeigen“. Die junge Frau sagte dies, als ob sie unter Zeitdruck stünde. Konrad registrierte es sofort und entgegnete: „Na, dann wollen wir auch gleich aufbrechen. Ich habe mir gedacht, wir fahren gleich hier hoch, auf den Ochsenberg. Dort beginnt nämlich der letzte Rennabschnitt. Von da oben sind es – je nachdem wo wir bei der Strecke einsteigen – noch zirka zehn Kilometer bis zum Ziel“.
„Schön“.
„Gut. Ich hole nur noch schnell mein Rad“. Konrad stülpte sich seinen gelben Radhelm über den Kopf; Handschuhe hatte er nicht an. Die einzigen, die er zu Hause hatte, waren seine dicken Winterfäustlinge, und die wären hier sicher nicht passend gewesen. An den Füßen trug er seine schon recht mitgenommenen Joggingschuhe. Er nickte Frau Hansen zu, als Zeichen, dass es losgehen konnte und sah anschließend nochmals zum Haus hinüber. Auf dem Balkon stand winkend sein Vater. In seinem Gesicht lag wieder dieses typische, flüchtige Grinsen. ‚Der alte Gauner’, dachte Konrad, ‚wie Königin Elisabeth bei einer Parade.’

Inzwischen hatte seine Begleiterin schon 30 Meter Vorsprung. Er beeilte sich, sie einzuholen. Zuerst ging es noch durch die Straßen des Wohngebiets. Bald jedoch ließen sie die Häuser hinter sich, um durch einen Wald hindurch, immer noch auf geteerter Straße, den Anstieg hinter sich zu bringen. Kurz danach hatten sie die Hochebene erreicht. Konrad musste feststellen, dass Frau Hansen eine gute Kondition besaß. Ohne außer Atem zu kommen, bewältigte sie den Anstieg so schnell, dass Konrad Mühe hatte, ihr zu folgen. An der Weggabelung beim Parkplatz hielt sie an.
„Und jetzt?“ wollte Frau Hansen wissen.
„Rechts“, gab Konrad zur Antwort, „Links würden wir zwar zu einem herrlichen Ausflugslokal kommen, aber wir sind ja nicht zum Vergnügen hier“. Er lächelte seine Begleiterin wieder an, bekam jedoch abermals kein Lächeln zurück. Stattdessen erkundigte sie sich: „Sie kennen sich gut hier aus, ich meine in Albstadt und der Umgebung?“
„Nun, ich bin hier geboren und aufgewachsen. Ich lebe in der Stadt und war eigentlich nur während meines Studiums und der Bundeswehrzeit, weg von hier. Sieht man mal vom Urlaub ab. Da kennt man sich schon ein wenig aus“.
„Sehr gut“, Frau Hansen schien die Antwort zu gefallen, worüber sich Konrad wunderte.
Er nahm die rechte Abzweigung, einen geschotterten Forstweg. Bald stoppte Konrad erneut. Der Grund war ein schon von weitem sichtbarer, orangefarben leuchtender Wegweiser.
„Jetzt sind wir auf der Strecke!“ stellte Konrad fest. „Dies sind die offiziellen Rennwegweiser. Sie wurden erst etwa eine Woche vor dem Rennen aufgestellt. Also wahrscheinlich gestern oder gar erst heute Vormittag“.
Frau Hansen nickte nur, was Konrad bewog, fortzufahren: „Eigentlich ist mein Job hiermit getan. Ich habe sie zur Strecke geführt. Jetzt müssen sie nur noch den Schildern folgen. Wenn sie gut sind, werden sie in drei Stunden wieder hier sein“.

„Und wenn ich schlecht bin?“
„In zwei Tagen – oder niemals mehr“.
Auf dem Gesicht von Frau Hansen war jetzt die Andeutung eines Lächelns zu bemerken. Das erste Mal, seit sie mit Konrad unterwegs war. Fragend wandte sie sich an ihn: „Das heißt, sie wollen mich hier verlassen?“
„Das liegt an ihnen. Gerne fahre ich auch noch ein Stück mit“.
“Wenn es ihnen nichts ausmacht, würde ich sie darum bitten. Ganz sicher bin ich mir nämlich nicht, das ich nicht doch von der Strecke abkomme“.
„In Ordnung. Mein Vorschlag wäre: Wir folgen der Strecke bis zum Ziel in der Ebinger Innenstadt“.
„Einverstanden. Dass ist nett von ihnen!“

Die Fahrt ging kreuz und quer durch die Wälder des Ochsenbergs. Die Strecke war relativ eben, nur mäßige Anstiege und Abfahrten waren zu bewältigen. Ein Fremder konnte sich hier draußen durchaus verirren. Damit dies jedoch nicht geschah, gab es die orangefarbenen Wegweiser, die sehr professionell an jeder Stelle aufgestellt waren, an der es mehrere Möglichkeiten zur Weiterfahrt gab. Nach wie vor ging es über Forstwege, die breit genug waren, dass zwei Radfahrer bequem nebeneinander Platz hatten. Schließlich verlangsamte Konrad die Geschwindigkeit und erklärte: „Jetzt kommt eine ziemlich heftige Abfahrt nach Truchtelfingen hinunter. Danach ist es nicht mehr weit bis zum Ziel“.
Das Gefälle war wirklich beachtlich. Auch war hier der Zustand der Strecke nicht so gut wie oben auf dem Berg. Immer wieder lagen jetzt größere Steine im Weg. Um die Abfahrt schnell meistern zu können, war ein gewisses fahrerisches Können nötig. Oberhalb der Schule an der Sommerhalde mündete die Abfahrt in einen Forstweg, der – am Waldrand entlang – von Truchtelfingen nach Ebingen führte. Kaum waren die ersten Häuser von Ebingen erreicht,

fuhr man wieder auf geteerter Straße durch ein Wohngebiet. Es ging jetzt nur noch bergab. Allerdings war die Straße für den übrigen Verkehr nicht gesperrt, wie später beim Rennen. Man musste deshalb auf Autos und Fußgänger achten, die jedoch um diese Zeit nicht mehr sehr häufig unterwegs waren. Schließlich hielt Konrad an. Sie waren in der Innenstadt angekommen. Genau vor lustigen, etwa zwei Meter hohen Plastikfiguren hatten sie gestoppt.
„Das war super!" Frau Hansen war von der rasanten Abfahrt immer noch sichtlich bewegt. Konrad, der dies als indirektes Kompliment bewertete, deutete die Fußgängerzone entlang, Richtung Rathaus. „Da hinten ist nächsten Samstag das Ziel. Man muss sich das hier so vorstellen, dass die Strecke hier durch halbhohe Zäune abgesperrt ist. Links und rechts stehen dann unzählige Menschen, die jeden Teilnehmer frenetisch feiern. Insgesamt sind bestimmt wieder über 15.000 Zuschauer zu erwarten".
„15.000!"
„Ja, kaum zu glauben, was? Hier ist nächste Woche nicht irgendein Radrennen, sondern hier findet ein kleines Volksfest statt. Da gibt es verschiedene Stände und ein großes Festzelt, mit Live-Musik".
„Ich bin beeindruckt", sagte Frau Hansen, während sie ihren Helm absetzte. An ihren Haaren war zu sehen, dass auch sie geschwitzt hatte.
„Wie wäre es mit einer kleinen Erfrischung?" Konrad waren diese Worte spontan aus dem Mund gekommen; er wunderte sich selbst ein wenig darüber. Eigentlich war es nicht seine Art, fremde Frauen einfach so einzuladen. Er rechnete deshalb auch nicht mit einer Zusage, hatte sich jedoch getäuscht: „Gerne, wenn sie denken, ich werde in diesem Aufzug irgendwo hineingelassen".
„Kein Thema. Wir setzen uns gleich da drüben in das Straßencafe. An der Seite ist noch ein Tisch frei. Da können wir unsere Räder auch direkt neben uns abstellen. Bei ihrem Rad muss man nämlich aufpassen, dass nachher nicht zwei

Räder da stehen – welches nehmen wir dann?“
Frau Hansen sah Konrad verdutzt an: „Zwei Räder?“
„Das ist so eine Redewendung, wenn man befürchten muss, dass etwas gestohlen wird. Natürlich wären dann nicht zwei Räder da, sondern gar keines mehr“.
Jetzt hatte Frau Hansen verstanden, lustig fand sie es jedoch immer noch nicht. Dennoch stellte sie ihr Rad in unmittelbarer Nähe ihres Sitzplatzes ab und ließ es nicht aus den Augen.
Die beiden hatten Glück gehabt, noch einen freien Tisch zu ergattern. Ansonsten waren alle Plätze belegt. Der immer noch sehr warme Tag ließ die Menschen nicht zu Hause sitzen. Nach getaner Samstagsarbeit zog es die Leute ins Freie. Ab und zu waren Fans im Trikot der deutschen Fußballnationalmannschaft zu sehen, die durch die Fußgängerzone gehend laut „Ballack“ oder „Klose“ riefen, um sich auf das Spiel am Abend einzuschwören.
„Hier ist ja ganz schön was los“, bemerkte Frau Hansen, nachdem sie von der Toilette zurückgekommen war. Ihre Haare waren jetzt nicht mehr verschwitzt und Konrad fragte sich, wie sie das so schnell hinbekommen hatte.

„Gefällt es ihnen?“
„Ich muss zugeben, dass ich von der Stadt überrascht bin. Eigentlich hätte ich ein verschlafenes, kahles Örtchen auf dem Lande erwartet. Albstadt jedoch ist eine überaus wache Stadt in einer fantastischen Landschaft“.
„Es freut mich, dass es ihnen gefällt. Sie haben aber längst noch nicht alles gesehen“.
„Nun, ich bin ja auch erst vier Stunden hier“.
„Natürlich. Wie kommen sie eigentlich auf Albstadt?“
Konrad bemerkte, wie Frau Hansen den Bruchteil einer Sekunde zögerte, ehe sie antwortete: „Über das Internet. Sie müssen wissen, dass ich eine leidenschaftliche Radfahrerin bin. An mehreren kleineren Rennen habe ich schon teilgenommen, aber jetzt wollte ich einmal bei einem richtigen

Marathon starten. Da ich diese Woche Urlaub habe, fiel mir die Entscheidung leicht“.
Jetzt war es Konrad, der zögerte: „Und sie haben noch einen Startplatz bekommen, so kurzfristig? Ich dachte, alle Plätze wären schon seit einem halben Jahr vergeben“.
„Ich muss gestehen, dass mir da mein Beruf etwas zu Hilfe gekommen ist“.
„Was sind sie denn von Beruf?“
„Journalistin. Ich arbeite für eine Zeitung in Kiel. Bei meinem Telefonat mit dem Veranstalter habe ich das natürlich betont und zudem in Aussicht gestellt, einen Artikel über das Rennen zu schreiben. Von da an gab es kein Problem mehr mit der Anmeldung. Die Aussicht, dass in einer Kieler Zeitung über ein Rennen in Albstadt berichtet wird, hat den Mann wohl überzeugt“.
„Aber Frau Hansen, dass ist nicht die feine Englische. Sie haben den Mann hinters Licht geführt“.
„Keineswegs. Erstens habe ich es nur in Aussicht gestellt, und zweites ist der Gedanke gar nicht so abwegig, wirklich einen Artikel zu schreiben. Ob mein Redakteur ihn dann veröffentlicht, steht auf einem anderen Blatt“.
Konrad schüttelte den Kopf und lachte Frau Hansen dabei an. Zu seiner Überraschung lächelte sie zurück.
„Ja“, sagte sie nach kurzem Nachdenken, „ich werde einen Artikel über die Stadt schreiben. Eine gute Idee“.
„Wie sind sie eigentlich an die Ferienwohnung meiner Eltern gekommen?“, wollte Konrad jetzt wissen.
„Auch über das Internet. Die Homepage hat mir mit Abstand am Besten gefallen“.
„Danke, sie ist von mir“.
„Wirklich?“
„Ich bin Informatiker, da ist es quasi mein Beruf, solche Seiten zu erstellen. Allerdings liegt mein Fachgebiet in einem anderen Bereich“.
„Interessant. Auf jeden Fall ist die Seite sehr gut aufgebaut. Auch die einfache Möglichkeit der Onlinebuchung war über-

zeugend. Das Beste jedoch war die prompte Bestätigung per E-Mail, mit Wegbeschreibung und detaillierten Informationen".
„Diese E-Mail wird nach einer Buchung automatisch generiert und versendet. Dabei habe ich bei der Programmierung darauf geachtet, die Wegbeschreibung so zu schreiben, dass sie auch zur Herkunft des Gastes passt. Was nützt jemandem aus Norddeutschland eine Beschreibung, die erklärt, wie man von München aus hierher findet. Aber ich möchte sie nicht mit meinem Programmiererlatein langweilen".
„Durchaus nicht. Aber erzählen sie mir doch erst einmal etwas über Albstadt, die Entstehung, die Geschichte vielleicht".
„Die Geschichte von Albstadt". Konrad kratze sich am Kopf. „Da erwischen sie mich kalt. Aber gut, ich werde versuchen, mein Heimatkundewissen zu entstauben".
Er nippte an seinem Espresso, bevor er begann:
„Albstadt entstand aus einem Zusammenschluss der früheren Gemeinden Truchtelfingen, Pfeffingen, Onstmettingen, Margrethausen, Lautlingen, Laufen und Burgfelden, sowie der beiden Städte Ebingen und Tailfingen. Das Ganze fand im Jahre 1975, im Zuge der Gemeindereform in Baden-Württemberg, statt. Heute wohnen hier fast 50.000 Menschen. Einige Teilgemeinden sind, glaube ich, schon im 8. Jahrhundert in einer vom Kloster St. Gallen ausgestellten Urkunde genannt worden. Der große wirtschaftliche Aufschwung kam 1870 in Form der Trikotindustrie hierher. Im Krieg zwischen Deutschland und Frankreich in den Jahren 1870 und 1871 wurden die Soldaten mit Baumwollunterwäsche aus Ebingen ausgestattet. Nach dem Krieg wollte diese dann beinahe jeder haben. Die Trikotindustrie boomte und trug zu einem gewissen Wohlstand in der Region bei. 1988 schließlich wurde die Fachhochschule Albstadt-Sigmaringen eingeweiht, und seit zwölf Jahren findet ein großes Mountainbikerennen hier statt. Ach ja – einen Bundeskanzler hatten wir auch noch: Kurt Georg Kiesinger war von 1966 bis 1969 Kanzler in einer Großen Koalition. Er wurde 1904 in Ebingen geboren".

„Sie überraschen mich. Sie sind ja ein waschechter Lokalhistoriker. Aber eins würde mich noch interessieren: Wie war die Situation während des Zweiten Weltkrieges hier in der Region?"
„Meines Wissens wurde die Stadt von Kriegsschäden weitestgehend verschont. Allerdings gab es gegen Ende des Kriegs noch zwei schwere Bombenangriffe auf Ebingen und Laufen. Übrigens sollten in diesem Zusammenhang auch die beiden hiesigen Widerstandkämpfer, Berthold und Claus von Stauffenberg, erwähnt werden. Sie verbrachten einen großen Teil ihrer Kindheit am Sommersitz der Familie, dem Schloss in Lautlingen. Ihr Attentat auf Hitler am 20. Juli 1944 scheiterte jedoch".

„War da nicht auch noch die Sache mit der Atombombe?", fragte Frau Hansen beiläufig.
„Sie meinen wohl den Atomkeller in Haigerloch, in dem versucht wurde, einen Atomreaktor zu bauen. Das ist richtig, Haigerloch liegt ganz in der Nähe. Aber auch in Albstadt, genauer in Tailfingen, gab es eine Arbeitsgruppe, die in dieser Richtung forschte. Sie stand unter der Leitung von Professor Otto Hahn. Nach Tailfingen nämlich war der Wissenschaftler mit seinen Mitarbeitern vom Berliner Kaiser-Wilhelm-Institut vor den heftigen Bombenangriffen auf die Hauptstadt geflohen. Das war – wenn ich es richtig weiß – im Jahre 1944. Viel mehr bekomme ich auswendig aber nicht mehr zusammen".
„Mehr kann ich mir ja gar nicht auf einmal merken. Sie wissen ohnehin schon sehr viel".
„Danke. Dazu muss ich sagen, dass Geschichte ein kleines Hobby von mir ist. Ich recherchiere gerne. Wenn sie mehr wissen wollen, werde ich mich gerne ausführlich mit dem Thema beschäftigen. Ansonsten ist mein Vater eine gute Quelle. Er besitzt auch mehrere Bücher über Albstadt, die er ihnen sicher gerne ausleiht".

Das Gespräch plätscherte noch eine Weile vor sich hin. Schließlich jedoch bemerkte Konrad, dass seine Begleiterin aufbrechen wollte. Nachdem Konrad bezahlt hatte, war sie gerade im Begriff aufzustehen. Plötzlich war jedoch ein lautes Geschrei zu vernehmen. Es handelte sich offenbar um zwei Fußball-Fangruppen, die eine aus Portugal, die andere aus Deutschland, die aufeinander zusteuerten. Konrad und Frau Hansen zogen es vor, ihre Plätze einzubehalten, um nicht zwischen die beiden Gruppen zu geraten, die jetzt, kaum noch zehn Meter von ihnen entfernt, aufeinander trafen. Fünf mit Portugal-Trikots bekleidete Jugendliche riefen laut: „Figo, Figo“. Auf der anderen Seite waren es sieben Deutschlandfans, die mit „Ballack, Ballack“-Rufen, antworteten. Die Stimmen wurden immer lauter und bedrohlicher. Passanten waren stehen geblieben und beobachteten mit Unbehagen das Geschehen. Jetzt trat einer aus der Portugalgruppe hervor und hob seinen Arm: „Schluss jetzt Leute, sonst sind wir während des Spiels heiser. Sollen wir, bevor das Spielchen beginnt, noch ein Bier zusammen nehmen? Wir laden euch ein. Wer weiß, ob der eine oder andere nach dem Spiel noch Lust dazu hat“.

Zuerst herrschte verständnisloses Schweigen. Bald wich dieses jedoch einem lauten Gelächter. Die beiden Fangruppen klatschen sich an den Händen ab und begaben sich gemeinsam ins Innere des Cafés. Die anwesenden Passanten lächelten ebenfalls und schlenderten weiter. Konrad erhob sich schmunzelnd und sagte an Frau Hansen gewandt: „Eine tolle WM, was?“
Daraufhin bestiegen die beiden ihre Fahrräder, um zur Ferienwohnung zurück zu fahren.

5

Die lauten Schreie vor dem Straßencafé hatten auch die Aufmerksamkeit eines eher unscheinbaren Mannes erregt. Es war ein schmächtiger Typ mit runder Brille und roten Backen. Nachdem sich die Situation als harmlos erwiesen und sich die beiden Gruppen zum Bier ins Café verzogen hatten, wollte der Mann seinen Weg fortsetzen. Was er aber jetzt sah, ließ ihn ungläubig innehalten: Das konnte doch nicht möglich sein! Er rückte seine Brille zurecht, um die beiden Personen nochmals eingehend zu betrachten. Sein Blick war auf einen Mann und eine Frau gerichtet, beide im Raddress, die sich gerade von ihren Plätzen erhoben. Der Mann war ihm unbekannt, aber die Frau... Es gab keinen Zweifel, um wen es sich handelte. Und noch eines war sicher: Sie durfte ihn unter keinen Umständen bemerken – das war lebenswichtig!

Auf der einen Seite durfte der Schmächtige nicht von Frau Hansen erkannt werden, andererseits wiederum war es äußerst wichtig zu erfahren, was sie hier zu suchen hatte. Nachdem er sich hinter einer Hausecke in Sicherheit gebracht hatte, beschloss er, den beiden, so weit das möglich war, zu folgen. Zu seiner Erleichterung schoben die beiden ihre Räder durch die Fußgängerzone, so dass er mühelos folgen konnte. Kurz hatte er in Erwägung gezogen, den Wagen zu holen. Doch in dieser Zeit konnten die beiden schon verschwunden sein – also folgte er zu Fuß. Als sie das Ende der Fußgängerzone erreicht hatten, bestiegen sie ihre Räder. Jetzt wurde es schwierig. Er begann hinterher zu laufen, immer darauf bedacht, einen Sicherheitsabstand einzuhalten, um nicht entdeckt zu werden. Schon begann der Vorsprung der Radfahrer größer zu werden, als ihm der Zufall – in Form einer roten Ampel – zu Hilfe kam. Während sie auf das grüne

Signal warteten, konnte er sie wieder einholen. Doch nur eine kurze Pause war ihm vergönnt, dann schaltete die Ampel um und die Verfolgungsjagd ging weiter. Auf dem Radweg, neben der Straße, fuhren die beiden die Sonnenstraße hinaus. Auf der anderen Seite folgte ihnen der Schmächtige im Laufschritt, jetzt schon stark schnaufend. Lange würde er es nicht mehr aushalten. Der Abstand vergrößerte sich immer mehr, bald würden sie aus seinem Blickfeld verschwunden sein. Im letzten Moment sah er noch, wie sie die Hauptstraße verließen, um rechts in eine Seitenstraße einzubiegen. Erschöpft hielt er an, vorgebeugt, die Hände auf die Knie gestützt. Aber er hatte sein Ziel erreicht: Er hatte zumindest das Gebiet eingrenzen können, wo die Frau zu suchen war. Irgendwo da vorne rechts, in diesem Wohngebiet. Er würde sie schon finden, so groß war diese Stadt nun wirklich nicht. Bevor er den Rückweg antrat, prägte er sich nochmals genau die Stelle ein, an der die beiden abgebogen waren.
Nach ein paar Schritten, musste er feststellen, dass es ihm Mühe bereitete zu gehen – so geschafft war er. Darum setzte er sich nun erst einmal auf die Wartebank einer Bushaltestelle, um wieder zu Kräften zu kommen. Zu allem Verdruss musste er jetzt auch stark husten. Dies versuchte er mit einer Zigarette zu bekämpfen, was allerdings nicht den gewünschten Erfolg brachte – im Gegenteil. Wütend warf er die noch fast neue Zigarette auf die Straße. Seine ohnehin schon roten Backen waren noch dunkler geworden. Erst allmählich hörte der Husten auf und sein Atem normalisierte sich.
Was war jetzt zu machen?
Auf jeden Fall musste er dem General Bericht erstatten – und zwar sofort. Der würde dann schon wissen, was zu tun ist. Der wusste immer, was zu tun ist.

Erst heute Nachmittag waren sie hier angekommen. Insgesamt zählte die Gruppe fünf Mann. Neben ihm selbst und dem General waren noch drei weitere Männer dabei. Während der General ihn als seinen Assistenten ausgab und sie in einem exklusiven Hotel in der Fußgängerzone untergebracht waren, mussten die anderen in einem Gasthof am Rande der Stadt übernachten. Der General nannte dies „Sicherheitsmaßnahme“, er hingegen glaubte, dass er einfach nicht mit diesen drei kahl geschorenen Schlägertypen in Zusammenhang gebracht werden wollte. Die drei waren zudem mit einem eigenen Auto angereist. Kontakt wurde über Handy gehalten. Die oberste Devise des Generals lautete: ‚Nicht auffallen!’ Deshalb war auch für heute keine Aktion geplant. Die Suche nach den Dokumenten sollte morgen beginnen.

Während der langen Autofahrt hierher hatte der General angedeutet, dass es eventuell noch mehr als die Dokumente zu finden gab. Was oder ob überhaupt, war ihm egal. Er vertraute dem General, der wusste schon was er tat. Dabei war er es selbst gewesen, der die Ganze Sache ins Rollen gebracht hatte. Er hatte den Brief abgefangen und ihn umgehend dem General übergeben, ohne ihn vorher gelesen zu haben. Es war ein Leichtes für ihn, solche Briefe auf die Seite zu bringen, die bei der Zeitung eingingen. Alle Post ging, nachdem sie geöffnet wurde, über seinen Schreibtisch. Seine Aufgabe war es dann, sie zu bearbeiten oder an die entsprechenden Stellen weiterzuleiten. Er arbeitete nun schon fast sechs Jahre bei dem Blatt und hatte dem General in dieser Zeit immer wieder wichtige Informationen zukommen lassen. Als er vor kurzem jenes Anschreiben gelesen hatte, in dem wichtige Dokumente aus der Hitlerzeit angekündigt wurden, ließ er die gesamte Post kurzerhand in seinen Aktenkoffer verschwinden. Wie es sich herausstellte, hatte er gute Arbeit geleistet. Der General hatte ihn gelobt.

Umso seltsamer kam ihm jetzt die Tatsache vor, seine Kollegin bei der Zeitung, Lena Hansen, in Albstadt zu sehen. Er kannte sie zwar kaum persönlich, da sie als Journalistin in einem anderen Stockwerk arbeitete als er; dennoch war keine Verwechslung möglich. Obendrein galt sie als Lieblingsschülerin des Chefs. Was wollte sie hier? Hier in dieser

Gegend, von der er vorher noch nie etwas gehört hatte. Das konnte doch kein Zufall sein – oder? Deshalb war es jetzt wichtig, dem General von der Sache zu berichten. Inzwischen war er auch wieder so ausgeruht, dass er seinen Weg fortsetzen konnte.

Nachdem er die Fußgängerzone wieder erreicht hatte, zückte er sein Handy, um sich beim General anzumelden. Dieser bestellte ihn umgehend auf sein Zimmer im Hotel. Immer weniger Leute waren unterwegs. Alle drängten sie jetzt nach Hause oder in Kneipen, um sich das Fußballspiel anzusehen. Im Hotel angekommen, wandte er sich sofort zur Treppe, um sich direkt in das Zimmer des Generals zu begeben. Dieser hatte sich gerade umgezogen und erwartete ihn im dunklen Anzug. Ohne ihm einen Platz anzubieten, hörte er aufmerksam zu. Der General unterbrach ihn nicht und schwieg lange, nachdem er geendet hatte. Schließlich fragte er: „Es besteht absolut kein Zweifel, dass es deine Kollegin Lena Hansen ist?"

„Kein Zweifel", versuchte er mit fester Stimme zu antworten, obwohl ihm das in Gegenwart des Generals immer sehr schwer viel. Sein Gegenüber kratzte sich am Bart. „Erzähle nochmals genau, wie der besagte Brief auf deinen Schreibtisch gekommen ist".

„Die Zentrale öffnet die eingehende Post, um im Vorfeld eindeutige Werbung auszusortieren. Sie versieht die Post danach mit einem Eingangsstempel und legt sie mir auf den Tisch. Meine Aufgabe ist es dann, die Briefe auf die einzelnen Abteilungen, beziehungsweise einzelnen Mitarbeiter, zu verteilen; aber auch, gewisse Schreiben gleich selbstständig zu beantworten. So war es auch bei jenem Brief. Wegen des Anschreibens habe ich den beiliegenden Umschlag erst gar nicht geöffnet, sondern sofort zu ihnen gebracht".

„Ist es möglich, dass die Zentrale oder jemand anders den Brief gelesen hat?"

„Nein, unter keinen Umständen. Außerdem war der Umschlag ja noch verschlossen".

„Dann kann es nur ein Zufall sein, dass die Frau hier ist. Sagtest du nicht, sie war mit dem Rad unterwegs? Ich habe ein Plakat gesehen. Nächstes Wochenende findet hier ein großes Radrennen statt – für Profis und Hobbyfahrer. Wäre es nicht möglich, dass sie alleine deswegen hier ist?"

„Das könnte schon sein", antwortete der Schmächtige nervös, „ich weiß zufällig, dass sie öfters mit dem Rad in die Redaktion fährt, also durchaus am Radsport interessiert ist".

„Gut". Der General wirkte nun nicht mehr so angespannt wie zuvor. „Dennoch ist unsere Mission zu wichtig, um nicht jeder Spur nachzugehen, sei sie auch noch so klein und unwahrscheinlich. Du nimmst den Wagen und machst dich sofort auf in das Wohngebiet, in dem du die Frau aus den Augen verloren hast. Dort suchst du jede Straße, jedes Haus ab, um einen Hinweis auf ihren Verbleib zu bekommen. Ich gehe jetzt zum Essen und möchte spätestens in zwei Stunden einen Lagebericht erhalten – übers Handy. Verstanden!

„Jawohl".

„Dann mal los. Ich möchte nichts dem Zufall überlassen".

6

Wieder war es ein Klingeln, das Konrad aus dem Schlaf riss. Dieses Mal war es jedoch nicht das Telefon, sondern die Türglocke. Und es war 9 Uhr, fünf Minuten später als am Tag zuvor – immerhin! Das Aufstehen viel ihm bedeutend leichter als das letzte Mal, außerdem wusste er, wer vor der Haustüre stand. Jetzt klingelte es wieder. Er nahm den Hörer der Sprechanlage in die Hand und rief hinein: „Komme gleich!“ Gleichzeitig betätigte er den grünen Türöffnerknopf. Es war seine Schwester mit ihrem Hund Pius. Gestern hatten sie vereinbart, dass Marion den Hund vorbei bringt. Die Jungs hatten nämlich ein Fußballturnier, zu dem die ganze Familie mit ging. Denn Hund wollte sie auf den Sportplatz nicht mitnehmen, ihn aber auch nicht mehrere Stunden alleine zu Hause lassen. Konrad war schon öfters als ‚Hundesitter' eingesprungen. Es machte ihm Spaß, lange Märsche mit Pius zu unternehmen.
Er zog sich schnell ein T-Shirt und eine Hose über und vergaß nicht, einen Hundekaustreifen mit nach unten zu nehmen. Draußen stand nicht nur seine Schwester mit dem Hund, sondern auch ihr Mann Gerd und die Kinder Tim und Jan. Beide hatten immer noch – oder schon wieder – das Deutschlandtrikot von gestern Abend an: Tim die Nummer Sieben mit dem Namen ‚Schweinsteiger', Jan die Nummer zwanzig mit ‚Podolski' auf dem Rücken. Die beiden Jungen strahlten ihren Patenonkel an.
„Guten Morgen miteinander“, begrüßte dieser sie, „ich sage nur: 3:1!“
„Yeah!“, die beiden Jungen jubelten.
„Haben wir dich geweckt?“ fragte Marion.
„Nein, ich bin schon vier Stunden wach“.
„Also geweckt. Das tut uns Leid. Aber wir müssen los, das erste Spiel ist schon um 10:00 Uhr“.

„Gegen wen spielt ihr denn?“ fragte Konrad seine Patenkinder.
„Gegen, äh...“ – Jan wusste nicht so recht Bescheid und Tim zuckte gar nur mit den Schultern.
„Gegen Bitz“, sprang ihr Vater Gerd ein.
„Oh, gleich ein schwerer Gegner im ersten Spiel. Dann gewinnt ihr halt nur 5:0“.
„Wir werden sehen“, antwortete Gerd wiederum, „sie spielen heute mit einer ganz neuen Mannschaft. Jan spielt zum ersten Mal in der D-Jugend, obwohl er eigentlich noch E-Jugendspieler ist“.
„Na dann, hau den Alten die Bälle um die Ohren, Jan. Und Tim, du passt ein wenig auf deinen Bruder auf“
„Wahrscheinlich wird es gerade umgekehrt sein“, gab Tim zurück.
Konrad musste Lachen. Er legte den beiden Kindern die Hände auf deren Schultern und fragte seine Schwester: „Ihr holt Pius wieder ab?“
„Ja, aber wir wissen noch nicht wann. Das hängt davon ab, ob die Mannschaft die Vorrunde übersteht“
„Klar, also nochmals viel Erfolg! Macht es gut und denkt an ‚Schweini' und ‚Poldi'!“
Jetzt wandte sich Konrad dem Hund zu, der es beinahe nicht mehr erwarten konnte, ihn zu begrüßen. Er streichelte ihn ausgiebig. Als Pius schließlich noch die Leckereien bekommen hatte, lief er ins Haus, ohne sich nochmals umzusehen. Konrad nickte Gerd zu und winkte seiner Schwester und den Kindern, die sich schon zum Auto begeben hatten.
Oben in der Wohnung öffnete Konrad zuerst die Balkontüre und stellte Pius einen Napf mit frischem Wasser nach draußen. Danach wollte er sich daran machen, das Frühstück zu bereiten. Leider musste er feststellen, dass er mehr Hundefutter als Lebensmittel im Haus hatte. So begnügte er sich damit, frischen Kaffee zu kochen und auf dem Sofa ausgestreckt darauf zu warten, bis dieser fertig war.

Am Abend zuvor war er gerade noch rechtzeitig zur Nationalhymne bei seiner Schwester eingetroffen. Er war mit Frau Hansen zum Haus seiner Eltern geradelt, hatte sein Bike ins Auto verfrachtete und war anschließend schnurstracks nach Pfeffingen gefahren. Frau Hansen hatte sich noch herzlich bei ihm bedankt, und er hatte ihr einen schönen Urlaub gewünscht. Dem Bier, welches sein Schwager Gerd ihm anbot, hatte er dankend ein Apfel-Mineralwasser-Gemisch vorgezogen. Die prächtige Stimmung im Stuttgarter Stadion übertrug sich auf die Fernsehzuschauer, zumindest im Wohnzimmer der Familie Müller aus Albstadt-Pfeffingen. Jeder Angriff der deutschen Elf wurde lautstark kommentiert. Besonders die Jungs waren mit Feuereifer bei der Sache, so dass sich Pius, der Hund, schon nach fünf Minuten in ein anderes, ruhigeres Zimmer verzog. Als Deutschland nach 90 Minuten siegreich den Platz verließ, kannte der Jubel keine Grenzen. Irgendwoher trieb Gerd noch einige Silvesterknaller auf, die unter lautem Getöse vor dem Haus gezündet wurden. Die Nachbarn freuten sich ebenfalls. Sie hielten die Daumen nach oben und riefen: „Gutes Spiel!“ und „Die Franzosen würden wir auch schlagen!“

Inzwischen hatte der Hund den Wassernapf auf dem Balkon geleert und trabte nun ins Wohnzimmer, um sich vor dem Sofa auf die Hinterbeine zu stellen und den Kopf ruckartig nach hinten zu bewegen.

„Wir gehen ja gleich“, lachte Konrad, „ich werde nur schnell noch meinen Kaffee trinken“. Der Hund schien zu verstehen. Er streckte sich vor dem Sofa aus, ohne jedoch die Augen von Konrad zu lassen. Pius war ein reinrassiger Mittelschnauzer in der Farbe „Pfeffer-Salz“, die ein Gemisch aus Grau, Weiß und Schwarz war. Grau überwog allerdings. Er war schon fünf Jahre alt, hatte aber noch nichts von seinem sprudelnden Temperament eingebüßt, welches er schon als Welpe besaß. Nachdem Konrad zwei Tassen Kaffee getrunken und nebenbei den Videotext studiert hatte, unterzog er

sich einer kurzen Morgentoilette. Danach kleidete er sich an und rief nach Pius. Dieser wartete jedoch bereits mit wedelndem Schwanz bei der Türe.
Konrad beschloss, den Weg Richtung Klinik zu nehmen, der hinter dem Krankenhaus in Schleifen auf die Höhe führte. Dort war es jetzt noch angenehm kühl, um zu wandern. In Höhe des Krankenhauses wurde der Weg zum schmalen Pfad. Zuerst galt es, einige Stufen zu überwinden, danach verlief die Strecke über eine Wiese hinein in den Wald – immer bergauf.
Natürlich musste Pius an jedem Grashalm schnüffeln und an jedem Strauch und Baum seine Duftmarke setzen. So kamen sie eher langsam voran. Als sie endlich den Wald erreichten, genoss Konrad die angenehme Kühle, die von ihm ausging. Immer höher ging es hinauf. Jetzt wurden mächtige Felsbrocken sichtbar, die dem Anstieg ein alpines Aussehen verliehen. Unterhalb dieser über zehn Meter hohen, steilen Felsen führte der Weg entlang. Pius trottete seinem ‚Aushilfsherrchen' nur wenige Schritte voraus. Als sie jedoch die Höhe fast erreicht hatten, zog er stärker an seiner Leine, so dass Konrad Mühe hatte ihn zu halten. Der Grund war einfach: Oben befand sich ein Ausflugslokal und Pius hatte bestimmt schon die leckeren Gerüche in seiner feinen Nase.
Der schmale Anstieg mündete in einen etwas breiteren Waldweg, der von rechts kommend direkt zur Gaststätte führte. Jetzt waren sie oben angekommen. Pius sah nun das Lokal vor sich liegen, was ihn veranlasste, nochmals kräftig an seiner Leine zu ziehen. Konrad wollte schon schimpfen, als er aus dem Augenwinkel heraus einen Schatten ziemlich schnell auf sich zukommen sah. Geistesgegenwärtig zog er Pius zu sich heran und machte einen Satz zur Seite. Der Schatten stammte von einem Radfahrer, der im letzten Moment den Hund von links auftauchen sah. Eine schnelle Reaktion, eine Bremsspur und das Mountainbike kam vor Konrad zum stehen. „Diese verfluchten Hundebesitzer", hörte Konrad eine weibliche Stimme, die ihm irgendwie

bekannt vorkam. Deswegen unterdrückte er auch sein: „Haben sie denn keine Augen im Kopf“ und sagte stattdessen: „Guten Morgen, Frau Hansen. Schon so früh unterwegs?“

Jetzt erkannte auch die Frau ihr Beinahe-Unfallopfer. „Herr Landberg! Ach sie sind das“. Ihre Stimme klang reichlich überrascht. Konrad entgegnete: „Ich hoffe, sie sind in Ordnung – abgesehen von dem Schreck. Ich jedenfalls bin mächtig erschrocken“.

„Mir ist nichts passiert. Ich hoffe doch, ihnen auch nicht?“

„Nein. Aber ich bin wirklich überrascht, sie heute Morgen hier zu sehen“.

„Ich muss doch jede Minute nutzen, um zu trainieren“, antwortete Frau Hansen. Konrad nickte: „Wie wäre es dann mit einer kurzen Trainingspause? Sie müssen wissen, ich habe heute noch nicht gefrühstückt und möchte eine Rast in dem Gasthaus einlegen“. Er deutete auf das Ausflugslokal. „Da gibt es übrigens einen herrlichen Biergarten. Wie wär's?“ Die Frau zögerte, als wäge sie Vor- und Nachteile ab. Endlich sagte sie: „Gerne. Eine kurze Pause könnte bestimmt nicht schaden. Nach diesem Schreck“.

In der Tat lag das Wirtshaus wunderschön auf einer idyllischen Lichtung, mitten im Wald. Um zum Biergarten zu gelangen, der direkt neben dem Haus lag, mussten die beiden an einem Spielplatz vorbei gehen, der ebenfalls zur Gaststätte gehörte. Einige Kinder waren schon eifrig dabei, zu wippen, zu rutschen, zu schaukeln oder Karussell zu fahren. Der Biergarten war auf einer Seite mit hohen Bäumen begrenzt, die angenehmen Schatten spendeten. Reichten die Bäume nicht aus, so hatte man auch noch Sonnenschirme aufgespannt. Außerdem waren Lichterketten befestigt, die dem Platz in lauen Nächten eine besondere Atmosphäre verliehen. Etwa die Hälfte der Tische war besetzt, so dass die beiden sich einen schönen Platz aussuchen konnten. Zuerst jedoch stellte Frau Hansen ihr Rad in dem dafür vorgesehen Ständer ab; jedoch nicht ohne ihr teures Fahrrad mit einem dicken

Eisenschloss zu sichern. ‚Damit nachher nicht zwei Ränder da sind!', dachte sie amüsiert.
Von hier oben hatte man einen herrlichen Ausblick auf den Albstädter Talgang. Direkt unten lag Truchtelfingen, links war Ebingen und rechts Tailfingen zu erkennen.
Pius hatte es sich unterdessen unter dem Tisch bequem gemacht. „Einen Hund haben sie auch noch?“ frage Frau Hansen.
„Nein, der Hund gehört meiner Schwester. Ab und zu darf ich ihn mir allerdings ausleihen“.
„Und dann gehen sie auf die Jagd nach Radfahrerinnen?“
„Nein, die erledige ich gewöhnlich mit Pfeil und Bogen“.
Frau Hansen stutzte: „Sie sind ganz schön schlagfertig“.
„Ich denke, da schenken wir uns nichts. Aber sagen sie einmal: Sind sie schon lange unterwegs?“
„Schon über eine Stunde. Es macht wirklich sehr viel Spaß hier Rad zu fahren. Die Gegend ist total abwechslungsreich und landschaftlich sehr reizvoll“.
„Wie ich sehe, fahren sie ja auch schon abseits der offiziellen Bikestrecke“.
„Nun, der Waldweg sah so verlockend aus, dass ich nicht widerstehen konnte“.
„Zum Glück, sonst müsste ich auf ihre angenehme Gesellschaft verzichten“.
Jetzt kam der Wirt, um die Bestellung aufzunehmen. Während sich Konrad das ‚Große Frühstück' bestellte, begnügte sich Frau Hansen mit einem Mineralwasser. Sofort verließ Pius seine Liegeposition und setze sich auf, damit ihm ja nichts entging.
„Wie heißt er eigentlich?“ wollte Frau Hansen wissen.
„Pius“, antwortete Konrad.
„Pius! Wie der Papst?“
„Genau so. Übrigens haben viele Hunde die Namen von Päpsten. Zum Beispiel Urban oder Leo“.
„Ich werde darauf achten“.
„Hier“, sagte Konrad, während er in seiner Tasche nach

Hundeleckereien suchte, die er im Überfluss dabei hatte. „Wenn sie ihm das geben, haben sie einen Freund fürs Leben“. Er teilte einen Kaustreifen und reichte beide Stücke seiner Tischnachbarin. Der Hund hatte natürlich sofort den Geruch der Leckereien wahrgenommen und verfolgte jede Bewegung über ihm. Frau Hansen hielt das Futter unter den Tisch. Ein kurzer Schmatz – und Pius legte sich wieder hin, nachdem er festgestellt hatte, dass im Moment keine weiteren Zugaben folgten.

Der Wirt hatte inzwischen einen Brotkorb mit zwei Brötchen und zwei Croissants serviert. Konrad begann zu essen. Frau Hansen nippte an ihrem Wasser und beobachtete ihr Gegenüber.

„Wollen sie auch probieren, vielleicht von den Croissants?“

Sie fühlte sich ertappt und sah verlegen zur Seite.

„Tun sie sich keinen Zwang an, ich esse sowieso nur eins“.

„Na, ein halbes würde ich nehmen, wenn sie erlauben. Aber nicht dass sie denken, das Frühstück bei ihrer Mutter hätte mir nicht geschmeckt“.

„Oh, das denke ich nicht. Mutters Frühstücksbuffet ist immer lecker!“ Konrad klopfte sich dabei mit der rechten Hand auf den Bauch.

„Dick sind sie nun wirklich nicht!“

„Danke“, entgegnete Konrad, „ich treibe wirklich gerne Sport. Jetzt gerade am liebsten Rad fahren. Das hängt natürlich auch mit dem Bikemarathon zusammen, der gerade in aller Munde ist“.

„Ich doch auch. Hin und wieder mache ich sogar Wochenendtrips mit dem Rad nach Dänemark“.

„Dänemark – ein herrliches Land!“

„Sie kennen Dänemark?“ Frau Hansens Stimme klang überrascht.

„Ich habe schon mehrere Urlaube dort verbracht“.

„Und wo genau? Wenn ich fragen darf“.

„Das letzte Mal“, antwortete Konrad nach kurzem Überlegen, „vor zwei Jahren auf der Insel Als“.

„Die kenne ich gut“.
„Und hat ihnen Mommark gefallen?“
„Der Ort selbst besteht ja überwiegend aus Ferienhäusern und einem Campingplatz. Aber die Gegend ist fantastisch. Ich hatte mein Rad dabei und bin die ganze Insel abgefahren“.
„Genau das habe ich dieses Jahr über Pfingsten gemacht“, rief Frau Hansen begeistert, „drei Tage lang. In Nordborg habe ich übernachtet und von dort aus Touren begonnen“.
„Nordborg, natürlich! Danfoss und das Schloss“.
An den Stimmen, die eine leicht höhere Tonlage annahmen, war festzustellen, dass beide von dem Thema begeistert waren. Konrad verspürte bei solch intensiven Gesprächen immer, einen äußerst angenehmen Druck auf der Stirn, von dem er sich wünschte, er möge nie aufhören.

„Kennen sie den Gendarmenpfad?“ fragte Frau Hansen jetzt.
„Aber klar“.
Wissen Sie, was mir dort an den letzten Pfingstfeiertagen passiert ist?“ – Ohne eine Antwort abzuwarten, fuhr sie fort: „Ich war mit dem Rad unterwegs und befand mich bereits auf dem Rückweg einer langen Tour. Es war in Sonderborg, beim Schloss direkt am Meer, als mich eine ältere, sehr gepflegte Dame ansprach. Sie bat mich, auf ihren kleinen Pudel aufzupassen. Noch bevor ich irgendetwas entgegnen konnte, hatte sie mir bereits die Leine in die Hand gedrückt und war hinter einer hohen Mauer des Schlosses verschwunden. Da stand ich nun mit einem Hund an der Leine, der sich überhaupt nicht für mich interessierte. Ich lehnte mein Fahrrad an die Kaimauer und schüttelte den Kopf über meine Situation“.
Plötzlich hielt Frau Hansen inne und starrte ungläubig in Richtung des Wirtshauses – aber nur für einen kurzen Augenblick. Sogleich fuhr sie fort, ihre Geschichte weiter zu erzählen. Konrad hatte sehr wohl die kurze Unterbrechung registriert und wandte seinen Kopf ebenfalls in Richtung

Gasthaus. Als er nichts Außergewöhnliches entdecken konnte und Frau Hansen auch bereits wieder weitererzählte, dachte er sich nichts bei der Sache.

„Der Pudel stand bewegungslos da, als plötzlich ein lauter Knall vom Meer her meine ganze Aufmerksamkeit erregte. Sofort blieben auch Passanten stehen und sahen wie ich aufs Wasser. Das Geräusch kam von einem Segelboot unweit des Ufers, auf dem sich jetzt zwei Männer lautstark miteinander unterhielten. Bald jedoch verstummten sie und verschwanden unter Deck. Es gab nichts mehr zu sehen und die Passanten gingen ebenfalls weiter. Ich hielt immer noch die Leine in der Hand und wandte mich jetzt dem kleinen Hund zu. Aber welchen Schock hatte ich zu verkraften: Vor mit stand nicht mehr der Pudel, sondern ich hielt ein ausgewachsenes Pferd an der Leine. Ein entsetzlicher Schrei war wahrscheinlich noch das Geringste, was ich von mir gab. Ich muss furchtbar ausgesehen haben. Der Schreck war mir in alle Glieder gefahren. Das Pferd schnaubte. Das weckte mich aus meiner Lethargie. Ich band die Leine um einen Laternenpfahl und setze mich auf die Kaimauer. Weiter unternahm ich nichts. Plötzlich tauchten um mich herum mehrere Menschen auf, darunter auch die Passanten von vorhin. Einer streckte mir die Hand entgegen und machte mir freudestrahlend klar, dass ich gerade von einer versteckten Kamera für eine Fernsehsendung gefilmt worden bin. Jetzt wurde mir alles klar. Ich war mächtig reingelegt worden. Die Leute notierten sich meinen Namen und meine Anschrift und klärten mich auf, wie sie es geschafft hatten mich zu überrumpeln. Es war ganz einfach: Der Knall auf dem Boot war inszeniert und diente dazu, mich abzulenken. Der Streit auf dem Segelboot und die Passanten gehörten auch dazu. In dieser kurzen Zeit, schafften es die Leute, hinter meinem Rücken das Pferd heranzuführen und gegen den Pudel auszutauschen. Danach haben sie mich mehr oder weniger gedrängt, weiter zu gehen, damit sie sich das nächste Opfer aussuchen konnten".

„Das ist ja ein starkes Stück“. Konrad musste lachen. „Wenn ich mir vorstelle, dass ich jetzt unter den Tische nach Pius sehe und da liegt plötzlich ein Pferd..“.
Frau Hansen musste ebenfalls lachen – so laut, dass sich die anderen Gäste umdrehten.
„Ist die Sendung schon im Fernsehen gelaufen?“, wollte Konrad nach einer Weile wissen.
„Nicht dass ich wüsste. Die Leute wollten mir Bescheid geben, sobald der Sendetermin feststeht. Bisher habe ich aber nichts von denen gehört“.
„Halten sie mich auf dem Laufenden. Es ist bestimmt lustig anzusehen“.
Inzwischen hatten die beiden ihr Mahl beendet. Im Biergarten war jetzt kein Platz mehr zu bekommen. Die neuen Gäste mussten, trotz des schönen Wetters, in die Wirtsstube ausweichen. Das Gespräch drehte sich weiter um die dänische Insel Als; es war spürbar, dass sich die beiden immer sympathischer fanden. Dennoch bemerkte Konrad eine gewisse Zurückhaltung, ja Unsicherheit, bei Frau Hansen, die er sich nicht erklären konnte. Schließlich – es war schon nach Mittag – bestellte Konrad die Rechnung. Wie schon am Abend zuvor lud er Frau Hansen ein, die sich jedoch vehement dagegen aussprach. „Ach“, wehrte Konrad ab, „sehen sie es einfach als zweites Frühstück an, das zu ihrer Ferienwohnung gehört. Ich werde mir meinen Verlust bei meiner Mutter zurückholen, und zwar in Form von Apfelstrudel“.
„Wenn sie meinen“.
„Ganz sicher. Aber was anderes: Wohin wollen sie von hier aus radeln?“
„Ich werde mich direkt zu meiner Unterkunft zurück begeben. Es ist jetzt einfach zu heiß. Gegen Abend werde ich dann nochmals aufs Rad steigen“.
„Das finde ich vernünftig. Gehen sie eine Strecke mit mir, dann zeige ich ihnen den schnellsten Weg zurück nach Ebingen“.
„Gerne – und vielen Dank!“

Es dauerte gerade einmal so lange, wie Frau Hansen brauchte, um ihr Rad zu holen, bis der frei gewordene Tisch wieder besetzt war. Pius war froh, jetzt wieder laufen zu dürfen. Zuvor jedoch nahm er noch einen mächtigen Schluck Wasser aus dem Napf, der beim Eingang zur Gaststätte aufgestellt war.
Frau Hansen schob ihr Bike, während die beiden die schmale aber geteerte Straße entlang gingen, die sich vom Ausflugslokal weg zu der Straße nach Truchtelfingen hinzog. Der Weg führte durch dichten Wald, der das Gehen angenehm machte; von der drückenden Hitze war hier nichts zu spüren.
Am Ende des Waldes, wo die kleine Straße in die Kreisstraße zwischen Truchtelfingen und Bitz mündete, tat sich weites, freies Gelände auf. Im Vordergrund befanden sich Pferdekoppeln, auf denen fast nur Schimmel weideten. Wie auf ein geheimes Kommando hin setzte sich die Herde in Bewegung und galoppierte freudig über die Wiese. Obwohl die Pferde über 200 Meter entfernt waren, spürte man den Boden unter sich wackeln.
Frau Hansen war von dem Anblick der schönen Tiere begeistert.
„Sie scheinen trotzdem keine Aversion gegen Pferde zu haben", scherzte Konrad.
„Solange sie nicht vorher Hunde waren", konterte die Angesprochene.
„Hier oben", sagte Konrad, um das Thema zu wechseln, „auf dieser kargen Albhochfläche, wurden übrigens viele Grabhügel aus der Bronzezeit gefunden. Man hegt sogar die Vermutung, dass sich hier Siedlungen befunden haben. Allerdings rätseln die Experten, was die Leute bewogen hat, sich hier niederzulassen, da im Winter ein raues Klima herrscht und der nächste Wasserlauf unten im Tal liegt".
„Vielleicht", sinnierte Frau Hansen, „vielleicht ließen sie sich nur aus einem Grund hier nieder: Weil es hier so schön ist!"
Konrad nickte bewundernd: „Ein kluger und schöner Gedanke zugleich".

Pius zog an der Leine. Er wollte weiter, da sie jetzt gerade in der prallen Sonne standen. Frau Hansen bemerkte dies und setze sich aufs Fahrrad. Konrad erklärte: „Sie fahren jetzt direkt hier links, diesen Waldweg hinunter. Er ist extrem steil, aber es ist die nächste Verbindung ins Tal. Danach immer der Straße nach unten folgen, bis sie die Hauptstraße erreichen, die direkt nach Ebingen führt. Meinen Sie, dass sie sich zurecht finden?"

„Aber natürlich – kein Problem. Nochmals vielen Dank für die Einladung. Es war ein schöner Morgen".

„Das fand ich auch. Machen sie es gut!"

Konrad winkte, als Frau Hansen in die Pedale trat. Er sah ihr nach, bis sie verschwunden war und setzte sich hierauf in entgegen gesetzter Richtung in Bewegung.

Allein – er kam nur drei Schritte weit.

Ein schriller Schrei ließ ihn aufhorchen. Er kam aus der Richtung, in die Frau Hansen verschwunden war. Ohne zu zögern, spurtete er dem Schrei hinterher.

Zuerst sah er das Rad im Gebüsch liegen. Sein Atem ging schneller. Dann sah er sie; im hohen Gras, neben dem schmalen Weg, lag sie ausgestreckt auf dem Rücken und starrte zum Himmel. Sie bewegte sich nicht und er befürchtete das Schlimmste. Als er näher kam, richtete sie ihren Blick auf ihn. Etwas verlegen fast, sagte sie: „Es ist nichts passiert, alles in Ordnung".

„Natürlich. Sie suchen Pilze, nehme ich an".

„Wenn ich lache, schmerzt es doch ein wenig".

Konrad war jetzt bei ihr angekommen. Langsam setzte sie sich auf. Frau Hansen hatte blutende Aufschürfungen am Arm und am Knie. Beides auf der linken Seite.

„Ganz in Ordnung ist es doch nicht, wie ich sehe. Können sie aufstehen?" Konrad hielt ihr seine rechte Hand entgegen. Sie nickte dankbar, als sie die dargebotene Hand ergriff; musste aber laut stöhnen, während sie versuchte, aufzustehen. Sie betrachtete ihre Wunden und bewegte danach Arme und Beine, um deren Funktionstüchtigkeit zu überprüfen. „Es ist

wirklich nicht so schlimm, wie es aussieht", zog sie daraufhin ein Fazit.
„Wie ist es denn passiert?", wollte Konrad wissen.
„Die Bremsen haben versagt. Ich konnte einfach nicht bremsen. Dabei hatte ich noch großes Glück. Wie sie sehen, sind wir erst am Anfang des Gefälles. Normalerweise würde ich hier noch nicht bremsen. Aber etwas weiter oben lagen Glasscherben auf dem Weg, in die ich nicht hineinfahren wollte. Also habe ich gebremst – aber es ging nicht. Irgendwie bin ich dann in Panik geraten, habe den Lenker verdreht und bin gestürzt. Hätte ich erst weiter unten gebremst, mit einer höheren Geschwindigkeit – na danke".
Konrad schüttelte ungläubig den Kopf: „Wie kann so etwas mit einem so guten Bike geschehen? Aber jetzt kommen sie erst einmal mit zu mir nach Hause. Die Wunden müssen desinfiziert und verbunden werden. Wenn sie wollen, bringe ich sie auch ins Krankenhaus".
„Nein, nein. Das wird auf gar keinen Fall nötig sein".
„Gut, aber zu mir kommen sie mit".
„Das ist wirklich nicht notwendig", wehrte Frau Hansen wieder ab. Erst jetzt bemerkte Konrad den Hund, der mit wedelndem Schwanz neben ihm hockte und gespannt die Situation verfolgte. Als er vorhin den Schrei gehört hatte, ließ Konrad einfach die Leine fallen und rannte los. Pius hatte zuerst an ein neues Spiel geglaubt und war freudig hinterher gerannt. Als der schlaue Hund jedoch Frau Hansen auf dem Boden liegen sah, hatte er sich entschieden, erst einmal nicht zu spielen, sondern abzuwarten.
Jetzt ging Konrad zum Fahrrad von Frau Hansen, um es aufzuheben. Dabei betrachtete er die defekten Bremsen genauer. Sofort fiel ihm auf, was er aber erst mit dem zweiten Blick realisierte: Die Bremsdrähte waren angesägt worden!
Es gab keinen Zweifel, die geraden Schnitte waren deutlich zu erkennen.
„Was haben sie für Freunde hier? Sehen sie sich einmal die Bremsdrähte an! Die wurden manipuliert – durchgeschnitten!"

Frau Hansen wurde kreidebleich. Plötzlich fiel ihr wieder ein, was sie vorhin im Biergarten gesehen hatte, als sie für einen kurzen Augenblick ihre Erzählung unterbrochen hatte. Nach einer endlos scheinender Pause sagte sie mit leiser Stimme: „Ich denke, ich komme doch mit zu ihnen nach Hause. Es gibt da einiges zu berichten“.

7

Das erste, was Pius machte, als die Haustüre aufgeschlossen wurde, war, auf den Balkon zu laufen und den – leider leeren – Wassernapf mit der Nase anzuschieben.
Konrad, der zuerst Frau Hansen einen Platz anbot, wunderte sich, dass er vergessen hatte, die Balkontüre zu schließen, als er vorhin gegangen war. Das Geräusch, das der metallene Napf auf den Balkonfliesen verursachte, war jedoch so störend, dass er nicht weiter über diese Sache nachdachte, sondern sich beeilte, den Napf mit frischem Wasser zu füllen. Erst danach kramte er in seinem Arzneischrank nach Desinfektionsmittel und Verbandsmaterial. Als er nach kurzer Suche fündig geworden war, trug er die Sachen zu Frau Hansen, die geduldig auf einem Stuhl im Esszimmer wartete.
„Wissen Sie“, sagte er, während er ihr das Desinfektionsmittel reichte, „da ich mindestens doppelt so alt bin wie Sie, nehme ich mir jetzt heraus, ihnen das ‚Du’ anzubieten. Ich heiße Konrad“. Er streckte ihr seine rechte Hand entgegen, welche die Frau ohne zögern ergriff und schüttelte. Sie sagte: „Freut mich Konrad, ich bin Lena. Das mit dem ‚doppelt so alt’ ist übrigens ein nettes Kompliment“.
„Zumindest stimmt es vom Aussehen her“.
„Nochmals danke“, nickte sie freundlich. „Ich werde jetzt ins Bad verschwinden, mich waschen und verarzten. Danach wäre ein starker Kaffee nicht schlecht“.
„Eine gute Idee. Das Bad ist geradeaus, allerdings ..“.
„Ja?“
„Allerdings ist es nicht gerade sehr aufgeräumt. Ich habe nicht mit Besuch gerechnet. Wenn du schmutzige Wäsche findest, kicke sie einfach unter das Waschbecken“.
„Na, anziehen werde ich sie bestimmt nicht“.
„Meine Boxershorts wären auch nicht wirklich deine Größe. Frische Handtücher sind übrigens im Regal hinter der Tür“.

Nachdem Lena Hansen wieder aus dem Bad gekommen war, sah sie längst nicht mehr so mitgenommen aus wie zuvor. Sie hatte das Blut und den Schmutz abgewischt, ihre Aufschürfungen und die Wunde am Knie desinfiziert und das Knie mit zwei großen Pflastern versorgt. Ihr Haar war jetzt nicht mehr zerzaust und ihre Wangen waren wieder farbiger geworden.
Konrad hatte bereits zwei Tassen aufgedeckt und servierte nun den dampfenden Kaffee. Die beiden setzten sich einander gegenüber an den Tisch und Lena begann zu sprechen:
„Ich will nicht lange an der Sache herum reden, sondern gleich zum Wesentlichen kommen. Also, es ist so, dass ich nicht ganz die Wahrheit über den eigentlichen Grund meines Aufenthalts hier gesagt habe. Richtig ist allerdings, dass ich Journalistin bin, sehr gerne Rad fahre und mich auch zum Bikemarathon angemeldet habe. Aber eher als Vorwand, oder besser gesagt, zur Tarnung. Ich bin nämlich einer ganz großen Sache auf der Spur. Aber der Reihe nach: Wie bereits erwähnt, arbeite ich bei der Zeitung. Auf meinem Weg ins Büro im zweiten Stock komme ich jeden Morgen an der Poststelle unseres Blattes im Erdgeschoss vorüber. Getreu dem Motto meines Chefs und Lehrmeisters – ‚Immer die Augen offen halten' – werfe ich meistens einen Blick auf die gerade angekommene Post. Vor etwa zwei Wochen hatte ich dafür etwas mehr Zeit, weil der zuständige Mitarbeiter gerade nicht an seinem Platz war. Sein Name ist Kuster, den Vornamen kenne ich nicht. In der Hoffnung, Informationen etwas früher zu erhalten als meine Kollegen, sah ich den Stapel mit Briefen durch. Ich weiß, dass dies nicht ganz korrekt ist, aber meine Kollegen arbeiten oft mit ganz anderen, fiesen Methoden.
Ein Schreiben, dem ein verschlossener Umschlag beigelegt war, erregte sofort meine Aufmerksamkeit. Da war von Geheimnissen aus dem Zweiten Weltkrieg die Rede. Das klang spannend. Ich sah mich um – keine Spur von Kuster. Also schnappte ich mir den Brief und lief zum Kopierer. Auf dem Weg überlegte ich noch, wie der Umschlag zu öffnen

sei, als ich bemerkte, dass dieser schon sehr alt sein musste. Hier sah ich meine Chance, ihn vielleicht unbeschadet zu öffnen. Tatsächlich – er ließ sich problemlos aufklappen. Der Inhalt war ein leicht vergilbtes Blatt, das ich jetzt in der Hand hielt. Ohne es zu lesen, legte ich das Schreiben schnell auf den Kopierer und drückte auf ‚Start'.
Auf dem Rückweg zu Kusters Schreibtisch steckte ich das Blatt wieder in den Umschlag zurück und versuchte diesen zu verschließen. Es ging jedoch nicht mehr. Immer wieder sprang er auf, er klebte einfach nicht. Selbst Spucke half da nicht. Daraufhin griff ich kurzerhand nach einem Klebestift auf Kusters Schreibtisch. Drei Tupfer, und das Ding hielt. Noch immer war Kuster nicht zurückgekehrt. Ich hatte Zeit, den Umschlag ganz unauffällig zurück zu legen.
Erst an meinem Platz holte ich die zusammengefaltete Kopie aus meiner Hosentasche. Der Brief faszinierte mich von Beginn an und ich nahm mir vor, dem Geheimnis auf die Spur zu kommen. Dass alles noch viel mysteriöser wurde, erzähle ich dir gleich. Zuerst musst du aber den Brief lesen".
Sie öffnete den Reißverschluss ihrer Radlerhose und holte ein Blatt hervor, welches sie sorgfältig auseinander faltete.
„Du hast den Brief dabei?", fragte Konrad erstaunt.
„Natürlich. Ich muss doch versuchen, die Stelle zu finden, von der im Brief die Rede ist". Sie reichte Konrad das Schreiben, der konzentriert zu lesen begann.

„... nachdem unser Projekt 1942 dem Heereswaffenamt entzogen und dem Reichsforschungsrat unterstellt wurde, standen unserer Arbeit nur noch sehr beschränkte Mittel zur Verfügung. Als jedoch Walther Gerlach 1944 die Leitung übernahm, ging es wieder aufwärts. Dennoch waren wir überwältigt, als am Anfang des folgenden Jahres die Kiste mit den Goldbarren in Tailfingen eintraf. Es war ein letztes Aufbäumen Berlins, welches uns mit diesen Mitteln doch noch einen erfolgreichen Abschluss unserer Arbeiten sichern sollte. Doch die Freude währte nur kurz: Schon standen die

Franzosen vor den Toren. In ihrem Schlepptau die Amerikaner mit ihrer ALSOS – Mission. Ich hatte wenig Zeit, mich zu entscheiden. Allein, es fiel mir nicht schwer. Das Gold musste in Sicherheit gebracht werden. Darüber hinaus galt es, wichtige Dokumente zu verstecken, die auf keinen Fall dem Feind in die Hände fallen durften.
Es gab keine Probleme. Die Abgeschiedenheit der Alb ist wie geschaffen, Dinge vor dem Zugriff der Gegner zu verbergen.

‚Durch die hohle Sackgasse findet man unter Ruinen, im Zeichen des Kreuzes, den Schatz!'

Verzeihe mir diese Umschreibung – aber man kann in Kriegszeiten nicht vorsichtig genug sein. Ich bin sicher, es bereitet dir keine Schwierigkeiten, das Gesuchte zu finden. Eines jedoch ..“.

Hier hörte das Schreiben abrupt auf, ebenso wie es mitten in einem Satz angefangen hatte. Konrad fasste zusammen: „Gold und Dokumente aus dem Zweiten Weltkrieg, irgendwo hier versteckt“.
Lena, die soeben einen großen Schluck Kaffee genommen hatte, nickte wissend und erzählte weiter: „Ich habe recherchiert und bin auf folgende Zusammenhänge gestoßen: Hitler plante den Bau der Atombombe und beauftragte führende Wissenschaftler mit den Forschungsarbeiten. Bis zum Jahre 1944 fanden diese in Berlin, im Kaiser-Wilhelm Institut, statt. Als die Bombenangriffe auf Berlin nach 1943 immer stärker geworden waren, zogen die Wissenschaftler von Berlin nach Haigerloch beziehungsweise Tailfingen um. In Haigerloch wurde ein Felsenkeller, der früher als Bierkeller gedient hatte, zum Forschungslabor umgebaut. Professor Otto Hahn, der 1939 die Spaltung des Uranatoms entdeckt hatte, richtete sein Labor in einer Tailfinger Trikotwarenfabrik ein. Haigerloch und Tailfingen arbeiteten eng zusammen, wobei ich einem Schreiben entnehmen

konnte, dass Tailfigen wohl die administrativen Aufgaben übernommen hatte. Bei Kriegsende wurden fast alle Wissenschaftler von der amerikanischen Spezialeinheit ALSOS verhaftet und nach England gebracht. Sie wurden in einem Landhaus nahe Cambridge festgehalten und vom britischen Geheimdienst heimlich abgehört.

In diese Zeit fällt wohl auch der Brief. Allem Anschein nach fehlen die erste und die letzte Seite. Im Umschlag steckte nur dieses eine Blatt. Deshalb war es mir auch nicht möglich, zu erfahren, wer den Brief geschrieben hat und an wen er gerichtet war".

„Stand auf dem Umschlag auch nichts drauf?"

„Nein, er war unbeschriftet".

Konrad runzelte die Stirn. „Ein unglaubliche Geschichte. Wenn sie wahr ist, ist das eine Sensation ersten Grades".

„Sie ist wahr, das spüre ich. Deshalb habe ich auch nicht gezögert, hierher nach Albstadt zu kommen, um nach dem Schatz zu suchen. Stell dir vor, ich könnte eine Story schreiben – ein Aufschrei würde durch das Land gehen, wie seinerseits bei den angeblichen Hitlertagebüchern".

„Du bist also von deiner Zeitung geschickt worden. Wie hat die Redaktion den auf den Brief reagiert?", wollte Konrad jetzt wissen.

„Nein, ganz anders. Ich bin auf eigene Faust unterwegs. Die Sache beginnt hier nämlich mysteriös zu werden, wie ich vorhin schon angedeutet habe. Die Redaktion hatte den Brief nie erhalten!"

„Was", rief Konrad aus, „wie ist so etwas denn möglich?"

„Keine Ahnung. Es gibt eigentlich nur zwei Möglichkeiten. Erstens: Ein anderer hat den Brief – wie ich – mitgenommen, aber nicht mehr zurückgelegt, oder zweitens ..".

„Der Kollege Kuster von der Poststelle hat ihn verschwinden lassen", fiel Konrad ihr in die Rede.

„Genau. Dies wird seit vorhin sogar sehr wahrscheinlich".

„Wie meinst du das?"

„Als ich im Biergarten von der versteckten Kamera erzählt

habe, meinte ich plötzlich, ein bekanntes Gesicht hinter der Gaststätte entdeckt zu haben: das Gesicht Kusters! Ich habe dies jedoch sofort wieder verworfen, es schien mir nicht möglich zu sein, ihn hier zu treffen. Aber als mir klar wurde, dass meine Bremsen angesägt wurden, kann ich diesen Gedanken nicht mehr ausschließen".
„Hm, immerhin wäre es eine logische Erklärung. Er hätte am ehesten die Chance gehabt, den Brief verschwinden zu lassen; außerdem hätte er ein Motiv, dich auszuschalten: Er will die Story selber schreiben und groß herauskommen. Dazu ist ihm jedes Mittel recht".
„Aber gleich auf so eine schlimme Weise. Ich hätte tot sein können".
„Nun, vielleicht lag dies nicht ganz in seiner Absicht. Vielleicht wollte er dich auch nur ‚kampfunfähig' machen. Trotzdem würde ich vorschlagen, dass wir zur Polizei gehen".
„Nein, dazu ist unser Verdacht zu vage. Ich bin mir ja nicht einmal ganz sicher, ob es Kuster tatsächlich gewesen ist, da oben im Biergarten". – Konrad schien von Lenas Argument nicht überzeugt zu sein. Dennoch sagte er: „Gut, wie du meinst. Was willst du jetzt tun?"
„Natürlich weiter forschen. Aber ohne einen Ortskundigen werde ich die Stelle niemals finden, wo das Gold versteckt ist. Was meist Du, willst du mir nicht bei der Suche helfen? Ich würde dich auch in meinem Artikel erwähnen".
„Nur das nicht. Darauf kommt es mir überhaupt nicht an – im Gegenteil".
„Bitte!" Sie lächelte ein süßes Lächeln, dem Konrad einfach nicht widerstehen konnte. „Na gut. Aber keine Erwähnung im Artikel und auch nur, weil die Geschichte total aufregend ist und weil du mir äußerst sympathisch bist".
„Danke". Ihr Strahlen verstärkte sich noch. Selbst der Hund, der sich unter den Tisch verkrochen hatte, hob den Kopf, weil er Lenas Freude spürte.
„Wo fangen wir zu suchen an?"

Lenas Tatendrang war nicht zu bremsen.
„Nun mal langsam", entgegnete Konrad. „Die Beschreibung der Fundstelle ist ja nicht gerade präzise. Zuerst müssen wir versuchen, etwas mehr über die damaligen Geschehnisse in den letzten Kriegsjahren zu erfahren. Idealerweise bekommen wir so heraus, wer den Brief verfasst hat, beziehungsweise an wen er gerichtet war. Danach können wir daran gehen, das Gebiet einzugrenzen, in dem wir suchen müssen. Schließlich dürfen wir diesen Kuster nicht vergessen. Wir müssen vorsichtig sein und sollten versuchen, mehr über ihn heraus zu bekommen.
„Und wie willst du das alles herausfinden?"
„Internet und einige alte Freunde, die mir noch etwas schulden".
„Das klingt ja wie in einem Western mit John Wayne. Im Internet habe ich übrigens schon recherchiert und nicht gerade viel herausbekommen".
„Ich kenne da ein paar versteckte Seiten und einige Passwörter".
„Entschuldigung, ich hatte vergessen, dass du Informatiker bist".
„Ein Studienfreund", erklärte Konrad nun, „ist in dieser Beziehung sehr aktiv. Er ist Vorsitzender von irgend so einem Computerclub, der es sich zur Aufgabe gemacht hat, immer neue Sicherheitslücken im Internet zu entdecken. Seine Tipps sind nicht hoch genug einzuschätzen".
„Und ihm hast du das Leben gerettet?"
„Sozusagen. Er war ein Semester unter mir und ich habe ihm meine Klausuren in Wahrscheinlichkeitsrechnung überlassen. Die sind nämlich im folgenden Semester nahezu eins zu eins wieder dran gekommen".
„Das ist allerdings beinahe noch mehr als das Leben zu retten".
„Du kennst den Dozenten nicht. Ein absolutes Mathegenie, aber leider waren auch seine Klausuren dem entsprechend".
Plötzlich erhob sich der Hund aus seiner Ruhelage unter dem

Tisch. Mit spitzen Ohren stand er da und lauschte. Nur wenige Sekunden später klingelte es an der Haustüre, was Pius veranlasste, ein dumpfes „Wuff“, von sich zu geben. Daraufhin war ein freudiges Winseln des Hundes zu vernehmen. Konrad, der sich im ersten Augenblick erschrocken hatte, wusste jetzt, wer vor der Tür stand: Es konnte nur seine Schwester sein, die Pius abholen wollte.
„Meine Schwester“, sagte Konrad, „sie holt den Hund ab“.
„Das ist gerade günstig, weil mein Pflaster am Knie nicht hält. Ich gehe schnell mal ins Bad“.
Konrad nickte Lena zu und nahm den Hörer der Sprechanlage in die Hand. Es war seine Schwester. Er wollte Pius rufen, doch der Hund war wieder einmal schneller. Er stand bereits unten vor der Haustüre und begrüßte seine Familie, als ob er sie ein Jahr lang nicht gesehen hätte.
„Wie ist es gelaufen?“, wollte Konrad von seinen Neffen wissen.
„Dritter Platz“, antworteten beide fast gleichzeitig und deuteten dabei auf eine Bronzemedaille, die sie um den Hals trugen.
„Das ist doch super! Es kommt mir irgendwie bekannt vor – von gestern Abend“.
Die Kinder strahlten.
„Was noch besser ist, ist die Tatsache, dass die beiden jeweils zwei Tore geschossen haben“, fügte Marion hinzu. „Wie war dein Tag?“
„Ganz schön aufregend. Lena ist gerade noch im Bad“.
„Wie, im Bad“, fragten nun Marion und Schwager Gerd wie aus einem Munde. Seine Schwester erkundigte sich weiter: „Und wer ist eigentlich Lena?“
„Ach so, Lena – jetzt verstehe ich. Lena ist Feriengast bei Vater und Mutter. Sie hatte einen Unfall mit dem Rad. Ich habe ihr geholfen und jetzt verarztet sie sich oben im Bad“.
„Natürlich“, lachte Gerd, „daran habe ich als erstes gedacht. Nur meine Frau hatte wohl andere Gedanken“.
„Welche Gedanken?“, wollte der kleine Jan wissen.

sich, so lag Konrads Vater auf einem Liegestuhl im Garten seines Hauses. Als die Autotüren von Konrads Wagen zugeschlagen wurden, ging ein Ruck durch seinen Körper. Vorsichtig schob er den Strohhut beiseite und blinzelte Konrad und Lena an, die auf ihn zu kamen.
„Hallo“, begrüßte er die beiden, „Mutter hat sich hingelegt“.
„Und du mähst gerade den Rasen, wie ich sehe“, gab sein Sohn in ironischem Ton zurück.
„Heute ist Sonntag, da kann man auch mal fünf gerade sein lassen – auch als Schwabe“, antwortete er, mehr an Lena gewandt.
„Aber sagen Sie, was ist denn ihnen zugestoßen?“ Erst jetzt hatte er ihre Verletzungen bemerkt.
„Ein Sturz mit dem Rad. Halb so schlimm. Ihr Sohn hat mir geholfen“.
„Er hatte immer schon ein Talent, in den ungewöhnlichsten Augenblicken gerade dort aufzutauchen, wo gerade etwas passiert oder passiert ist“.
„Als ich hier im Garten ankam, ist hier ja nun wirklich nicht viel geschehen, oder?“ Martin Landberg hob sein Glas und prostete Konrad zu: „Das weißt du doch nicht!“
„Da hast du auch wieder recht“, lenkte Konrad lachend ein, „aber etwas anderes: Du hast doch Bücher über die Geschichte von Albstadt und den Zollern-Alb-Kreis. Frau Hansen interessiert sich nämlich dafür“.
„Aber natürlich, ich habe vier, fünf gute Bücher darüber. Darunter eine wahre Rarität. Ich werde sie ihnen holen“.
„Aber bitte, es eilt nicht“, warf Lena ein.
„Ich muss sowieso ins Haus. Der Wein ist zu warm, er muss kaltgestellt werden“. Martin packte die Flasche am Hals und trabte davon. „Dein Vater ist ein lustiger Kerl“, meinte Lena.
„Auf jeden Fall ein Original“, gab Konrad zur Antwort. „Ich gehe dann und melde mich morgen bei Dir. Erhole dich gut!“
„Alles klar – und Konrad, ..“.
„Ja?“
„Danke!“

Er nickte ihr freundlich zu und machte sich auf den Rückweg. Als er in seinen Wagen stieg und davon fuhr, bemerkte er nicht die beiden Fahrzeuge, von denen aus er beobachtet wurde. In dem einen saßen ein paar Männer des Generals, die den Auftrag hatten, das Haus zu überwachen. Im zweiten Fahrzeug, das ein paar Meter weiter entfernt geparkt war, saß lediglich *ein* Mann, von dem auch die Schläger des Generals nichts wussten. Dieser Mann beobachtete das Szenario in aller Ruhe aus seinem weißen BMW heraus. Fast unbeweglich saß er hinter dem Lenkrad. Nur ab und zu nahm er einen Fotoapparat in die Hand, um eine Aufnahme zu machen.

8

Die Straßen waren leer, die Stadt schien ausgestorben. Offenbar jeder Einwohner von Albstadt saß vor dem Fernseher und fieberte mit der deutschen Fußballnationalmannschaft mit. Dies machte die Aufgabe für den rotbackigen Kuster einfacher. Er war allerdings schon die sechste Seitenstraße hinein und wieder hinaus gefahren und hatte noch keine Anzeichen über den Verbleib von Frau Hansen gefunden. Er kannte ihr Auto genau. Deshalb würde es ein Kinderspiel sein, sie zu finden, sofern sie hier irgendwo wohnte. Es sei denn, sie hätte ihren PKW in einer Garage abgestellt. Aber so weit wollte Kuster jetzt nicht denken. Sein vorrangiges Ziel war, den Auftrag des Generals zu dessen Zufriedenheit auszuführen. Zugleich bewunderte und fürchtete er diesen Mann. Der General konnte eine wilde Horde von Menschen allein durch das Heben seiner Hand zum Schweigen bringen. Er war der geborene Führer. Mit ihm an der Spitzte von Deutschland, so dachte er, gäbe es gewiss nicht die Zustände, die heute herrschten!
Er, Kuster, war die rechte Hand des Generals. Wenn dieser endlich in die Regierung käme, dann hätte sicherlich auch er mehr zu sagen: Endlich könnte auch er einmal Befehle erteilen und andere herumkommandieren.
Jetzt bog er in die siebte Seitenstraße ein. Er fuhr Schrittempo, damit ihm nichts entging. Besonders nach Frau Hansens Auto hielt er natürlich Ausschau, aber auch nach Fahrrädern. Da! Plötzlich entdeckte er ihren Wagen. Er hatte es doch gewusst! Der General würde zufrieden sein und ihn vielleicht sogar loben. Jetzt galt es allerdings zuerst, weitere Informationen zu sammeln. In einigem Abstand parkte er seinen Wagen und setzte den Weg zu Fuß fort. Das Auto von Frau Hansen stand auf einem kleinen Parkplatz auf einem großzügigen Grundstück, auf dem auch ein gepflegtes Haus

stand. Schon von weitem war das Schild im Garten zu erkennen: ‚Ferienwohnungen – Haus Sonnenberg'.
Scharf beobachtete er das Haus, während er langsam vorbeiging. Im ersten Stock war die Balkontür weit geöffnet. Von drinnen hörte man, dass der Fernseher eingeschaltet war. Plötzlich war ein lauter Schrei zu vernehmen: „Schieß! Schieß doch! – Heiligs Blechle!"
Instinktiv, aber auch weil er sich ertappt fühlte, machte Kuster einen Schritt zur Seite und duckte sich. Schnell wurde ihm jedoch klar, dass der Ruf gar nicht ihm gegolten hatte, sondern dem Fußballspiel im Fernsehen. Er vergewisserte sich, dass ihn niemand beobachtete und setzte seinen Weg fort. Von Frau Hansen war nichts zu sehen, aber es war eindeutig ihr Wagen, der auf dem Parkplatz vor der Pension stand. Somit war auch klar, dass sie hier wohnte. Kuster ging noch einige Schritte weiter und kehrte danach auf der anderen Straßenseite zu seinem Auto zurück. Dort nahm er den Stadtplan, den er sich vorhin im Hotel besorgt hatte, in die Hand und markierte – nach langem Suchen – die Stelle, an der er sich jetzt gerade befand. Schließlich startete er den Motor, um zurück zum Hotel zu fahren.
Auf halber Strecke stoppte er den Wagen jedoch und holte sein Handy hervor. Zuerst musste jetzt der General verständigt werden. Nach nur zweimaligem Klingeln meldete sich dieser: „Ich habe sie gefunden!", platzte Kuster heraus, „sie wohnt in einer Ferienwohnung".
„Gut gemacht!" Dem General, der soeben sein Dessert beendet hatte, schien die Nachricht zu gefallen. Er fuhr fort: „Für heute ist nichts mehr zu erwarten. Aber Morgen müssen wir wachsam sein. Ich habe mir überlegt, wie wir vorgehen werden, also aufgepasst: Die Frau muss im Auge behalten werden! Zufall hin, Zufall her. Das heißt sogar, wir müssen sie auf Schritt und Tritt verfolgen! Zumindest so lange, bis wir sicher sein können, dass sie nichts von unserer Sache weiß. Es ist anzunehmen, dass sie wieder mit dem Rad unterwegs sein wird wie heute Nachmittag. Deshalb muss sich einer von euch

ebenfalls ein Fahrrad besorgen! Ich schlage dabei Kurt vor, er ist der Sportlichste. Ab Morgen, 7:00 Uhr, muss das Haus überwacht werden. Verlässt die Dame das Haus, so ist ihr unauffällig zu folgen. Wenn es nötig sein sollte, ihr mit dem Rad zu folgen, muss Kurt unbedingt über das Telefon Kontakt zu den anderen halten. Natürlich werde auch ich auf dem Laufenden gehalten. Und – lasst euch nicht sehen! Das ist sehr wichtig. Alles verstanden?"
„Jawohl"
„Gut, dann bis morgen keinen Kontakt mehr!"
In der nächsten Sekunde hatte der General die Verbindung getrennt und hörte so das „Gute Nacht" von Kuster nicht mehr. Dieser war mächtig stolz. Er hatte vom General eine wichtige Aufgabe übertragen bekommen. Jetzt galt es, die drei anderen zu instruieren. Die Überwachung der Frau würde zur vollsten Zufriedenheit des Generals ausgeführt werden.

Gleich nachdem Bruno den Anruf entgegen genommen hatte, wusste Kuster, dass sich die drei in einer Kneipe befanden. Die Geräusche im Hintergrund deuteten unmissverständlich darauf hin. Hinzu kam, dass Bruno – und wohl auch die beiden anderen – nicht mehr nüchtern waren. Das hörte Kuster an ihren Stimmen.
„Wir müssen eine Observation durchführen!"
„Eine Obser... was?"
„Eine Überwachung". Insgeheim verachtete Kuster diese kahlköpfigen Schläger. Sie waren ungebildet und faul. Besonders Erdug, der zusammen mit Bruno und Kurt hier in Albstadt war, konnte Kuster nicht leiden. Zu allem Überdruss war er auch noch gebürtiger Türke und besaß lediglich einen deutschen Pass. Er hatte es nie verstanden, warum der General ausgerechnet ihn aufgenommen hatte. Vielleicht, weil Erdug der brutalste von allen war und der General in nur als Werkzeug gebrauchte, um ihn später einfach abzustoßen. Wie auch immer, noch gehörten sie zu der selben Gruppe und es galt einzig und allein, die Befehle des Generals zu befolgen.

Kuster erklärte Bruno die Einzelheiten, was dieser mit einem dumpfen Grunzen quittierte. Erst nach einiger Zeit des Nachdenkens stieß er hervor: „Wo sollen wir mitten in der Nach ein Fahrrad her bekommen?“
„Lasst euch etwas einfallen. Albstadt ist eine Stadt von Radfahrern, und die Nacht ist unser Freund. Ich hole euch morgen Früh pünktlich um viertel vor sieben ab“. Er unterbrach die Verbindung abrupt – genau so, wie es der General vorhin bei ihm getan hatte.
Kuster war zufrieden. Er würde die Operation leiten, die Verantwortung tragen. Wie vor einiger Zeit zu Hause, als so ein seltsamer Typ nicht reden wollte. Der General hatte ihn hinterher gelobt. So sollte es morgen auch sein. Er sah zur Uhr. Es war jetzt Zeit zu schlafen. Schließlich wollte er ausgeruht in den morgigen Tag gehen.

Zu Kusters Erleichterung standen die drei, samt Fahrrad, am Morgen pünktlich bereit. Das Rad, dessen Eigentümer noch in der Nacht Anzeige wegen Fahrraddiebstahls erstattet hatte, wurde im Kofferraum verstaut. Sie suchten sich eine Stelle vor einem unbebauten Grundstück in einer Parallelstraße aus, von der man einen guten Blick auf das Haus Sonnenberg hatte. Von hier aus konnten sie das Haus beobachten, ohne große Aufmerksamkeit zu erregen.
Kuster öffnete die Seitenfenster des Wagens. Die Kleidung seiner drei Kumpane roch nach Rauch, die Männer selbst nach Alkohol. Geredet wurde kaum etwas. Es verging nahezu eine Stunde, bis sich im Haus etwas regte: Eine ältere Frau war ab und zu am Fenster zu sehen. Sie huschte jedes Mal schnell vorüber und sah sehr beschäftigt aus. Ein Mann, etwa im selben Alter, ließ sich ebenfalls kurz auf dem Balkon blicken. Er streckte seine Arme in die Höhe und machte anschließend Übungen in einer Art von Schattenboxen. Nicht lange jedoch, denn plötzlich griff er sich mit beiden Händen an den Rücken. Er krümmte sich kurz, offenbar vor Schmerz, und war wieder verschwunden.

Von Frau Hansen war nichts zu sehen, jedoch stand ihr Auto noch genauso auf dem Parkplatz wie gestern Abend. Dies beruhigte Kuster.
Nach abermals einer Stunde tauchte sie auf. Sie schob ein Fahrrad aus dem Haus und lehnte es ans Gartentor, woraufhin sie wieder im Haus verschwand.
„Es geht los!“ Mit diesen Worten weckte Konrad die anderen, die vor sich hin dösten, auf. „Sie will mit dem Fahrrad losfahren. Auf geht's Kurt, dein Einsatz!“
Während sich Kurt bereit machte, bläute ihm Kuster nochmals ein: „Abstand halten! Lass dich nicht sehen und melde dich mit dem Handy so oft wie möglich. Du hast die Karte, versuche dich zu orientieren!“ Danach beobachtete Kuster mit dem Fernglas wieder das Haus. Er musste nicht lange warten, schon tauchte Frau Hansen wieder auf. Sie hatte die selbe Fahrradkleidung an wie tags zuvor. Jetzt bestieg sie ihr Rad, woraufhin er Kurt das Zeichen gab, die Verfolgung aufzunehmen. Gleichzeitig startete er den Wagen, um Frau Hansen ebenfalls so weit wie möglich zu folgen.
Dies funktionierte die erste Zeit ganz gut, da sie der normalen Straße stadteinwärts folgte. Sie verließ Ebingen auf der Straße nach Bitz, bog danach aber, oben auf dem Berg angekommen, links ab. Sie fuhr jetzt auf einem schmalen, aber immer noch geteerten Sträßchen. Auch hier konnte Kuster noch folgen. Wenige Hundert Meter weiter war für sein Auto jedoch Schluss: Frau Hansen bog auf einen geschotterten Weg ab, der in den Wald hinein führte. Jetzt kam es auf Kurt an. Kuster griff nach der Karte und versuchte, sich zu orientieren. Als er seinen Standort ausfindig gemacht hatte, wog er ab, wohin Frau Hansen wohl fahren würde. Das war jedoch nicht vorauszusehen, da es mehrere unterschiedliche Möglichkeiten gab. Kuster blieb nichts anderes übrig, als das Auto zu parken und auf Kurts Anruf zu warten. Es vergingen unerträgliche Minuten für ihn. Er traute Kurt nicht viel zu, was sich nun wieder zu bewahrheiten schien.

Endlich klingelte das Telefon doch. Kurt hatte Frau Hansen nicht verloren. Er berichtete, dass sie sich mit einem Mann getroffen habe und jetzt beide in einer Gartenwirtschaft säßen – mitten im Wald. Sogar den Namen des Lokals konnte er durchgeben. Kuster brauchte nicht lange auf der Karte zu suchen, um das Lokal zu finden. Es gab kein Halten mehr für ihn. Er musste da hin, um die Lage selbst einschätzten zu können und um den Mann zu sehen, mit dem sich Frau Hansen getroffen hatte.

Mit dem Auto war es ein großer Umweg gewesen, um von seinem Standort zu dem Wirtshaus zu gelangen. Er hatte schon befürchtet, die beiden nicht mehr anzutreffen. Doch dem war glücklicherweise nicht so. Um nicht aufzufallen, legte Kuster die letzten Meter zum Wirtshaus alleine und zu Fuß zurück: Jetzt konnte er sie sehen. Wie vermutet handelte es sich bei Frau Hansens Begleiter um den selben Mann, mit dem er sie schon gestern gesehen hatte. Weiter durfte er sich nicht heran wagen!
Als er versuchte, eine bessere Stellung hinter dem Gasthaus, im Schutz des Hauses, zu beziehen, um die beiden besser beobachten zu können, kam er am Radständer vorbei, in dem gerade nur zwei Fahrräder steckten. Er erkannte Frau Hansens Rad sofort. Ohne weiter nachzudenken griff er in seine Hosentasche und holte sein Taschenmesser heraus. Er erinnerte sich an die Situation vor ein paar Tagen in Kiel, bei der er ebenfalls die Eisensäge seines Taschenmessers benutzt hatte. Danach hatte der General ihn sehr gelobt – ihm sogar auf die Schulter geklopft.
Mit dieser Frau Hansen stimmte etwas nicht, das spürte er. Deswegen war es kein Fehler, das zu tun, was er vorhatte. Die Pläne des Generals durften nicht gestört werden – durch niemanden!
Nachdem Kuster sich noch einmal vergewissert hatte, dass niemand zusah, begann er, die Bremsdrähte von Frau Hansens Fahrrad durchzusägen. Er hörte erst auf, als der

Draht so dünn war, dass er beim ersten starken Bremsen reißen musste. Kuster war überzeugt, das Richtige getan zu haben. Jetzt musste er nur noch unerkannt zum Auto zurückkehren.
Kurt hatte sich inzwischen ebenfalls eingefunden. Gemeinsam beobachteten sie mit dem Fernglas den Biergarten. Bald machten Frau Hansen und ihr Begleiter Anstalten aufzubrechen. Kuster gab Kurt einen Wink, denn wieder war er es, der den beiden folgen sollte.
Diesmal dauerte es nicht so lange, bis sich Kurt über das Handy meldete. Frau Hansen sei gestürzt und blutete, meldete er. Weiter schien ihr aber nichts passiert zu sein. Kuster fluchte leise in sich hinein und beschloss sofort, dem General vorerst nichts von den angesägten Bremsdrähten zu erzählen. Er befahl Kurt, die beiden weiter zu beobachten.
Nach geraumer Zeit berichtete ihm dieser, dass Frau Hansen und der Mann jetzt in einem Haus verschwunden wären. Er gab auch Straße und Hausnummer durch, woraufhin Kuster sofort den Wagen startete. Erst danach suchte er nervös die Stelle auf der Karte: Das Haus lag offenbar gar nicht allzu weit von ihm entfernt im Stadtteil Truchtelfingen. Das war gut. Bald konnte er vielleicht in Erfahrung bringen, wer Frau Hansens Begleiter war!

Während er in sicherer Entfernung zu dem Haus wartete, meldete sich Kuster telefonisch beim General. Er erstattete Bericht, verschwieg aber wie vorgenommen die angesägten Bremsdrähte. Der General hörte aufmerksam zu und befahl danach nur, die beiden weiter zu beobachten.
Lange geschah nichts, da näherte sich ein Auto und stoppte direkt vor dem Haus. Eine ganze Familie stieg aus. Frau Hansen und ihr unbekannter Begleiter traten vor die Tür. Ein Hund war auch dabei. Es wurde gescherzt und gelacht. Nach einer Weile entfernte sich die Familie wieder. Kurz darauf begaben sich auch Frau Hansen und ihr Begleiter zu einem offensichtlich in die Jahre gekommenen Auto und fuhren

davon. Sofort nahm Kuster die Verfolgung auf. Die Fahrt dauerte nicht lange und hatte das Haus Sonnenberg zum Ziel – die Ferienwohnung von Frau Hansen. Nach kurzer Zeit fuhr Frau Hansens unbekannter Begleiter – alleine – wieder davon. Weil Kuster nun nicht mehr genau wusste, was zu tun war, wählte er erneut die Nummer des Generals. Dieser hörte sich den Bericht wieder in Ruhe an und schwieg danach einige Zeit, um nachzudenken. Er hatte sich die letzten Stunden beflissen mit Heimatliteratur und Karten der Region beschäftigt. Immer mehr kam er nun zu der Einsicht, dass die gesuchte Stelle nur mit indirekter Unterstützung durch Frau Hansen und ihren Begleiter zu finden war – ohne deren Wissen natürlich. Also befahl er Kuster und Kurt, sich zu trennen, um sowohl das Haus der Frau als auch das des Mannes zu überwachen. Er wollte sofort über jeden Schritt der beiden unterrichtet werden. Unterdessen wollte er einen Plan schmieden, der die weitere Vorgehensweise festlegen sollte. Zudem hatte er jetzt die Adresse des Mannes. An der Rezeption des Hotels hatte er ein so genanntes ‚Stadtadressbuch' gesehen. Damit würde es keine Probleme bereiten, nähere Informationen über ihn heraus zu finden.

Unter allen Umständen musste das Gold in seinen Besitz gelangen!

9

Es war Montagmorgen, die Sonne schien vom blauen Himmel und niemand hatte Konrad heute geweckt.
Nun war er mit dem Auto unterwegs zum Haus seiner Eltern. Zuvor hatte er Lenas Rad zur Reparatur gebracht. Zuerst hieß es dort, das Fahrrad könne diese Woche nicht mehr repariert werden. Wegen des Bikemarathons wären die Kapazitäten ausgebucht. Nachdem Konrad jedoch mit seinem alten Kumpel aus Bundeswehrzeiten – dem Teilhaber der Firma – geredet hatte, hatte er Bescheid bekommen, dass das Rad am Nachmittag abgeholt werden könnte. Das hatte er wieder gut hin gebogen!
Nicht ganz so zufrieden war er mit dem Ergebnis seiner Recherche am vorigen Abend. Zwar war er einen Schritt, vielleicht sogar mehrere, weiter gekommen, den großen Durchbruch allerdings hatte er nicht geschafft.
Gleich nachdem er Lena abgeliefert hatte, war er nach Hause gefahren und hatte seinen Computer gestartet. An allem, was mit den Kernspaltungsversuchen und dem geplanten Bau der Atombombe im Zweiten Weltkrieg zu tun hatte, war er interessiert. Besonders wichtig waren ihm dabei natürlich die Aktivitäten in der Region – in Hechingen, Haigerloch und Tailfingen.
In verschieden Internetsuchmaschinen hatte er alle denkbaren Stichwörter eingegeben. Dabei endete die Suche immer in denselben Seiten: interessant, aber für Konrad zu wenig. Schließlich stieß er jedoch auf eine viel versprechend klingende Seite, die aber durch ein Kennwort gesichert war. Alle Bemühungen, diesen Code zu knacken, scheiterten. Darum beschloss er, seinen früheren Studienfreund zu kontaktieren, der sich mit der Überwindung von Passwörtern bestens aus kannte und die letzte Möglichkeit zu sein schien, doch noch Zugang zu der Seite zu erhalten. Nachdem Konrad

die E-Mail an ihn abgesendet hatte, schaltete er den Computer aus. Es war jetzt kurz vor 20 Uhr – Zeit, den Fernseher einzuschalten. Obwohl es ihm als einem echten deutschen Fußballfan sehr schwer fiel, die Italiener nach dem Sieg gegen Deutschland spielen zu sehen, so war es doch immerhin das Endspiel der Fußballweltmeisterschaft. Außerdem waren die Italiener – abgesehen von der Tatsache, dass sie Frings verpetzt hatten – eine sehr sympathische Mannschaft, in der noch mit Leidenschaft Fußball gespielt wurde. So freute sich Konrad auf ein gutes Spiel, bei dem man ausnahmsweise nicht zittern musste. Wie erging es dagegen den Fans aus Italien und Frankreich? Erst der Elfmeter von Zidane, danach der Ausgleich durch Matarazzi, Verlängerung, der Kopfstoß von Zidane gegen Matarazzi und schließlich Elfmeterschießen. Italien war Fußballweltmeister.

Nach dem Spiel fand Konrad keine Ruhe. Nochmals fuhr er seinen PC hoch. Zu seiner Überraschung war bereits eine neue E-Mail in seinem Postfach: die Antwort seines Studienkollegen. Dieser teilte Konrad das gesuchte Passwort mit, als ob es das normalste der Welt wäre, solche Codes zu knacken. Er beendete seine Nachricht mit dem Satz: „Das war eine Lappalie! Wenn du mal wirklich was Kniffliges hast, melde dich ;-)"
Sofort gab Konrad das Kennwort in die gesperrte Seite ein und – siehe da! – das Dokument öffnete sich. Es handelte sich um einen detaillierten Bericht der Forschungsgruppen in Haigerloch und Tailfingen über die Zeit am Ende des Krieges. Viele Informationen waren nicht neu für Konrad. Was diese Seite jedoch von den anderen unterschied, war, dass hier die Namen sämtlicher Wissenschaftler und Mitarbeiter aufgelistet waren. Darüber hinaus waren Geburtsdatum, Geburtsort und Ausbildung der einzelnen Personen fast lückenlos vermerkt. Konrad druckte die Daten aus. Er musste es schwarz auf weiß vor sich haben, um die Informationen besser überblicken zu können. Er studierte die

Liste eindringlich und erstellte eine Art Organigramm der Tailfinger Gruppe. Zwischendurch suchte er im Internet direkt nach den Namen der Personen und erhielt dadurch noch zusätzliche Anhaltspunkte.
Es war schon nach Mitternacht, als er endlich meinte, den Mann gefunden zu haben, der Lenas Brief verfasst haben könnte. Es handelte sich um einen gewissen Ernst Maurer, geboren in Kiel. Er war damals stellvertretender Verwaltungsleiter in Tailfingen und für die Logistik zwischen Berlin und der Schwäbischen Alb zuständig gewesen. Ferner erfuhr Konrad, dass dieser Mann erst vor ein paar Monaten, im hohen Alter, gestorben war. Das war doch etwas!
Dennoch konnte er mit diesem Wissen keine Rückschlüsse ziehen, wo das Gold versteckt sein sollte. Aber immerhin war es ein Ansatzpunkt. Vielleicht konnte Lena mehr mit diesem Ernst Maurer anfangen – morgen, das hieße heute. Müde legte er sich schlafen.

Kurz vor dem Haus seines Vaters, wurde Konrads Aufmerksamkeit auf einen geparkten PKW gelenkt, der das selbe Ortskennzeichen hatte wie Lenas Wagen. ‚Welch ein Zufall', dachte er erst, doch dann wurde er stutzig: In dem Auto saß ein glatzköpfiger Mann, der mit einem Fernglas das Haus seines Vaters beobachtete.
Konrad beschloss, sich nichts anmerken zu lassen. Er parkte seinen Citroën und traf Lena im Garten, vertieft in ein dickes Buch. „Hallo", begrüßte er sie, „kommst du voran?"
„Hallo", entgegnete Lena, als sie Konrad erkannte, „Nicht wirklich. Die Gegend hat zwar eine spannende Geschichte, aber bei der Suche nach dem Gold bin ich kaum weitergekommen. Wenn ich nur einen Namen hätte!"
„Den habe ich. Aber komm erst einmal mit rein, ich muss dir etwas zeigen".
Ohne eine Antwort abzuwarten, ging Konrad ins Haus. Lena folgte gespannt. Als die beiden außer Sichtweite des Beobachters waren, erzählte Konrad: „Dieses Haus wird von

einem komischen Typen beobachtet. Das kommt mir doch recht seltsam vor. Ich schlage vor, wir gehen – auf meinem alten Indianerpfad aus Kinderzeiten – ums Haus herum und du siehst dir den Kerl einmal aus der Nähe an“.
„Du sagst Sachen. Das ist ja wirklich sehr seltsam“.
Sie folgte Konrad, der durch einen hinteren Ausgang das Haus verließ, danach durch zwei Hecken hindurch, entlang von Zypressen-Sträuchern, am Gartenzaun entlang ging. Weiter ging es durch das Nachbargrundstück, immer wieder durch Sträucher hindurch, bis Konrad endlich anhielt. Vorsichtig bog er die Äste einer dichten Hecke beiseite. Sie waren jetzt kaum zehn Meter von dem Kahlköpfigen entfernt. Lena beobachtete ihn ausführlich. Schließlich schüttelte sie den Kopf, ohne etwas zu sagen. Daraufhin gingen sie den selben Weg zurück zum Haus Sonnenberg. Erst dort redeten sie wieder. Konrad fragte: „Du kennst ihn also nicht?“
„Ich habe diesen Kerl mit Sicherheit noch nie gesehen, bin aber gar nicht unglücklich darüber. Er scheint ja nicht von der Sorte ‚Netter Schwiegersohn‘ zu sein“.
„Mir kommt die ganze Sache allmählich sehr rätselhaft vor. Zuerst die Geschichte mit diesem Kuster und deinem manipulierten Fahrrad; und jetzt dieser Schläger, der anscheinend auch aus Kiel kommt. Besteht da ein Zusammenhang zwischen beiden? Wenn ja – welcher?“
„Mir kommt die Geschichte auch unheimlich vor. Langsam bekomme ich es mit der Angst zu tun. Ich möchte nicht beobachtet werden! Und schon gar nicht von so einem Typen. Können wir nicht unbemerkt woanders hingehen?“ Konrad überlegte kurz: „Na klar, das ließe sich machen. Warte hier!“

Nach einiger Zeit kehrte Konrad mit seinem Vater zurück. Der schien sehr erzürnt zu sein: „Was für ein Saukerl ischt den des?“, schimpfte er, „Am liebsten tät ich ihm links und rechts an d´ Backa no haua! Aber mein Sohn meint, ich solle ihn nur ablenken. – Also von mir aus“.

Lena musste schmunzeln, während Martin Landberg fort fuhr: „Ihr wartet hier, bis ich die rechte Hand hebe. Danach schnell ins Auto und weg!“ Er blickte die beiden an, um zu prüfen, ob sie ihn verstanden hatten. Sie nickten und Martin machte sich auf den Weg. Er begab sich in die Garage, woraus man alsbald laute Geräusche hörte. Kurz darauf war er mit einem Schubkarren voller – größtenteils rostiger – Nägel zu sehen, den er gemütlich auf die Straße schob. Von dort ging es weiter in Richtung Beobachter. Genau auf Höhe des Wagens knickte er mit dem linken Bein ein und strauchelte. Einen Sturz konnte er gerade noch vermeiden, jedoch kippte er dabei den gesamten Inhalt des Schubkarrens unter das Auto des Kahlköpfigen. Wie von der Tarantel gestochen riss dieser die Fahrertür auf und brüllte: „Verflucht! Mann, kannst du nicht aufpassen?!“
„Das tut mir jetzt aber Leid. Meine Knochen, müssen sie wissen, sind nicht mehr die Besten. Beinahe wäre ich mit den Nägeln unter ihr Auto gefallen“.
„Mach die Nägel wieder weg, aber schnell! Wenn ich da drüber fahre, habe ich einen Platten“.
„Uns Audo au“
„Wie bitte?“
„Ich meinte, meine Knochen sind nicht mehr die Jüngsten. Ich kann mich nicht bücken“.
„Das darf doch nicht wahr sein!“ Der Mann wurde wieder lauter.
„Ist es aber!“ Martin setzte einen trotzig-dümmlichen Gesichtsausdruck auf.
„Mann ...!“ Der Glatzköpfige bekam allmählich eine rote Glatze vor Wut. Schließlich kroch er fluchend unter das Auto, um die Nägel einzusammeln. In sich hinein schmunzelnd hob Martin daraufhin seine rechte Hand.
Konrad und Lena erkannten das Zeichen. Sie rannten direkt zum Auto, um in entgegengesetzter Richtung davon zu fahren.
„Nicht schlecht – dein Vater“, sagte Lena anerkennend.

„Ja, nicht wahr? Er hat viel von mir“, gab Konrad zurück. „Was machen wir jetzt?“

„Du musst mir unbedingt von deinen Entdeckungen erzählen“, antwortete Lena.

„Gut. Wie wäre es, wenn wir dies beim Essen machen würden. Ich habe schrecklichen Hunger“.

„Das ist eine sehr gute Idee. Ich hätte Lust auf einen Chinesen“.

„Chinesisch essen, oder wirklich auf einen Chinesen?“, fragte Konrad spitzbübisch.

„Essen“, gab Lena zurück, „für das andere bevorzuge ich Europäer“.

„Deutsche? Vielleicht Schwaben?“

„Nur wenn sie nicht so eine spitze Zunge haben“.

„Da hast du mit mir aber Glück. Übrigens, ich kenne ein hervorragendes Chinesisches Restaurant“.

„Na dann ..“.

Nur wenige Personen waren in der Gaststätte. Hauptsächlich handelte es sich um Berufstätige, die das Mittagstischangebot ‚Chinesisches Menü für Sieben Euro’ nutzten. Konrad und Lena setzten sich in den hinteren Teil des Raums, wo sie ganz ungestört waren.

„Meinst Du, der Typ hat mich wirklich beobachtet?“, begann Lena das Gespräch.

„Es sieht beinahe so aus. Wobei mir nicht klar ist, was der Typ von dir will. Es sei denn ..“.

„Was?“

„Es sei denn, du hast mir nicht alles gesagt, was du weißt“.

„Das habe ich sehr wohl“.

„Dann bleibt nur die Vermutung, dass die anderen, die von dem Brief wissen, ebenfalls hinter dem Gold her sind“.

„Das wäre dann eindeutig Kuster“, bemerkte Lena.

„Ja, und er ist nicht alleine. Er hat noch Helfer“.

„Vielleicht kommen wir der Sache näher, wenn du mir erzählst, was du herausgefunden hast“.

Konrad strich sich mit dem rechten Zeigefinger über die Stirn, bevor er antwortete: „Ich denke, ich habe den Namen des Briefschreibers herausgefunden. Es handelt sich dabei um einen gewissen Ernst Maurer, geboren in Kiel“.
„In Kiel ... Ernst Maurer. Der Name sagt mir nichts“, gab Lena nach einigem Nachdenken zurück. „Aber wir haben ein riesiges Archiv bei der Zeitung. Ich werde sofort bei meiner Kollegin und Freundin Hellen anrufen. Die wird Nachforschungen für mich anstellen“.
„Sehr gute Idee!“ Konrad kramte in seiner Hosentasche und zog einen zusammengefalteten Zettel hervor. „Hier habe ich die Sachen aufgeschrieben, die ich über Maurer herausgefunden habe. Immerhin ist sein Geburtsdatum dabei“. Konrad überreichte Lena den Zettel. Während sie ihr Handy hervorholte, sagte sie: „Das wird sicher helfen. Ich rufe gleich mal an“. Wenige Augenblicke später hatte sie Hellen am Apparat. Lena gab ihr Konrads Daten durch und Hellen versprach, sofort mit der Suche zu beginnen – sie hatte gerade Mittagspause.
Die beiden bestellten ihr Essen: irgendwelche heißen Platten, wobei die chinesische Bedienung fragte, ob sie mit Stäbchen essen wollten. Lena nickte sofort, während Konrad dankend ablehnte. Er wolle doch nicht am gedeckten Tisch verhungern, gab er zu bedenken, was die Bedienung zu einem Lächeln veranlasste. Genau genommen hatte sie schon die ganze Zeit über gelächelt. Und ob sie Konrad verstanden hatte war auch ungewiss. Immerhin bekam er Messer und Gabel aufgedeckt, als die Warmhalteplatten auf den Tisch gestellt wurden.
Das Essen schmeckte vorzüglich. Konrad bewunderte insgeheim Lenas Geschicklichkeit, mit Stäbchen zu essen.
Während des Mahls unterhielten sie sich über mögliche Stellen, wo das Gold versteckt sein könnte. Lena hatte sich alte Karten in den Büchern von Martin Landberg angesehen und stellte verschiedene Vermutungen an, die Konrad aber allesamt widerlegte.

„Nein“, sagte er, „wir müssen eine Stelle suchen, zu der es nur eine Zufahrt gibt, also eine Sackgasse. Hier muss dann ein verfallenes Gebäude, also eine Ruine, stehen – genauer gesagt eine Kirche – im Zeichen des Kreuzes. Ich habe schon sämtliche Karten und das Internet nach einer solchen Stelle durchforscht, bin aber nicht fündig geworden. Es gibt hier in der Gegend keine verfallenen Kirchen, die am Ende einer Sackgasse liegen“.

„Das macht die Sache nicht gerade einfacher“, stöhnte Lena.

Beide gingen ihren Gedanken nach, während sie das Essen beendeten.

Sie waren jetzt, bis auf ein älteres Ehepaar, die einzigen Gäste im Restaurant. Die ‚Mittagstischler' waren offenbar wieder an ihren Arbeitsplatz zurückgekehrt. In die Stille hinein spielte Lenas Handy plötzlich Vivaldis ‚Vier Jahreszeiten'. Sie meldete sich. Nach einem „Hallo Hellen“, hörte sie drei Minuten lang zu, nur gelegentlich durch ein „Ja“ unterbrochen. Konrad saß wie auf heißen Kohlen. Er spürte, dass Hellen etwas herausgefunden hatte und konnte es nicht erwarten, zu erfahren, was es war. Endlich beendete Lena das Gespräch.

„Und!?“, stieß Konrad hastig hervor.

„Hellen hat einige Dinge recherchiert. Sie schickt mir noch eine ausführliche E-Mail. Das Wichtigste hat sie mir aber gerade erzählt. Das ist eine reichlich merkwürdige Sache“.

„Du spannst mich auf die Folter“.

„Wirklich? – Na ja, also: Ernst Maurer ist tatsächlich der Briefschreiber. Allem Anschein nach ist – beziehungsweise war er ein alter Nazi. Ihm konnte aber nie etwas nachgewiesen werden. Er arbeitete zu Beginn des Krieges in der Verwaltung des Kaiser-Wilhelm-Instituts in Berlin. Als die Wissenschaftler nach Tailfingen und Haigerloch umgezogen sind, ist er mitgekommen. Er ist hier zum stellvertretenden Verwaltungsleiter in Tailfingen aufgestiegen. Seine Frau war übrigens auch in Tailfingen. Er war als leidenschaftlicher Wanderer bekannt und nutzte jede freie Minute für sein Hobby.

Nach dem Krieg ist es ihm irgendwie gelungen, nicht in Gefangenschaft zu geraten. Damals ist er von hier nach Köln übergesiedelt. Erst in den 60-er Jahren ist er zurück in seine Geburtsstadt Kiel gezogen. Jetzt hatte er einen erwachsenen Sohn, der selbst auch schon wieder verheiratet war. 1970 wurde dann sein Enkel Thorsten Maurer geboren. Erst vor drei Monaten ist Ernst Maurer gestorben. Seine Frau, sein Sohn und dessen Ehefrau haben übrigens viel früher ihr Leben verloren. Und jetzt kommt das Seltsame: Sein Enkel Thorsten ist bei einem Verkehrsunfall vor fünf Tagen ums Leben gekommen. Hellen hat mir berichtet, dass es hier wohl einige Ungereimtheiten gegeben hat. Normal ist das ja nicht, dass die Kriminalpolizei bei einem einfachen Verkehrsunfall ermittelt".
„Puh", Konrad atmete tief aus, „Die Sache wird immer mysteriöser".
„Meinst Du, dass der Unfall etwas mit unserer Geschichte zu tun hat?"
„Denkbar wäre es zumindest. Überleg doch einmal. Irgendjemand muss den Brief doch an eure Zeitung geschickt haben. Der alte Maurer kann es nicht gewesen sein, der war längst tot. Ebenso dessen Frau, sowie der Sohn nebst Schwiegertochter. Bleibt also nur sein Enkel Thorsten – und der stirbt zwei Tage nachdem er euch den Brief geschickt hat, auf ungeklärte Weise. Möglich wäre es doch, dass eine Bande um Kuster alle beseitigen will, die von dem Brief wissen".
„Aber warum?", Lena war ganz aufgeregt. „Nun, Gold ist wohl ein sehr klassisches Motiv".
„Das ist eine gewagte Theorie. Da bleibt einem ja die Spucke weg".
„Denk an deine durchgesägten Bremsdrähte".
„Man bekommt es ja mit der Angst zu tun. Das ist ja wie im Fernsehen".
„Wahrscheinlich ist mit den Leuten wirklich nicht zu spaßen. Vielleicht sollten wir doch die Polizei verständigen".
„Das bringt jetzt noch nichts. Wir haben sehr wenige Beweise. Alles sind eigentlich nur Vermutungen".

„Da hast du natürlich Recht. Und außerdem willst du ja auch noch die Story für deine Zeitung“.
Lena blickte verlegen zu Boden, worauf Konrad fort fuhr: „Das ist durchaus legitim. Ich wollte auch nur sagen, dass wir sehr vorsichtig sein sollten“.
Die beiden sahen sich nachdenklich an und Lena nickte langsam.
Plötzlich sprang Konrad auf und rief: „Das Schloss, natürlich. Ich denke ich weiß wo der Schatz vergraben liegt!“
„Was?“ Lena musste seine Worte zuerst in den richtigen Zusammenhang bringen. Zu groß war Konrads Gedankensprung gewesen. Etwas beruhigter fuhr dieser fort, nachdem er sich wieder gesetzt hatte: „Entschuldige, aber mir ist gerade ein Gedanke gekommen. Nicht weit von hier gibt es eine Stelle, auf der früher einmal eine Burganlage gestanden hat – den so genannten Schlossfelsen. Dorthin führt nur eine Straße, ein Forstweg. Weiter geht es von dort aus nicht. Es ist also eine Sackgasse. Zur Burganlage gehörte auch eine Kirche, die Burgkapelle. Alles ist längst verfallen. Man erkennt nur noch Wall und Graben. Dies könnte doch der gesuchte Ort sein!“
„Aber klar“, jetzt wäre Lena beinahe aufgesprungen. „Wir müssen auf jeden Fall jeder Spur nachgehen! Und diese Spur klingt viel versprechend“.

Der Weg zum Schlossfels führte über einen gut befahrbaren Forstweg. Vorbei ging es am Tailfinger Schlossberg Skilift, von dem jetzt im Sommer nur die Pfeiler und dicken Seile des Lifts zu sehen waren. Oben auf dem Schlossfels, auf gut 930 Meter Höhe, stoppte Konrad seinen Citroën. Er deutete auf einen Trampelpfad, der in den Wald hinein führte. „Da geht es zur Ruine“.
Angespannt stiegen die beiden aus und folgten dem Weg schnellen Schritts. Hundegebell aus einem nahe gelegenem Tierheim war zu hören, ansonsten herrschte Ruhe – eine beinahe gespenstische Ruhe.

Wenige Schritte später war der mächtige, jetzt bewaldete Schutzwall zu erkennen. Davor war ein teilweise bis zu vier Meter tiefer Graben zu sehen. Kurz vor dem Beginn eines befestigten Weges zum Wall hinauf war hinter Glas eine überdachte Tafel aufgestellt, auf der Informationen über die ehemalige Burganlage und einige Fotos vergangener Ausgrabungen zu finden waren. Es war bestimmt zwei Jahre her, dass Konrad das letzte Mal hier war. Damals hatte er sich dies alles durchgelesen und angeschaut, jedoch unter ganz anderen Bedingungen als heute. Damals hatte er ja auch keinen Schatz aus der Nazizeit gesucht. Konrad las alles hier Geschriebene noch einmal aufmerksam. Lena dagegen überflog die Tafel nur kurz. Sie war zu nervös, um sich konzentrieren zu können.
Als er fertig gelesen hatte, gab er Lena eine Zusammenfassung: „Die Burg ist um das Jahr 1100 entstanden. Das haben Auswertungen der keramischen Funde ergeben. Um 1250 wurde die Burg als Wohnsitz aufgegeben. Noch 1880 waren Reste eines Steinhauses mit Turm sichtbar. Das Haus soll 22 Schritte lang und 16 Schritte breit gewesen sein, so die Überlieferung. Heute ist davon nichts mehr zu erkennen. 1983 fanden jedoch Ausgrabungen unter der Führung des Landesdenkmalamtes statt. Dabei wurde die Apsis der Burgkapelle, also eine Art Altarnische, freigelegt. Nach genauen Vermessungen und weiteren Untersuchungen wurde das Ganze wieder zugeschüttet“.
„Zugeschüttet?“
„Ja, weil Witterungseinflüsse sonst alles sehr schnell zerstört hätten“.
„Ah, ..“.
„Genau das ist mein Problem“, sagte Konrad mit mutloser Stimme. – „Was meinst Du?“
„Wenn hier bereits alles umgegraben wurde, hätte man mit Sicherheit das Gold finden müssen. Da das aber nicht der Fall war, können wir wohl davon ausgehen, dass wir an der falschen Stelle suchen“.

Nach reiflichem Nachdenken gab Lena mit trauriger Stimme zurück: „Schade, aber es scheint wirklich so zu sein“.
„Dabei war ich mir so sicher“.
„Das macht überhaupt nichts“, entgegnete Lena wieder besser gelaunt, „wir werden weiter forschen!“
Sie klopfte Konrad mit der Hand auf die Schulter. „Aber ansehen will ich mir die Ruine auf jeden Fall!“
„Klar, das lohnt sich allemal“. Konrad ging voran, den steilen Wall hinauf. Oben breitete sich eine ellipsenförmige, mit Bäumen übersäte Fläche aus, die etwa 80 Meter lang und 60 Meter breit war. Nach zwei Seiten fiel die Fläche beinahe senkrecht ab. Die anderen Seiten liefen, eher sanft abfallend, der Albhochfläche zu. Von Ruinen war nichts mehr zu sehen, dennoch ging von dem Ort eine seltsame Faszination aus. Die beiden überquerten das Areal bis zu den steil abfallenden Felsen. Hier waren Ruhebänke aufgestellt und auf einem schlichten Schild war zu lesen:

Schloss – 937 m.ü.N.N.
Vorgeschichtliche Wallanlage mit
abgegangener Burg aus dem Mittelalter.
Schwäbischer Albverein e.V.

„Kurz und bündig“, musste Konrad lachen, „wie hier mehr als 900 Jahre Geschichte beschrieben werden“.
Sie gingen noch einige Schritte weiter und standen jetzt nur noch wenige Meter von dem steil abfallenden Felsen entfernt. Die Aussicht hinunter ins Schmiechatal war fantastisch. Genau gegenüber, auf der anderen Seite des Tals, lag der Bergkegel des Braunhardsbergs. Eine Legende berichtete, dass einst eine Hängebrücke vom Schloss zu diesem Berg gespannt war – über das fast 200 Meter tiefer liegende Tal.
Den beiden war es jedoch nicht lange vergönnt, die herrliche Natur auf sich wirken zu lassen. Es näherten sich nämlich seltsame Personen, die anscheinend alles andere im Sinn hatten, als die Aussicht zu genießen.

10

Mit einem riesigen Feldstecher hatte der General die Szene, in der Konrads Vater den Glatzköpfigen mit den Nägeln unter dessen Auto ablenkte, beobachtet. Neben ihm stand Kuster, ebenfalls mit einem Fernglas im Anschlag. Sie beobachteten weiter, wie Konrad und Lena aus dem Haus rannten und in Konrads Wagen stiegen.
„Ein sehr gutes Täuschungsmanöver“, entfuhr es Kuster, „Kurt als Lockvogel zu postieren“.
„Das war nicht gut – das war genial“, gab der General zurück. „So, jetzt aber schnell ins Auto und hinterher. Wir dürfen sie nicht verlieren“.
Kuster übernahm das Steuer, der General den Beifahrersitz. Bruno und Erdug stiegen hinten ein.
Der General war enttäuscht, als er feststellen musste, dass die beiden in ein Restaurant fuhren. Die Zeit des Wartens war schier unerträglich für ihn. Seine Mine heiterte sich jedoch sofort auf, als er die beiden aus dem Gasthof kommen sah. Er meinte eine gewisse Anspannung bei den beiden zu bemerken, die darauf schließen ließ, dass die Sache allmählich interessant würde. Er befahl Kuster, in möglichst großem Abstand zu folgen, um unter keinen Umständen entdeckt zu werden. Schwierig wurde es auf dem Forstweg. Die beiden schienen jedoch ihre ganze Aufmerksamkeit nach vorne zu richten, so dass keine Gefahr bestand, gesehen zu werden. Als der Citroën schließlich anhielt, stoppte auch Kuster sofort den Wagen und setze einige Meter zurück, um außer Sichtweite zu bleiben. Mit dem Fernglas beobachtete der General die beiden. Inzwischen war er sich sicher, dass diese Journalistin ebenfalls nach dem Gold suchte. Durch diese Erkenntnis begannen seine Hände zu zittern, bis er sogar das Fernglas absetzten musste. Schnell hatte er sich jedoch wieder gefangen. Als er nun beobachtete, dass die

beiden sich anstellten, den Wall hinauf zu steigen, gab es kein Halten mehr. Jetzt musste der Gegner dingfest gemacht werden. Er erteilte Anweisungen, zu folgen, während er seine neue Heckler & Koch entsicherte. „Welche Ironie des Schicksals“, dachte er. „Wird diese Waffe nicht hier in der Gegend gebaut? – Zumindest hat sie hier ihren ersten Einsatz im Feld“.
Die beiden hatten sie offenbar nicht bemerkt. Sie standen jetzt direkt vor einem Abhang und hatten somit keine Chance zu entkommen. Erst fünfzehn Meter vor Konrad und Lena verlangsamte der General seinen Schritt. Er erhob seine Stimme, beschloss jedoch, vorerst seine Pistole stecken zu lassen.
„Ein wunderschöner Platz, einen Schatz zu vergraben. Guten Tag die Herrschaften“.

Die Angesprochen zuckten erschrocken zusammen. Lena erkannte ihren Kollegen von der Zeitung sofort: „Kuster!“, rief sie aus. Sofort wusste Konrad, mit wem sie es zu tun hatten. Die Gruppe stellte sich im Halbkreis um sie herum. An Flucht war nicht zu denken. Genau diesen Gedanken hatte Konrad aber. Er sah die Männer und spürte die Bedrohung. Wilde Gedanken rasten durch seinen Kopf. Er hatte alle Mühe, ruhig zu bleiben.
„Sie müssen uns mit jemanden verwechseln“, sagte Konrad so gleichgültig als möglich. Damit erreichte er bei dem gut gekleideten Mann mit dunklem Vollbart aber gerade das Gegenteil. Dieser griff jetzt unter seine Jacke und hielt plötzlich eine Waffe auf sie gerichtet. Lena schrie verängstigt auf. Seltsamerweise war es genau diese Angst, welche Konrad die Kraft gab, wieder ruhig zu werden.
Der Bärtige fuchtelte mit der Pistole und sagte dabei: „Ich habe keine Zeit für ein solches Spiel. Also raus mit der Sprache, wo ist der Schatz?“
„Wir wissen es nicht! Nicht hier jedenfalls“, rief Lena, noch bevor Konrad etwas sagen konnte.

„Rede nicht“, zischte der General und machte dabei einen Schritt auf die beiden zu. Instinktiv wichen diese zurück, bemerkten aber schnell, dass es nicht mehr weit bis zum Abgrund war.
„Wenn ihr nichts wisst, seid ihr uninteressant für mich“. Wieder machte er einen Schritt auf die beiden zu. Dieses Mal wichen sie nicht zurück – ebenfalls instinktiv. Konrad überlegte fieberhaft, wie er aus dieser Situation herauskommen sollte. Allein, er hatte keine Idee.
„Also zum letzten Mal“, ergriff der General erneut das Wort. „Wo ist der Schatz?“
Konrad antwortete: „Es ist richtig, dass wir den Schatz hier vermutet haben. Es hat sich aber herausgestellt, dass das nicht der Fall ist“.
„Quatsch!“ Der General machte einen weiteren Schritt auf sie zu. Jetzt stand er nur noch vier Meter von ihnen entfernt. Immer wenn der General einen Schritt nach vorn gemacht hatte, waren ihm seine Komplizen gefolgt. So wurde die Situation für Konrad und Lena immer bedrohlicher.
„Bald muss etwas passieren“, dachte Konrad. Er hatte sich jetzt den Schwächsten – Kuster – ausgesucht, um durch die Linie zu brechen. Die geringen Erfolgsaussichten hielten ihn jedoch von einem Versuch ab – bis jetzt zumindest.
Erneut machte das Gegenüber einen Schritt nach vorn. Nun waren es nur noch drei Meter Abstand. „Die Waffe. Wenn die Waffe nicht wäre!“, durchfuhr es Konrad. Er hörte sein Herz laut schlagen, als er sich entschloss, es doch zu wagen. Seine Muskeln waren gespannt und zum Sprung auf Kuster bereit. In diesem Moment tauchte, wie aus dem Nichts, ein Mann auf, der ebenfalls eine Pistole in der Hand hatte. Mit lauter Stimme befahl er: „Zurück! Los, zurück!“

Beinahe surreal wirkte diese Szene auf Konrad und Lena – wie ein Alptraum hingegen auf den General und seine Leute. In einem kurzen Augenblick hatte sich das Blatt gewendet. Jetzt war *er* es, der in die Defensive gedrängt war.

Der Fremde war mittelgroß und ausgesprochen schlank; mittleren Alters vielleicht, was aber aufgrund seiner dunklen Sonnenbrille nicht eindeutig zu bestimmen war. Er trug eine helle Stoffhose, ein dunkles T-Shirt und eine leichte, weiße Sommerjacke. In seinem Aussehen erinnerte er beinahe an eine dieser Figuren aus der Fernsehserie „Miami Vice“.
In der Tat schien er aber ein Profi zu sein, wenn es darum ging, andere Leute mit einer Waffe zu bedrohen. Sofort nach seinem Auftauchen – als sich seine Gegenüber noch allesamt in einem regungslosen Schockzustand befanden –, machte er einige schnelle Schritte auf den General zu, riss ihm seine Pistole aus der Hand und entfernte das Magazin. Die leere Waffe ließ er zu Boden fallen. Ebenso schnell, wie er sich dem General genähert hatte, brachte er wieder einen Sicherheitsabstand von fünf Meter zwischen sich und die Bande. Diese standen immer noch regungslos und völlig verblüfft da, ihre Augen ungläubig auf den Fremden gerichtet.
Anders erging es Konrad und Lena: Ihre Körperhaltung entspannte sich allmählich. Sie spürten, dass der Unbekannte auf ihrer Seite war. Dessen Waffe war nach wie vor auf den General gerichtet. „Verschwinden Sie!“, rief er jetzt erneut mit lauter, beängstigender Stimme. Der General und seine Männer hoben instinktiv ihre Hände in die Höhe.
„Zurück, habe ich gesagt!“ Seine Stimme klang nun noch bedrohlicher.
Widerwillig folgte der General der Anweisung, hob jedoch vorher seine Pistole auf und steckte sie ein. Seine Männer taten es ihrem Anführer gleich.
„Verschwinden sie – los!“, brüllte der Fremde wieder.
Da der General und seine Leute nur langsam Anstalten machten, zu gehen, hob der Mann seine Pistole in die Höhe und feuerte einen Schuss ab. Sofort richtete er die Waffe wieder auf den General. Dieser begriff nun, dass es seinem Gegenüber ernst war. Jetzt drehte er sich um und rannte davon – und seine Männer hinterher, von derselben Angst getrieben. Der Fremde folgte so weit, dass er sehen konnte,

wie der General und seine Männer in ihren Wagen einstiegen und davon brausten.
Langsam kehrte er zu Konrad und Lena zurück. Die beiden standen immer noch unter dem konsternierenden Eindruck des gerade Erlebten. Nur langsam löste sich ihre Anspannung. – „Jetzt setzten sie sich erst einmal“, sagte der Unbekannte. Er deutete auf die Bänke in der Nähe. Lena nahm Platz, Konrad dagegen war zu aufgeregt, um sich zu setzten.
„Wer sind Sie? Was machen sie hier?“, fragte er.
Der Fremde verzog keine Miene, als er antwortete: „Wenn ich jetzt sagen würde, ich bin zufällig hier, dann wäre das gelogen. Ich habe einfach auf sie aufgepasst und ihnen vielleicht sogar das Leben gerettet. Ich weiß es nicht, ich kann diese Typen nicht richtig einschätzen. Wer ich bin, darf ich ihnen nicht sagen. Nur soviel: Ich bin auf ihrer Seite“.
„Das klingt ein wenig übertrieben geheimnisvoll“, stellte Konrad fest.
„Es ist mir klar, dass ihnen diese Antwort nicht genügt. Ich bin eigentlich auch der Meinung, dass es besser wäre, wenn sie Bescheid wüssten. Schon zu ihrer eigenen Sicherheit. Deshalb werde ich mich heute noch mit meinem Auftraggeber in Verbindung setzten. Ich schlage vor, wir treffen uns morgen um 10 Uhr auf dem Parkplatz am Ochsenberg. Das liegt unweit von Frau Hansens Unterkunft. Dort werde ich ihnen alle wichtigen Informationen geben“.
„Sie wissen, wie ich heiße und wo ich wohne?“, fragte Lena überrascht.
Der Unbekannte lächelte nun zum ersten Mal, bevor er antwortete: „Es ist immer besser, mehr zu wissen als andere, es könnte einem das Leben retten. Also 10 Uhr – und seien sie pünktlich!“
Fast ebenso schnell, wie er aufgetaucht war, verschwand der Unbekannte wieder. Zurück blieben zwei reichlich verwirrte Personen, die im Augenblick nicht wirklich wussten, was sie nun tun oder lassen sollten.

Konrad setzte sich zu Lena auf die Bank und stützte die Ellenbogen auf seine Oberschenkel. Er schüttelte den Kopf während er sagte: „Unglaublich! Erst will man uns die Felsen hinunter stürzen, danach werden wir von diesem modernen Robin Hood gerettet, der jetzt nicht sagen kann, wer er ist – aber immerhin morgen alles sagen, will was er weiß. Und dann diese Typen! Hast du jemand erkannt?“
„Natürlich! Kuster von der Poststelle“.
„Der Anführer?“
„Nein, Kuster war der Schmächtige – mit den roten Backen. Den Anführer, den Bärtigen, kenne ich nicht“.
„Und die beiden Glatzköpfigen?“, fragte Konrad weiter.
„Habe ich ebenfalls noch nie gesehen. Allerdings ist jetzt klar, dass der Beobachter eurer Ferienwohnung auch zu der Bande gehört“.
„Das sehe ich genauso. Der Beobachter war nur ein kluges Ablenkungsmanöver, um uns in Sicherheit zu wiegen. Da haben wir uns aber sauber rein legen lassen“.
„Außerdem ist jetzt auch klar, dass Kuster den Brief unterschlagen und direkt zu seinem Chef, dem Bärtigen, gebracht hat. Die Bande ist – das haben sie ja selber gesagt – hinter dem Gold her. Was wir nicht wissen, sind zwei Dinge: Wer ist der Bärtige? Und wer ist unser unbekannter Retter?“

„Ich denke, es gibt noch eine Sache, die wir nicht wissen“, entgegnete Konrad, seine Augenbrauen nach oben ziehend. „Wir wissen nicht, wo der Schatz versteckt ist. Hier jedenfalls nicht“.
„Ich stelle fest“, fasste Lena zusammen, „es gibt noch eine Menge Unbekanntes in der Geschichte. Wir müssen dran bleiben!“
„Deine Ausdauer ist bemerkenswert. Na gut, vielleicht bekommen wir ja morgen früh von dem Unbekannten die Informationen, die wir benötigen, um Licht in diese dunkle Geschichte zu bringen“.

11

Es war ein schwerer Schlag gewesen, in dieser Weise von dem Fremden gedemütigt zu werden. Vor den Augen seiner Männer hatte er klein bei geben müssen. Er war davon gerannt, getrieben von der puren Angst um sein Leben. Der Hass auf diesen Mann wurde immer stärker, je mehr er über das vergangene Ereignis nachdachte. Doch er durfte vor seinen Männern keine Gefühlsregung zeigen! Er musste wie immer präzise und klare Anweisungen erteilen! Nur das verstanden sie.

Ihr Wagen hatte jetzt das Ende des Forstweges erreicht und würde nun bald wieder auf die Kreisstraße einbiegen.

„Männer“, begann der General, „wir haben eine Schlacht verloren, aber nicht den Krieg“. Er sah seine Mitfahrer an und bemerkte sofort, dass sie nicht verstanden, was er meinte. Unbeirrt fuhr er fort: „Wir dürfen nicht locker lassen. Die Sache ist zu wichtig!“

Zu Kuster gewandt gab er daraufhin die Anweisung: „Fahr´ da rechts in die Seitenstraße und wende den Wagen! Dann parkst du hier!“ Der General deutete auf eine Stelle am Rande der Seitenstraße.

„Wir warten, bis der Fremde vorüber kommt und folgen ihm dann. Ich muss wissen, wer der Kerl ist“.

Inzwischen waren auch Konrad und Lena in ihren Wagen gestiegen. Sie hatten noch einmal die Informationsseiten auf der Tafel vor der Ruine durchgelesen, um ganz sicher zu sein, dass dies nicht der gesuchte Ort war. Dabei überzeugte sich Lena noch einmal, dass man den ganzen Hügel schon einmal umgegraben hatte, dass das Nazigold dabei jedoch nicht entdeckt worden war.

Mit dieser Gewissheit und immer noch unter dem Eindruck des Erlebten, fuhren sie langsam den Forstweg hinunter.

„Ich bin immer noch ganz durcheinander", sagte Lena nach einiger Zeit. „Am besten würde ich mich wohl bei einer Biketour entspannen. Was meinst Du?"
„Hm..".
„Ich weiß genau, was du denkst".
„Nämlich?"
„Wir sollten zur Polizei gehen".
„Kannst du Gedanken lesen? Genau das habe ich gedacht".
„Inzwischen kann ich wirklich schon manche Gesten von dir einschätzen. Aber glaube mir: Wir haben immer noch nichts Konkretes gegen die Bande in der Hand. Und außerdem ..". Lena zögerte.
„Ich weiß – kein Problem. Also, wie war das mit der Radtour? Eine gute Idee, wie ich finde. Darf ich mitfahren?"
„Sehr gerne sogar, ich würde fast sagen: Du musst! Die Sache ist nur die: Ich habe kein Rad".
„Das holen wir gleich ab. Danach packe ich mein Rad ebenfalls in den Kofferraum und wir fahren zu deiner Ferienwohnung, damit du dich umziehen kannst. Und schon geht's los!"
Jetzt erreichten sie die Stelle, an der der General und seine Männer vorhin geparkt hatten. Aber weder von der Bande noch von dem Fremden war etwas zu sehen.

Sie radelten über den Ochsenberg, überquerten das Lerchenfeld und waren jetzt auf dem Weg zum Zeller Horn, gerade auf der Höhe des Onstmettinger Skilifts. Meist waren die Wege so breit, dass Konrad und Lena nebeneinander fahren konnten. War dies einmal nicht der Fall, so übernahm Konrad die Führung.
Lena hatte recht gehabt: Schon nach einem Kilometer verschwand die innere Aufgeregtheit und wich einer tiefen Ausgeglichenheit. Die Sonne brannte jetzt nicht mehr so stark, da es bereits nach 18:00 Uhr war. Immer wieder streiften sie die Strecke des Mountainbikemarathons, welche an den orangefarbenen Wegweisern leicht zu erkennen war.

Zudem begegneten sie nun immer mehr Radfahrern, die jetzt, am Feierabend, für das große Rennen am Samstag trainierten. Fast jeder hatte dabei einen freundlichen Spruch oder ein aufmunterndes Wort auf den Lippen. Von „Ich freu mich schon auf das kalte Bier nachher“ bis zu „Es sind ja nur noch 80 Kilometer“ war alles dabei.
Lena war von der abendlichen Alblandschaft derart fasziniert, dass sie immer wieder ein „Schau mal!“ oder „Sieh mal da!“ ausrief, ohne daran zu denken, dass Konrad es war, der ihr die Gegend zeigte. Dieser nickte ihr dann immer lächelnd zu und freute sich, dass Lena sich offenbar wohl fühlte.
Eine Sache gefiel Lena besonders gut, was die beiden veranlasste, eine zwanzigminütige Pause einzulegen: Auf dem Lerchenfeld bereiteten sich gerade drei Heißluftballons auf ihren Start vor. Für Konrad war dies keine Besonderheit mehr, da im Sommer fast jeden Abend Ballons über Albstadt hinweg fuhren. Dennoch war es auch für ihn immer noch interessant, die Ballons beim Start zu sehen.
Ganz nahe waren sie dabei, als die letzten Vorbereitungen vor dem Start getroffen wurden. Nicht nur sie, sondern auch zahlreiche Spaziergänger und Radfahrer hatten innegehalten, um dieses Schauspiel zu verfolgen.

Endlich hatten die Ballone genügend heiße Luft aufgenommen. Der erste Ballon erhob sich und gewann schnell an Höhe. Die Menschen im Korb unterhalb des Ballons waren bald nur noch als winzige Figuren zu erkennen, die aber immer noch winkten. Kurz darauf stiegen auch der zweite und dritte Ballon auf. Alle drei trieben in Richtung Westen davon und waren bald nur noch als bunte Punkte am blauen Himmel auszumachen.
Die Begeisterung Lenas für die Landschaft hatte Konrad dazu veranlasst, das Zeller Horn als Ziel der Ausfahrt zu wählen. Es handelte sich dabei um einen Aussichtspunkt, der genau am Albtrauf lag – dem Steilabfall der Schwäbischen Alb. Hier fielen die Felsen der Alb nahezu senkrecht nach

unten ab. Von hier aus hatte man einen herrlichen Blick in Richtung Nordwesten, über das tiefer liegende Land. Die eigentliche Attraktion war jedoch der Bergkegel, der Mitten aus dem flachen Land emporstieg und auf dessen Spitze sich die Burg Hohenzollern befand. Sie war die Stammburg des Fürstengeschlechts Hohenzollern.
Nachdem sie den Anstieg beim Skilift hinter sich gelassen hatten, fuhren sie jetzt wieder auf der Albhochfläche. Bei einem Reiterhof wunderte sich Lena über zwei überdimensionalen Goldmedaillen, gefertigt aus Holz, die weithin sichtbar an einer Scheune angebracht waren.
„Tja", gab Konrad Auskunft, „wir haben hier in Albstadt auch olympische Goldmedaillengewinner. Einen zweifachen sogar – im Dressurreiten".
Jetzt war es nicht mehr weit, bis zu ihrem Ziel. Das letzte Stück des Weges führte durch einen dichten Tannen-Buchenwald und nichts deutete darauf hin, bald einen der großartigsten Ausblicke der Schwäbischen Alb genießen zu können.
Obwohl Konrad diesen Ausblick schon oft bewundert hatte, war er doch immer wieder von ihm begeistert. Für Lena war es natürlich noch extremer, da sie zum ersten Mal hier war. Zuerst fand sie keine Worte, erst allmählich ließ sie ein überwältigtes „Oh, wie herrlich!" hören. Am Ende des Waldes – dort, wo die Felsen steil nach unten abfielen, tat sich ein Blick auf die Burg Hohenzollern auf, wie er schöner nicht sein konnte. Die Burg wurde von der Abendsonne angestrahlt und schien mit der Hand greifbar zu sein.
Leider war man an solchen Orten, zumindest an lauen Sommerabenden, nie alleine. Deshalb fanden Konrad und Lena auch keinen freien Platz auf der Ruhebank, die dort aufgestellt war. Dennoch verweilten sie weit über fünfzehn Minuten. Lena konnte sich nicht von dem Anblick losreißen. Erst als Konrad von einem Ausflugslokal mit herrlicher Sonnenterrasse in der Nähe erzählte, war Lena bereit, den Weg fortzusetzen.

In der Tat, erreichten sie nach kurzer Fahrt einen Gasthof, der eine gewisse gemütliche Ausstrahlung hatte und dadurch zum Bleiben einlud. Groß war jedoch die Enttäuschung, als sie feststellen mussten, dass es auf der Terrasse keinen freien Tisch mehr gab. Sie wollten schon wieder gehen, als zwei Hände ihnen wild zuwinkten. Beim genaueren Hinsehen erkannte Konrad das Wiener Ehepaar, das bei seinen Eltern wohnte.

„Herr Landberg", sagte der Mann freundlich, „setzen sie sich doch zu uns. Wir haben schon gegessen und wollen bald aufbrechen".

Konrad blickte zu Lena, die durch ein Nicken zu verstehen gab, dass sie nichts dagegen hatte.

„Gerne", gab Konrad zurück, „wenn es ihnen nichts ausmacht".

„Aber keineswegs. Es freut mich auch, unsere Nachbarin begrüßen zu dürfen. Leider kenne ich ihren Namen nicht".

„Hansen", stellte sich Lena vor.

„Angenehm" – der Mann erhob sich – „Scharowski. Das ist meine Frau".

Lena reichte artig ihre Hand. Zwangsläufig zuerst dem Mann, danach der Frau, die sitzen geblieben war: „Freut mich, mein Kind. Nehmen sie doch bitte Platz. Wie es aussieht, sind sie mit dem Rad unterwegs".

Lena sah an ihrem Radoverall hinunter, während die Frau unbeeindruckt weiter redete: „Da schwitzt man und bekommt Durst. – Bedienung!" Tatsächlich kam die Gerufene prompt an den Tisch.

„Bringen sie bitte zwei große Wasser. Die jungen Leute haben geschwitzt".

Konrad und Lena schauten leicht verdutzt aus der Wäsche.

„Keine Sorge", sagte Frau Scharowski, als sie dies bemerkte. Das geht auf meine Rechnung. Trinken ist das A und O".

„Danke", gelang es Konrad etwas zusagen.

„Sind sie schon länger miteinander bekannt?", wollte Frau Scharowski jetzt ganz unverblümt wissen.

„Äh, nein, wir haben uns erst im Haus seiner Eltern kennen gelernt. Herr Landberg ist so freundlich, mir die Gegend zu zeigen“.
„Es ist aber auch herrlich hier. Und die Gegend erkunden sie mit dem Rad?“
„Radfahren ist eine Leidenschaft von mir“, entgegnete Lena, immer noch ein wenig überrascht, über die offene Art von Frau Scharowski.
„Na, wenn ich mir Herrn Landberg so ansehe, könnte noch eine weitere Leidenschaft dazu kommen“.
„Doris, bitte!“, mischte sich Herr Scharowski jetzt zaghaft in das Gespräch ein. Es schien, als habe er diese beiden Worte schon unzählige Male gesagt und wiederholte sie nur deswegen immer wieder, weil es sich so gehörte. Seine Frau hörte ohnehin in keiner Weise auf ihren Mann, sondern fuhr fort: „Es ist mir immer lieb, junge und schöne Menschen am Tisch zu haben. So fühle ich mich selbst gleich fünf Jahre jünger – und schöner“.
„Aber Frau Scharowski“, fiel Konrad jetzt ein, „dann würden die Leute ja denken, sie wären meine Tochter“.
„Ein nettes Kompliment Herr Landberg. Ich denke, ich muss ihnen noch ein Wasser spendieren“.
„Vielen Dank! Aber wir werden nun erst einmal einen Blick in die Speisekarte werfen“.
„Die Maultaschen kann ich ihnen empfehlen – mit Kartoffelsalat. Eine schwäbische Spezialität“.
„Abermals danke, aber ich bin ja quasi ein Eingeborener hier“.
„Natürlich. Entschuldigung, das habe ich vergessen“.
„Überhaupt kein Problem, zumal die Maultaschen hier wirklich vorzüglich sind“.
Die Sonne strahlte immer noch, jedoch hatte sie die Kraft des Tages verloren und war jetzt sehr angenehm.
Als die Bedienung die Speisekarte brachte, gab Herr Scharowski ihr zu verstehen, dass er bezahlen wollte. „Wir machen jetzt noch einen Spaziergang zum Albtrauf, um den

Sonnenuntergang zu genießen“, erklärte er.
„Eine prima Idee“, gab Konrad zurück.
„Nicht wahr?“, schmunzelte Frau Scharowski, „Prima, und dass die Alten jetzt verschwinden und die Jungen ihre Ruhe haben, ist auch nicht schlecht“.
„Keineswegs ..“.
„Ach, erzählt nichts! Mir an eurer Stelle, würde es jedenfalls so ergehen“.
„Wissen Sie“, versuchte ihr Mann jetzt zu erklären, „meine Frau ist oft sehr direkt. Sie spricht immer offen aus, was sie denkt. Bei manchen Leuten stößt dies ab und zu auf Verwunderung. Dafür weiß man bei ihr immer, wo man dran ist und es gibt keine bösen Worte, wenn man sich umgedreht hat. Oft reden die Leute viel zu sehr um den heißen Brei herum, als mit einem Satz auszusprechen, was sie eigentlich meinen“.
„Sie können sich glücklich schätzen“, ergänzte Frau Scharowski, „so redet mein Mann nur mit Menschen, die er sympathisch findet“.

Kurz nachdem sich das Wiener Ehepaar verabschiedet hatte, kamen auch schon die bestellten Speisen auf den Tisch. Lena wollte nur einen Salat essen. Konrad dagegen hatte sich doch für Maultaschen entschieden. Allerdings nicht mit Kartoffelsalat, sondern in der Brühe.
Nachdem die leeren Teller abgeräumt waren, mahnte Konrad zum Aufbruch, um nicht bei Nacht fahren zu müssen. Die Sonne berührte jetzt fast den Horizont und hatte ihre Farbe in ein tiefes Orange gewechselt.
Während der ganzen Rückfahrt gingen Konrad die Worte des Herrn Scharowski nicht aus dem Sinn. – Man müsse einfacher Denken, nicht um zu viele Ecken herum. – Schließlich, als sie schon fast Lenas Ferienwohnung erreicht hatten, kam ihm der entscheidende Gedanke in Bezug auf das Versteck des Goldes: Man durfte nicht von der heutigen Zeit ausgehen, wenn man die verschlüsselten Wort auf dem Brief

las. Man musste sich in die Zeit im Jahre 1945 hinein versetzen. Wenn damals von einem Kreuz die Rede war, so war bestimmt nicht das christliche Symbol gemeint, sondern – das Hakenkreuz!
Dies wiederum hieß, dass man nicht zwangsläufig nach der Ruine einer Kirche suchen musste. Es konnte jede andere Ruine sein, die in irgendeiner Weise mit dem Hakenkreuz gekennzeichnet war. Auf den ersten Blick allerdings schien diese Erkenntnis die Suche noch schwieriger zu machen. Konrad jedoch war sich sicher, jetzt einen Schritt weiter zu sein. Er beschloss aber, Lena im Augenblick noch nichts von seiner neuen Einsicht zu verraten. Er wollte zuerst seine gesammelten Unterlagen unter diesem neuen Gesichtspunkt analysieren. Zudem wollte er abwarten, was der Fremde morgen zu berichten hatte.
Mit diesen Gedanken begleitete er Lena noch bis vor die Haustür.
„Geht es dir jetzt besser als heute Nachmittag?“, wollte Konrad wissen.
„Auf jeden Fall“, erwiderte Lena, „die Tour hatte wirklich die erhoffte Wirkung. Das lag aber sicher auch an Dir“.
„Hör nur auf, sonst komme ich mir noch vor, wie ein ‚Im Winter Skilehrer – Im Sommer Wanderführer'-Typ“.
„Wenn du in den Alpen leben würdest, wärst du das bestimmt geworden“.
„Dann müsste ich mich dauernd mit dicken Amerikanerinnen und fotografierenden Japanerinnen abgeben. Das wäre nichts für mich. Da sind mir blonde Frauen aus dem Norden viel lieber“.
„Wie gut, dass ich blond und aus dem Norden bin“.
„Und wie gut, dass ich nicht Sepp oder Toni heiße“.
Konrad sah Lena tief in die Augen. Diese erwiderte seinen Blick. Ein immer stärker werdendes Gefühl bedingungsloser Verbundenheit breitete sich zwischen ihnen aus. Es war wie ein unsichtbares Band, welches immer stärker wurde. Keiner sagte ein Wort. Die Zeit schien still zu stehen. Alle Geräusche

verstummten mit einem Mal. Beide verspürten den Wunsch, sich näher zu kommen. Plötzlich wurden sie jedoch, beinahe brutal, in die Realität zurückgeholt. Das Außenlicht wurde angeknipst und die Tür geöffnet. Im Eingang stand breitschultrig Konrads Vater. „Ach ihr seid das. Ich habe Stimmen gehört und dachte schon, es seien noch einmal die Zeugen Jehovas“.

„Vater!“

„Vor etwa einer Stunde haben zwei Herren im schwarzen Anzug geklingelt. Ich habe fast eine halbe Stunde lang mit ihnen diskutiert“.

„Das kann ich mir vorstellen“. Konrad hatte sich wieder gefangen. „Wenn die Männer eine halbe Stunde lang mit dir gesprochen haben, sind sie jetzt entweder in der nächsten Kneipe und betrinken sich, oder sie haben gleich ihren Glauben gewechselt“.

„So schlimm ist es auch nicht. Ich habe ihre Argumente lediglich mit entsprechenden Bibelstellen widerlegt. Jetzt gehe ich aber wieder rein. Wie ist es eigentlich heute Mittag noch bei euch gelaufen? Der seltsame Beobachter jedenfalls ist wutentbrannt davongefahren, nachdem er mir meine Nägel wieder in den Schubkarren geladen hatte“.

„Ich erzähle dir morgen alles“.

„Na gut, also dann gute Nacht, ihr beiden!“ Er blinzelte seinem Sohn – unbemerkt von Lena – mit dem rechten Auge zu und verschwand im Haus.

„Tja“, sagte Konrad etwas zögerlich, „dann werde ich auch mal gehen. Morgen um viertel vor zehn hole ich dich hier ab. Ist das in Ordnung? Schauen wir mal, was dieser Mann uns zu berichten hat. Gute Nacht, ... und schlaf schön!“

„Gute Nacht und nochmals vielen Dank für deine Hilfe!“

Konrad erwiderte nichts, hob jedoch seine rechte Hand, ehe er in der aufkommenden Nacht verschwand.

Die beiden konnten jetzt noch nicht ahnen, dass der vergangene Tag erst der Anfang einer Reihe von Ereignissen war, wie sie unwahrscheinlicher nicht sein konnten.

12

Die Erkenntnis, dass das Nazigold nicht unbedingt bei der Ruine einer Kirche zu suchen war, hatte Konrad doch nicht den erwünschten Durchbruch gebracht. Zwar hatte er, nachdem er von der Biketour mit Lena nach Hause gekommen war, bei seinen Nachforschungen einige viel versprechende Stellen gefunden, jedoch nach intensiven Recherchen allesamt wieder verworfen. Schließlich hatte er sich ziemlich frustriert schlafen gelegt. Dennoch spürte Konrad, dass er sich nicht ganz und gar auf der falschen Fährte befand. Am Ende irgendeiner verdammten Straße hier in der Gegend musste sich eine Ruine befinden, bei der der Schatz zu suchen war! Oder dachte er immer noch zu kompliziert?

Die nächste Frage war, um wie viel Gold es sich wohl handelte. Und dann war da ja auch noch von irgendwelchen Dokumenten die Rede. Unter Umständen konnten diese den Wert des Goldes um ein vielfaches übersteigen – nämlich dann, wenn sie wichtige historische Informationen enthielten. Es waren die vielen offenen Fragen und die unfassbaren Erlebnisse des vergangenen Tages, die Konrad nur sehr schwer Ruhe finden ließen. Schließlich jedoch fiel er in einen tiefen Schlaf.

Am folgenden Dienstagmorgen erwachte er so rechtzeitig, dass noch genügend Zeit blieb, sich beim Bäcker ein Frühstück einzukaufen und es gemütlich – bei Kaffee und Tageszeitung – auf dem Balkon einzunehmen. Die Sonne stand wieder einmal an einem strahlend blauen Himmel, und eine Wetteränderung war nicht in Sicht. Fast genau zu Beginn der Fußballweltmeisterschaft war der Sommer nach Deutschland gekommen. Und seitdem war beinahe jeder Tag sonnig und schön.

Im Lokalteil der Zeitung war ein großer Bericht über den bevorstehenden Bikemarathon zu lesen. Viel Radprominenz aus dem In- und Ausland hatte sich angekündigt. Man erwartete ein großes Spektakel.
Eigentlich, dachte Konrad, müsste hier auch ein Artikel mit der Überschrift „Junges Paar in Albstadt mit Waffe bedroht“ stehen. Er überlegte immer noch, ob es richtig war, nicht die Polizei einzuschalten. Doch jetzt war keine Zeit mehr zu grübeln. Er musste sich aufmachen und Lena abholen, um nicht zu spät zum Treffen mit dem Unbekannten zu kommen. Konrad beschloss, den ‚Schleichweg' entlang der Schmiecha zu nehmen, um sich einige Kreisverkehre zu ersparen. Zu seinem Ärger musste er aber feststellen, dass dies – für den Augenblick – wohl die falsche Entscheidung gewesen war. In Höhe einer Reithalle wurden nämlich gerade einige Pferde über die Straße auf die Koppel geführt. Dazu war die Straße, auf der Konrad gerade ankam, gesperrt worden. Nach einer kurzen Überlegung, ob er wieder umkehren sollte, beschloss er doch zu warten. Es konnten ja nicht mehr viele Pferde sein. Dieses Mal behielt er Recht. Dennoch dauerte es einige Minuten, bis die Straße wieder frei gegeben wurde. Es war jetzt zehn Minuten vor 10 Uhr – das würde knapp werden!

Das Haus seiner Eltern lag so ruhig da, dass Konrad schon vermutete, alle darin hätten verschlafen. Als er jedoch ausgestiegen war, kam ihm Lena schon entgegen.
„Guten Morgen Konrad. Gut geschlafen?“
„Ja“.
„Ich soll dich von deinen Eltern grüßen, sie sind Einkaufen gefahren“.
„Danke. Und Du? Wie hast du geschlafen?“
„Nun – eher schlecht. Ich hatte einen Alptraum: Wir beide wurden mit einer Waffe bedroht, doch dieses Mal kam niemand, um uns zu retten ..“.
„Wie ist es ausgegangen?“
„Man hat auf uns geschossen. Wie in Zeitlupe sah ich noch

die Kugel auf uns zufliegen – dann bin ich aufgewacht".
„Schade, immer wenn es am spannendsten wird. Aber wenigstens kann ich sagen, du hättest von mir geträumt".
„Ja, wenn es auch nur als Mordopfer war".
Beide mussten lachen, obwohl Konrad die Unruhe deutlich anzusehen war. Er blickte zur Uhr. „Ich habe mich leider ein wenig verspätet. Eine Horde Pferde ist mir über den Weg gelaufen. Wir brechen lieber gleich auf, ehe der Mann wieder verschwindet".

Als sie den Ochsenberg erreichten, zeigte die Uhr fünf Minuten nach 10 Uhr an. Der vordere große Parkplatz jedoch war leer. Niemand war zu sehen. Konrad stellte seinen Citroën ab und stieg aus. „Wir waren anscheinend doch noch rechtzeitig hier – oder aber er kommt gar nicht", bemerkte Konrad. Lena, die ebenfalls ausgestiegen war, nickte und blickte um sich: „Da oben auf dem Parkplatz steht ein Auto. Hinter den Bäumen". Tatsächlich war auf dem hinteren Parkplatz, durch Bäume hindurch, ein weißer BMW zu erkennen.
„Wir sehen mal nach", sagte Konrad. Die beiden setzten sich in Bewegung.
Im Auto rührte sich nichts. Der Fremde war möglicherweise ausgestiegen, um sie aus einem Versteck heraus zu beobachten. Dies jedenfalls waren Konrads Gedanken. Als sie näher kamen, bemerkte er allerdings, dass in dem Wagen jemand. Saß. So weit Konrad es erkennen konnte, handelte es sich dabei um ihren mysteriösen Retter. Man konnte sein Gesicht nicht erkennen, da er, nach vorne gebeugt, den Kopf auf das Lenkrad gelegt hatte. Konrad beschlich eine schreckliche Ahnung. Instinktiv blickte er um sich. Es war jedoch niemand zu sehen.
Inzwischen hatten sie den BMW erreicht. Der Fremde regte sich nicht einmal, nachdem ihm Konrad laut zugerufen hatte. Er sah Lena unsicher an und öffnete die Wagentür. Er packte den Mann an den Schultern und drückte ihn nach hinten.

Im selben Moment, in dem Konrad voller Schrecken zurückwich schrie Lena laut auf. Der Fremde starrte sie mit einem entsetzlichen Blick, aus weit aufgerissenen Augen, an. Dazwischen war das Einschussloch einer Kugel zu erkennen. Konrad und Lena wussten sofort: Der Unbekannte war tot – ermordet!

Konrads Atem ging schneller. Er überlegte fieberhaft, was jetzt zu tun war. Doch im Moment konnte er keinen klaren Gedanken fassen. Lena hatte sich die Hände vors Gesicht gelegt und bewegte sich nicht. Allmählich gelang es Konrad, sich wieder zu fangen. Mit einigermaßen ruhiger Stimme wandte er sich an Lena: „Wir dürfen hier nichts berühren und keine Spuren verwischen. Am Besten wir gehen zurück zum Auto. Ich werde die Polizei verständigen“. Er nahm Lena an der Hand und führte sie behutsam vom Tatort fort. Während er beim gehen nach seinem Handy kramte, beschlich ihn eine andere Idee: Was, wenn der oder die Täter noch in der Nähe sind? Konrad erschrak bei diesem Gedanken und stoppte seinen Gang.
„Was ist los? Geht es dir gut?“, fragte Lena besorgt.
„Schon in Ordnung. Lass uns ins Auto steigen und die Polizei anrufen“.
„Meinst Du, wir sind auch in Gefahr?“ Lena hatte sogleich begriffen. – „Möglich ..“.

Inzwischen hatten sie den Wagen erreicht. Konrad schloss die Beifahrertüre umständlich auf. In diesem Moment trauerte er erstmals wirklich seiner defekten Funkfernbedienung nach. Lena stieg in den Wagen und Konrad beeilte sich, es ihr gleich zu tun. Er startete den Motor und wählte erst danach die Nummer der Albstädter Polizei. Nachdem er dem Beamten seinen Namen und den Grund seines Anrufs genannt hatte, fragte dieser – offenbar sehr überrascht – nochmals nach, um die Tragweite des soeben Berichteten zu realisieren. Anscheinend gehörten Morde nicht zum Tagesgeschäft der hiesigen Polizei. Nachdem der Polizist schließlich verstanden hatte, forderte er Konrad auf, sich nicht von der Stelle zu rühren und Ruhe zu bewahren, bis die Polizei einträfe. Konrad erklärte ihm jedoch, dass er sich hier nicht sicher fühle und deshalb der Polizei entgegen fahren würde. Nachdem er aufgelegt hatte, blickte er sich noch einmal um. Nichts war zu sehen. Der weiße BMW stand hinter den Bäumen auf dem oberen Parkplatz. Dennoch wurde er das seltsame Gefühl nicht los, beobachtet zu werden. Mit rascher Geschwindigkeit fuhr er der Stadt zu.

Als sie die ersten Häuser erreicht hatten, stoppte er den Wagen. „Hier fühle ich mich irgendwie sicherer. Jetzt warten wir, bis die Polizei vorbeikommt“. Inzwischen hatte auch Lena den ersten Schock überwunden.
„Ist es wirklich wahr, dass wir gerade einen Ermordeten gefunden haben oder habe ich das alles nur geträumt?“
„Ich fürchte, es war kein Traum“.
„Der Fall ist doch ganz klar: Die Bande um Kuster und den Bärtigen, haben dem Fremden nachgespürt, so wie sie das auch mit uns gemacht haben. Dann haben sie ihn ermordet“.
„Natürlich liegt dieser Gedanke nahe. Trotzdem müssen wir die Ermittlungen jetzt der Polizei überlassen. Schlimm genug, dass wir schon so tief in der Sache drinstecken“.
„Wahrscheinlich hast du Recht“. Lenas Stimme klang allerdings äußerst enttäuscht, als sie dies sagte.
„Wenn ich mir das recht überlege“, begann Konrad nach einer Pause wieder, „haben wir vielleicht sogar großes Glück gehabt, dass mich vorhin die Pferde aufgehalten haben. Wenn wir pünktlich gewesen wären, lägen wir unter Umständen jetzt auch mit einem Loch im Kopf auf dem Ochsenberg“.
Lene antwortet mit einem tiefen Seufzer.
Nach kurzem Schweigen hörten sie, noch von Weitem, ein Martinshorn. Und schon nach einem kurzen Augenblick sahen sie einen Streifenwagen mit hoher Geschwindigkeit auf sich zukommen. Konrad verließ rasch das Auto und

winkte den Polizisten vom Straßenrand zu. Der Wagen verlangsamte daraufhin seine Geschwindigkeit und stoppte schließlich neben Konrad. „Landberg“, stellte dieser sich eilig vor, „ich habe angerufen. Wir haben da oben auf dem Ochsenbergparkplatz einen Toten gefunden – anscheinend erschossen!“

„In Ordnung“, entgegnete der Beamte gefasst, „folgen sie uns!“

Etwas verwirrt – er hatte mit mehr Aufmerksamkeit von Seiten der Polizisten gerechnet – setze sich Konrad wieder ans Steuer seines Citroëns und fuhr dem Polizeiauto nach.

Die Polizisten parkten haargenau an der Stelle, an der auch Konrad vorhin seinen Wagen abgestellt hatte. Sie stiegen aus und setzten ihre Kopfbedeckung auf.

Inzwischen hatten auch Konrad und Lena ihren Wagen verlassen. Lena nannte einem der Polizisten ihren Namen und erklärte eilig: „Da, hinter den Bäumen, steht das Auto, in dem wir den Toten gefunden haben“. Sie deutete auf den oberen Parkplatz.

„Dann schauen wir mal“, sagte der Polizist, der auch schon vorhin geredet hatte und lief los. Die anderen folgten, wobei Konrad plötzlich auffällig unruhig wirkte. Das hatte seinen Grund: Er war sich sicher, dass man vorhin von hier aus den weißen BMW durch die Bäume hindurch gesehen hatte. Jetzt war jedoch nichts zu erkennen. Alle möglichen Szenarien rasten durch Konrads Gehirn. Als sie den oberen Parkplatz erreicht hatten, bewahrheitete sich sein Eindruck: Der weiße BMW war nicht mehr da!

Völlig verdutzt blickte Lena um sich. „Das … das Auto ist weg“, stammelte sie. „Da hat es doch gestanden!“

„Jetzt mal ganz ruhig“, mahnte der Beamte. „Was suchen wir eigentlich?“

„Das weiße Auto, in dem der Tote liegt“, antwortete Lena verständnislos.

„Sind sie sicher, dass hier die richtige Stelle ist?“

„Natürlich, ganz sicher“ – Lena war empört.

„Hier ist aber weit und breit kein Auto zu sehen, nicht mal

ein weißes“, mischte sich jetzt der zweite Polizist ein. Seine Stimme klang bereits leicht mürrisch.
„Hören Sie“ – Konrad meldete sich nun zu Wort – „noch vor zehn Minuten hat an dieser Stelle ein weißer BMW gestanden, in dem sich ein toter Mann mit einem Einschussloch, in der Stirn, befunden hatte. So etwas kann man sich doch nicht einbilden!“
„Anscheinend doch. Ich sehe jedenfalls kein Auto und auch keinen Toten“.
„Aber …“
„Jetzt mal langsam. Sie folgen mir jetzt zum Streifenwagen, wo wir erst einmal ihre Personalien aufnehmen. Danach wird ja sicher bald der Kommissar auftauchen. Ihm können sie dann alles erzählen“.
„Sie glauben uns nicht“
„Ich glaube nur, was ich sehe. Also, folgen sie mir“.
Konrad kam das Verhalten der Polizei reichlich arrogant vor. Schon wollte er eine unhöfliche Antwort geben, als ihn ein Blick von Lena eines Besseren belehrte.
Geduldig ließen sie die Prozedur des Personalien-Aufnehmens über sich ergehen, während Konrads Gedanken wie wild nach einer Erklärung suchten – eine Erklärung dafür, wie das Auto samt dem Toten verschwunden war. Zum Glück war Lena dabei gewesen und hatte das selbe gesehen wie er. Sonst, so befürchtete er, würde man ihn jetzt noch für verrückt erklären. Seine Hoffnungen ruhten jetzt auf dem angekündigten Kommissar. Es konnte gut möglich sein, dass sein alter Schulkamerad vom Gymnasium mit dem Fall betraut worden war: Joachim Langner. Der war etwa gleich alt wie Konrad. Gemeinsam hatten sie drei Jahre lang das Wirtschaftsgymnasium in Ebingen besucht. Danach hatten sich ihre Wege getrennt. Erst seit einigen Jahren, als Langner zurück nach Albstadt versetzt wurde, hatten sie sich wieder öfters gesehen. Je mehr er an seinen Schulfreund dachte, desto sicherer wurde er sich, dass nur Langner es sein konnte, der den Fall übernehmen würde.

Als sich kurz darauf ein ziviles Auto und ein weiterer Streifenwagen näherten, bewahrheitete sich Konrads Ahnung. Kommissar Joachim Langner trat, flankiert von zwei Uniformierten und einem Mann in Zivil, auf sie zu. Er trug eine Jeanshose, dazu ein weißes, kurzärmliges Hemd bei dem die zwei oberen Knöpfe offen standen. Sein blonder Schnauzbart und sein welliges, blondes Haar verliehen ihm ein gutmütiges Aussehen. Seine kleinen, listigen Augen, die immer in Bewegung waren und denen Nichts zu entgehen schien, passten allerdings weniger zu diesem Eindruck. Als er seinen Schulfreund erkannte, weiteten sich diese Augen fast auf die doppelte Größe. Dies war jedoch die einzige Regung, die er zeigte.

„Konrad Landberg", sagte er mit eintöniger Stimme, „Dich hätte ich zuletzt hier vermutet. Obwohl – in der Schule warst du auch immer dort, wo etwas passiert ist".
„Ich wünschte, ich wäre heute Morgen nicht hier gewesen", entgegnete Konrad.
Langner nickte nur und wandte sich an die Polizisten: „Was haben wir?"
„Einen angeblichen Mord, jedoch ohne Leiche".
Der Kommissar blinzelte ärgerlich: „Der Reihe nach!"
Beeindruckt von der Zurechtweisung des Kommissars gab der Streifenpolizist die gewünschte Auskunft. Langner lauschte seinen Ausführungen und strich sich dabei immer wieder, mit Daumen und Zeigefinger, über seinen Bart. Am Ende des Berichts wandte er sich an Konrad und Lena: „Na, dann kommt ihr beide mal mit und zeigt mir, wo der BMW gestanden hat. Stahl, sie auch, die anderen bleiben hier!"
Auf dem Weg zum oberen Parkplatz stellte sich der Kommissar Lena gegenüber vor: „Mein Name ist übrigens Langner, Kripo Albstadt. Das ist mein Assistent Stahl". Er zeigte auf den Mann in Zivil, der Lena zunickte.
„Hansen", erwiderte Lena kurz.
Als sie den Parkplatz erreicht hatten, blieb Langner überraschend stehen. „Nicht weiter, ich will nicht, dass wir

eventuell Spuren zerstören. Was mich interessiert, ist die Geschichte aus eurer Sicht. Also – und bitte von Anfang an!"

Die beiden begannen abwechselnd zu erzählen – von dem geheimnisvollen Brief aus dem Zweiten Weltkrieg, den durchtrennten Bremsdrähten, dem gestrigen Ereignis bei der Ruine auf dem Schlossfelsen und von dem Toten in dem weißen BMW. Langner hörte wieder aufmerksam zu, ohne sie ein einziges Mal zu unterbrechen. Dabei strich er sich immer wieder über den Bart. Nachdem die beiden geendet hatten, fragte er: „Und ihr habt den Fremden vorher wirklich noch nie gesehen?"
„Nein, absolut nicht", antwortete Lena, während Konrad verneinend den Kopf schüttelte. Der Kommissar schwieg, ohne jedoch von seinem Bart abzulassen. Nach geraumer Zeit kommentierte er das Gehörte: „Das ist ja wirklich eine sehr abenteuerliche Geschichte, die ihr mir da erzählt habt".
„Das hört sich ja gerade so an, als ob du uns nicht glauben würdest", empörte sich Konrad.
„Zunächst mal sind das die puren Fakten", gab Langner scharf zurück. Ihr wart nur kurze Zeit weg und habt die einzige Zufahrtsstraße zu diesem Platz nicht verlassen. Das heißt, der weiße BMW wäre euch aufgefallen, wenn er an euch vorbeigefahren wäre ..".
„Also Jojo", unterbrach Konrad, wobei er Langner mit dessen Spitznamen aus der Schulzeit anredete. „Du weißt doch so gut wie ich, dass man von hier oben auf mindestens vier Feldwegen entkommen kann, ohne die Zufahrtsstraße zu benutzen".
„Seit wann können Tote denn Auto fahren?"
„Natürlich nicht das Opfer, sondern sein Mörder könnte das Auto, samt Leiche, weggeschafft haben".
„Aber gerade hast du doch erzählt, ihr hättet niemanden hier gesehen". Der Kommissar wurde jetzt fast böse.
„Gesehen nicht, aber hier gibt es doch genügend Verstecke".

Konrad war der Verzweiflung nahe. Konnte der Kommissar nicht verstehen oder wollte er nicht? Dieser schien sich wieder ein wenig gefangen zu haben, als er jetzt sagte: „Konrad, versteh' doch! Ich kann nicht nach einem Mörder suchen, wenn ich keine Leiche habe und wenn auch sonst nichts auf ein Verbrechen hindeutet. Nur eines kann ich tun: die Umgebung untersuchen lassen. Ferner schreibe ich eine Fahndung nach diesem weißen BMW aus. Mehr ist im Augenblick nicht möglich".
Konrad war wütend, zwang sich aber ruhig zu bleiben. Er zuckte mit den Schultern und sagte: „Wenn du meinst".
Langner nickte und winkte seinen Assistenten zu sich. Er gab Stahl die nötigen Anweisungen und wandte sich hierauf wieder Konrad zu: „Für euch beide ist der Fall momentan erledigt. Wenn wir etwas von euch benötigen, melden wir uns. Wenn euch noch etwas einfällt, macht es bitte ebenso". Er drehte sich zur Seite und signalisierte somit, dass es im Augenblick nichts mehr zu bereden gäbe. Konrad und Lena verstanden. Es blieb ihnen nur, zum Auto zurückzugehen und davon zu fahren.

Konrad schwieg, seit sie losgefahren waren – doch innerlich kochte er. Abrupt brachte er schließlich den Wagen am Straßenrand zum Stehen. Mit beiden Händen aufs Lenkrad schlagend, schimpfte er: „Das gibt es doch nicht. Die denken, wir hätten uns die ganze Geschichte nur eingebildet. Nicht einmal die Sache mit dem Brief haben sie uns geglaubt!"
„Reg dich nicht auf", versuchte Lena ihn zu beruhigen, „da kann man nichts machen. Bestimmt finden sie Spuren, wenn sie den Parkplatz genauer untersuchen".
„Ja, wenn sie es überhaupt tun ... So geht das doch nicht. Wir müssen die Sache selbst in die Hand nehmen und beweisen, dass wir nicht irrsinnig sind".
„Ich dachte, du wolltest alles der Polizei überlassen und hast sogar bedauert, dass wir schon so tief in der Sache drin stecken".

„Da hat man mich auch noch nicht wie einen Idioten behandelt“.
„Ich bin auf jeden Fall dabei. Wo fangen wir an?“
Darüber hatte sich Konrad noch keine Gedanken gemacht. Er zuckte mit den Schultern und überlegte. Schließlich antwortete er: „Wir suchen selbst nach Spuren auf dem Parkplatz und sehen uns einmal in der Umgebung um. Dazu holen wir unsere Fahrräder. So sind wir beweglicher im Gelände, denn diese Verbrecher können nur über einen der Forstwege entkommen sein. Einverstanden?“
„Einverstanden!“

13

Kaum eine Stunde war vergangen, als Konrad und Lena mit ihren Fahrrädern wieder beim Parkplatz auf dem Ochsenberg eintrafen. Was ihnen sofort auffiel war, dass nicht ein einziger Polizist zu sehen war. Außerdem deutete nicht die geringste Kleinigkeit auf jenes Verbrechen hin, welches sich vor kurzem hier ereignet hatte – oder ... Konrad zweifelte einen Augenblick an sich selbst. Er besann sich jedoch schnell wieder auf das Gesehene und wurde zusehends wütender. Lena erging es ähnlich: „Ich habe mit einer weitläufigen Absperrung gerechnet und einer Menge Polizisten in weißen Overalls, die die Gegend untersuchen".
„Dies ist wohl der letzte Beweis, dass uns die Polizei nicht glaubt. Die haben die Stelle – wenn überhaupt – nur oberflächlich abgesucht und dabei natürlich nichts gefunden. Jetzt sind wir endgültig die Deppen und müssen sogar noch froh sein, wenn sie uns nicht ins Irrenhaus sperren!"
Statt der erwarteten Polizeipräsenz waren inzwischen einige Autos von Wanderern und Spaziergängern auf dem Parkplatz abgestellt. Soeben stoppte wieder ein Wagen, dem ein älteres Ehepaar entstieg. Der Mann machte Anstalten, los zu marschieren. „Halt!", rief ihm seine Frau hinterher „Du muschd doch deine Wanderschuh anzieha".
„Ach ja ", der Mann hielt inne, „i han halt schon 's Wirtshaus gschmeckt".
„Zerscht wird glaufa, dass mr sich 's Eikehra verdient. Guck dr mal die junga Leit an. Die sin au ganz außer Atem". Die Frau deutete auf Konrad und Lena.
„Mir sin au schon den Saubuckel da nauf gradelt", entgegnete Konrad und verschwieg dabei etwas angestrengt, dass der Grund ihrer Atemlosigkeit nicht die sportliche Anstrengung war.
„Jo", lachte der Mann, „do gots mim Auto scho bequemer".

Konrad nickte zurück. Lena hatte die kurze Unterhaltung mit einigem Unverständnis verfolgt. Als die älteren Leute ihres Weges gegangen waren, fragte sie: „In welcher Sprache habt ihr euch denn unterhalten? Ich habe kein Wort verstanden".
„Es war eine Art Geheimsprache. Unter Experten wird sie Schwäbisch genannt".
„Aha…"
„Sie haben sich erkundigt, ob wir auch nach den Mördern des Unbekannten im weißen BMW suchen".
„Im Ernst …?" Für einen kurzen Moment ließ sich Lena hereinlegen. Doch dann fiel ihr Konrads Grinsen auf. „Also weißt Du! Über solche Dinge macht man keine Scherze. Aber immerhin hast du jetzt deine Gelassenheit wiedergefunden".
„Vielleicht. Und jetzt machen wir uns auf die Suche, damit wir den BMW auch noch finden".

Sie stellten ihre Räder am Rande des oberen Parkplatzes ab, um diesen genau in Augenschein zu nehmen, was allerdings durch die inzwischen hier geparkten Autos vereitelt wurde. Von frischen, unberührten Spuren konnte jetzt nicht mehr die Rede sein. Die Untersuchung des weiteren Umfeldes brachte ebenso wenig ein zufriedenstellendes Ergebnis. Da es schon längere Zeit nicht mehr geregnet hatte und der Boden deshalb relativ trocken und hart war, waren keinerlei Spuren auf dem Untergrund zu erkennen. Etwas frustriert wandte sich deshalb Lena, nach einiger Zeit, an Konrad: „Hier ist nichts zu entdecken. Was meinst Du?"
„Jetzt müsste man Winnetou oder Old Shatterhand sein".
„Wir sollten uns einfach einmal in die Situation hinein versetzen". , schlug Lena vor, „Was hättest du als Mörder gemacht?"
„Ich muss zugeben, dass ich mich nicht ganz einfach in einen Mörder hinein versetzten kann, aber wenn ich vor dem Problem stünde, das Auto mitsamt dem Toten verschwinden lassen zu müssen, dann …" Konrad schaute sich um. „Dabei bedenkend, dass ich nicht die normale Zufahrtsstraße

benutzen darf, so …" Konrad drehte sich im Kreis. „Zudem noch fremd in der Gegend, dann …"
„Na sag schon!" Lena wurde immer nervöser.
„... Dann gibt es eigentlich nur zwei Möglichkeiten: Neben der offiziellen Zufahrtsstraße führen noch zwei Feldwege hier weg". Dabei deutete er einmal nach vorn und einmal nach links, wo zwei breite, geschotterte Wege verliefen. Lena blickte von einem zum anderen Weg und meinte schließlich: „Gut. Ich schlage vor, wir nehmen diesen hier". Sie zeigte auf den Weg, der gerade vor ihnen vom Parkplatz wegführte.
„OK, dann los!"
Bereits nach wenigen hundert Metern, gabelte sich der Weg zum ersten Mal. Konrad kannte diese Stelle jedoch und empfahl Lena, geradeaus weiter zu fahren, während er die rechte Abzweigung nähme. Die beiden Wege träfen sich bereits nach ein paar hundert Metern wieder. Dort sollte Lena auf ihn warten.

Schon von Weitem sah Konrad, wie Lena den Kopf schüttelte. Auch er hatte nichts entdeckt. So ging die Suche weiter – immer die Blicke in alle Richtungen ausschweifend, um sich ja nichts entgehen zu lassen; schon gar nicht einen weißen BMW.
Die Suche blieb jedoch erfolglos. Als sie wieder den Parkplatz erreichten, war die Enttäuschung unverkennbar. Lena war es, die Konrad aufmunterte und zum Weitersuchen anhielt. So wurde der zweite mögliche Weg in Angriff genommen. Doch auch hier war ihnen kein Erfolg beschieden. Sie bekamen zwar die herrliche Alblandschaft mit ihren Wacholdersträuchern, weidenden Schafen und grasenden Kühen auf einem silbernen Tablett präsentiert – allein – sie hatten keinen Blick dafür. Das Bild des Toten ging ihnen nicht aus dem Kopf. Dazu kam die Tatsache, dass ihnen die Polizei nicht glaubte. Nun hatten sie nur mehr ein Ziel vor Augen: den weißen BMW zu finden.

Nachdem sie schließlich den ganzen „Ochsenberg“ durchsucht und nichts gefunden hatten, stoppte Konrad die Fahrt. Er nahm seine Füße von den Pedalen und setzte sie auf den Boden. Nach vorn gebeugt fuhr er sich mit beiden Händen über sein Gesicht. Lena deutet die Geste ihres Begleiters richtig und versuchte, ihn aufzuheitern. Da sie direkt vor einer eingezäunten Kuhweide standen, sagte sie, mit Blick auf die Tiere: „Wir sollten vielleicht die Kühe fragen. Aber die würden sowieso nichts sagen – mit vollem Munde redet man ja nicht“.
Konrad betrachtete die wiederkäuenden Tiere, jedoch ohne auf Lenas Spaß einzugehen. Stattdessen richtete er sich plötzlich auf und rief: „Ich Idiot! Wir müssen den Schäfer fragen – natürlich! Vorhin sind wir doch an einer Schafherde vorbei gekommen, die von einem Schäfer und zwei Hunden bewacht wurde. Auch Lena erinnerte sich: „Worauf warten wir?“
In schnellem Tempo ging es den Weg zurück zur Schafherde. Der Schäfer stand in Schieflage über seinen Stock gebeugt und schien in tiefe Gedanken versunken. Außerdem war er viel zu warm angezogen, was Lena sofort auffiel. Erst nach dem zweiten Gruß von Konrad richtete er sich auf. Der Schäfer war ein Mann jenseits der sechzig, mit wettergegerbtem Gesicht und klaren, hellen Augen. Er betrachtete die beiden Radfahrer mit kritischem Blick von oben nach unten und wieder zurück, sagte jedoch kein Wort. „Guten Tag“, begann Konrad, „wir hätten da mal eine Frage“.
Immer noch kritisch dreinschauend sagte der Schäfer kein Wort. Nur ein leichtes Kopfnicken deutete darauf hin, das er bereit war, die Frage zu hören. „Wir suchen jemand; einen weißen BMW, der hier wahrscheinlich vor kurzem vorbeigekommen ist. Haben sie vielleicht etwas gesehen? Wir sind nämlich …“ Weiter kam Konrad nicht. Plötzlich bäumte sich der Mann auf und begann laut zu schimpfen: „Der Grasdackel! Klar ischt der vorbei komma. Mit ama sau Karracho. Der häd schier zwoi Schof verwischt“.
„Wo isch der dann hingfahra?“ – Auch Konrad wechselte in

breitestes Schwäbisch.
„Ha do, den Buckel na!“ Der Schäfer deutete mit seinem Stock den Weg entlang.
„Danke! Vielen Dank!“ Konrad gab Lena ein Zeichen, weiter zu fahren. Noch von Weitem hörten sie den anfangs so stummen Schäfer lauthals schimpfen.
„Hat er mit uns gestritten?“, fragte Lena schließlich verdutzt. Konrad lachte: „Nein, er hat sich über den BMW beschwert, der so schnell vorbei gefahren ist, dass er fast zwei Schafe überfahren hätte“.
„Das heißt, er hat ihn gesehen. Wir sind auf der richtigen Spur!“
„Und das nächste Mal werde ich simultan übersetzen, damit du direkt mitbekommst, was die Leute sagen“.
„Sehr witzig!“
„Immerhin wissen wir jetzt, dass wir den richtigen Riecher hatten und dass es jetzt noch einen Zeugen gibt – zumindest für das Auto“.
Inzwischen hatten sie eine Stelle erreicht, an der der Weg ziemlich steil nach unten führte.
„Der Schäfer meinte, der BMW sei hier hinunter gefahren“, sagte Konrad.
„Na dann fahren wir doch auch den ‚Buckel na’“, gab Lena etwas amüsiert über Konrads seltsamen Dialekt zurück.

Unter normalen Umständen hätten die beiden jetzt eine rasante Abfahrt die steile Straße hinunter durch den Wald genossen. Nun fuhren Konrad und Lena jedoch äußerst langsam und aufmerksam die Strecke ab – immer beide Hände an den Bremsen. Bald schon hatten sie den Wald hinter sich gelassen und fast die Straße erreicht, die die Albstädter Stadtteile Margrethausen und Ebingen miteinander verbindet. Sie hielten an und sahen sich um. Lautes Motorengeräusch drang in ihre Ohren. Es rührte von der Kettensäge eines Mannes her, der gerade dabei war am Waldrand einen gefällten Baum zu zersägen. Sein Gehör-

schutz und eine breite Schutzbrille ließen vermuten, dass der Mann kaum etwas von seiner Umgebung wahrnehmen konnte. Konrad wollte den Mann trotzdem befragen.
Wie erwartet bemerkte dieser die beiden nicht, als sie sich näherten. Konrad machte allerhand Bewegungen vor dem Holzfäller, um dessen Aufmerksamkeit zu erregen. Bald hörte der Mann auf zu sägen. Er betrachtete die beiden ein wenig verwundert und stellte daraufhin sein Werkzeug ab. Die Ruhe tat gut. Etwas nervös nahm der Arbeiter Brille und Gehörschutz ab und fragte: „Gibt es ein Problem?“
„Nein, entschuldigen sie die Störung“, entgegnete Konrad. „Eine Frage: Ist ihnen heute schon ein weißer BMW aufgefallen, der von oben aus dem Wald gekommen ist? Wahrscheinlich nicht, oder?“ Konrad hatte eigentlich keine große Hoffnung, dass der Mann bei seiner Arbeit etwas gesehen hatte. Umso erstaunter war er, als dieser zurückgab: „Natürlich, aber das ist bestimmt bestimmt schon zwei Stunden her“.
„Tatsächlich?“
„Klar, ich habe mich noch gewundert“.
„Inwiefern?“
„Erstens fuhr der Fahrer ziemlich schnell und zweitens ist er nicht bis zur Straße gefahren, sondern da vorne rechts auf den Feldweg abgebogen“. Der Mann deutete mit der Säge, die er immer noch in der Hand hielt, in die entsprechende Richtung.
„Danke“, rief Konrad freudig, „Sie haben uns sehr geholfen. Ich dachte schon, sie hätten beim Sägen überhaupt nichts gehört oder gesehen“.
„Ach wissen Sie, man muss ja auch ab und zu eine kleine Pause einlegen“. Der Mann grinste spitzbübisch. „Ich bin Rentner. Meinem Wald ist es egal, ob die Bäume heute, morgen oder übermorgen gefällt werden“.
„Dann weiterhin frohes Arbeiten und nochmals Danke!“
„Nichts zu danken“. Der Mann schützte wieder Augen und Ohren und startete danach seine Motorsäge.

Den Lärm hörten Konrad und Lena nur noch von Weitem. Sie waren bereits zu dem besagten Feldweg unterwegs. Er führte am Waldrand entlang hinunter nach Margrethausen. Besonders nach rechts, dem Wald zu, richteten die beiden ihre Aufmerksamkeit. Doch keine Spur des weißen Fahrzeugs war zu entdecken. Das Gelände ließ es aber auch nur schwerlich zu, mit einem Auto den Weg zu verlassen.
Immer weiter kamen sie nach unten. Jetzt verlief die zuvor so steile Waldstraße beinahe wieder eben. Lena stoppte. „Meinst du wir sind noch richtig?"
„Schwer zu sagen. Andererseits gab es bisher kaum eine Möglichkeit, den Weg zu verlassen. Ich denke, wir müssen hier einfach weiter fahren".
Lenas Blicke schweiften über Margrethausen, das sich jetzt unterhalb von ihnen, wunderschön, in das sonnenüberflutete Eyachtal einschmiegte. Als Blickfang diente die 300 Jahre alte Klosterkirche des Ortes, die inmitten der Häuser herausragte und ihre Umgebung zu bewachen schien. Direkt rechts neben der Kirche war der Ostflügel des ehemaligen Franziskanerinnen-Klosters zu erkennen, der als einziger der vier Flügel noch erhalten geblieben war.
„Hier ist aber ein tolles Plätzchen!" Lena war begeistert. „Da würde ich am liebsten ein Haus hinbauen".
„Ich glaube das Gebiet heißt Mühläcker", antwortete Konrad, „vielleicht wird es ja irgendwann einmal Bauland. Dann kannst du deine Villa hinstellen".
„Wer weiß. Vielleicht finden wir ja demnächst einen Goldschatz. Dann lasse ich noch ein Gästehaus in meinen Garten bauen, in dem du dann wohnen darfst".
„Du meinst, so eine Art Hausmeisterwohnung. Nun, im Rasenmähen bin ich ziemlich gut".
Noch bevor Lena antworten konnte, wurde ihre Aufmerksamkeit auf eine Gruppe singender Kleinkinder gelenkt, die ein paar Meter vom Weg entfernt in einem Kreis im Gras saßen. Mit dabei waren zwei Erzieherinnen, die allerlei Bewegungen mit den Händen machten, die die Kinder beim

Singen nachahmen sollten. „Wir könnten doch mal bei ihnen nachfragen“, schlug Lena vor. Konrad nickte.
Geduldig warteten die beiden, bis die Kinder ihren Gesang beendet hatten – das Lied hatte sehr viele Verse.
„Hallo, entschuldigen sie bitte. Haben sie vielleicht ein weißes Auto gesehen, dass hier vorbeigekommen ist?“
„Ich denke, hier dürfen gar keine Autos fahren“, entgegnete eine der Erzieherinnen. „Aber nein, wir sind schon eine halbe Stunde hier. In dieser Zeit ist überhaupt niemand vorbeigekommen“.
„Danke“ Konrad hatte mit dieser Antwort gerechnet. Plötzlich stand ein kleines Mädchen aus der Gruppe auf und fragte: „Seid ihr ein Liebespaar?“
Konrad, der sonst nie um eine Antwort verlegen war, konnte nun wirklich nichts erwidern. Lena sprang für ihn ein: „Nein, das nicht gerade. Aber gute Freunde“.
Die Kinder kicherten und – zu Konrads Überraschung – die Erzieherinnen ebenfalls. „Na dann fahren wir mal weiter“, sagte er etwas verlegen und gab Lena ein Zeichen. Die Kinder winkten, und eines von ihnen rief ihnen vorlaut nach: „Und die sind doch ein Liebespaar“.

Der Weg führte nun wieder zwischen Bäumen hindurch und stieg leicht an. Die Ortschaft lag schon weit hinter ihnen. Man drang immer tiefer in den Wald ein. Hier stieg unwillkürlich das Gefühl auf, in einer ganz abgelegenen Gegend zu sein. Vor ihnen gabelte sich der Weg. Die Hauptstrecke führte nach links weiter aus dem Wald hinaus, während eine Abzweigung rechts davon noch tiefer in den Wald hinein führte.
„Und nun?“, fragte Lena ratlos.
„Nächste Frage!“
„Sollen wir eine Münze werfen?“
„Dass sie vorhin nicht auf die Kreisstraße gefahren sind, sondern den Waldweg genommen haben, lässt vermuten, dass sie auch hier nicht aus dem Wald hinaus wollten“.

„Also rechts“.
„Ich denke schon“.
Sie folgten dem immer dunkler werdenden Weg in den Wald hinein. Nach nur 200 Metern stoppte Lena abrupt und deutete mit der ausgestreckten Hand auf eine dichtes Gebüsch. Leise, fast flüsternd, sagte sie: „Sieh mal da“.
Konrad bemerkte sofort, was Lena meinte. Hinter dichten Ästen, schimmerte der weiße Lack eines Autos hervor.

Konrad legte seinen Zeigefinger an den gespitzten Mund und lehnte sein Rad vorsichtig an ein Gebüsch am Wegesrand. Lena folgte seinem Beispiel und fragte dabei leise: „Meinst Du, es ist noch jemand in der Nähe?“
„Ich weiß nicht. Aber sicher ist sicher“. Konrad blickte sich um. Er entdeckte einen ausgetretenen Wildpfad in der Nähe. „Komm mit, wir nehmen diesen Weg“.
Fast gebückt, schlichen die beiden zwischen den Bäumen hindurch, um sich von hinten dem Fundort zu nähern. Konrad ging voran. Immer wieder hielt er an, um zu lauschen. Schließlich waren sie nur noch gut 20 Meter von dem Auto entfernt. Kein Zweifel, es handelte sich um den gesuchten, weißen BMW. Der Wagen schien leer zu sein und auch sonst war niemand zu sehen.

Konrad war unsicher, was zu tun war. Endlich sagte er: „Du bleibst jetzt am besten hier in Deckung und hältst das Handy griffbereit. Ich werde das Auto untersuchen. Wenn ich in Gefahr komme, rufst du die Polizei an“.
„Gut, aber sei vorsichtig! Ich werde schon mal die Nummer eintippen“.
Kurz darauf machte sich Konrad auf den Weg. Als er sich dem Auto weiter näherte, sah er, dass der Wagen tatsächlich leer war. Er ging um das Auto herum und richtet dabei seine Blicke immer wieder auch in den Wald hinein. Nichts Verdächtiges war zu erkennen – weder im Wald noch im Auto. Daraufhin zückte er sein Handy und wählte die

Nummer von Kommissar Langner. Schon nach dem ersten Klingeln nahm dieser ab, so als hätte er nur auf diesen Anruf gewartet.
Konrad erklärte die Situation und nannte den Standort. Langner bedeutet ihm, beim Fundort zu bleiben, aber nichts anzurühren. Er wolle in zehn Minuten vor Ort sein. Nachdem Konrad wieder aufgelegt hatte, gab er Lena ein Zeichen. Er erklärte ihr, was der Kommissar gesagt hatte. Dennoch konnte sie sich nicht zurückhalten, um den Wagen herum zu gehen und intensive Blicke ins Innere zu werfen.
Nach nicht einmal zehn Minuten hörten sie Motorgeräusche. Vom Forstweg aus erkannten sie sofort den Wagen des Kommissars.
„Ich hoffe ihr habt nichts angerührt!“ Langner war anzumerken, dass er eine Niederlage eingesteckt hatte, indem er den beiden heute Vormittag nicht geglaubt hatte.
„Natürlich nicht“, gab Konrad zurück.
„Dann mal los!“
Konrad führte den Kommissar zum Auto. Dieser machte ebenfalls die obligatorische Runde um den BMW, ehe er seine Handschuhe anzog. Er öffnete die Fahrertür und blickte längere Zeit ins Fahrzeuginnere. Daraufhin begab er sich hinter den Wagen und versuchte, den Kofferraum zu öffnen. Nach dem zweiten Versuch gelang ihm dies auch. Leicht und dennoch unübersehbar schreckte er zurück. Lena und Konrad stellten sich hinter den Kommissar, um ebenfalls in den Kofferraum blicken zu können.
Eingerollt, aber mit einem deutlich erkennbarem Einschussloch in der Stirn, lag darin der tote Unbekannte.

14

Jetzt sah es in dem Wald, Nahe Margrethausen, so aus, wie es Konrad und Lena schon auf dem Ochsenberg erwartet hätten. Ein rotweißes Band sperrte die Gegend um den weißen BMW weiträumig ab. Es wimmelte von Polizisten in Zivil und in Uniform. Die Leiche, das Auto und auch die Umgebung wurden akribisch untersucht. Konrad und Lena standen außerhalb der Absperrung und beobachteten das Treiben.
Bald gesellte sich Kommissar auch Langner zu ihnen. Die beiden hatten ihm detailliert beschrieben, wie sie das Auto gefunden hatten. Daraufhin hatte Langner seinen Assistenten Stahl losgeschickt, um die Aussagen zu überprüfen. Gerade eben war Stahl zurückgekehrt. Er hatte sowohl den Schäfer als auch den Holzfäller ausfindig gemacht. Beide bestätigten der Polizei gegenüber nochmals die Angaben von Lena und Konrad. Den oder die Insassen des BMW hatte allerdings niemand erkannt. Der Schäfer sagte lediglich ironisch, er sei sich nicht sicher, ob überhaupt jemand in dem Wagen gesessen hatte. Dass Stahl diesen schwäbischen Witz des Schäfers seinem Chef wörtlich weitergegeben hatte, zeigte wieder einmal deutlich, dass er nicht aus der Gegend stammte.
„Können wir jetzt endlich gehen?", fragte nun Konrad.
„Ja, das könnt ihr", gab der Kommissar zurück. „Eure Aussagen wurden bestätigt".
„Das darf doch nicht wahr sein", ereiferte sich Konrad. „Du hast uns schon wieder nicht geglaubt".
„Ganz langsam. Im Moment bin ich Polizist. Dabei muss ich meiner Arbeit so professionell wie möglich nachgehen. Im Übrigen haben wir nicht jeden Tag einen Mord in Albstadt, da ist doppelte Aufmerksamkeit notwendig".
„Der Kommissar hat schon recht", beschwichtigte auch Lena.
„Siehst Du", stellte dieser zufrieden fest. „Außerdem muss ich euch bitten, um 17:00 Uhr auf dem Revier in Truchtel-

fingen zu erscheinen. Wir müssen eure Aussagen zu Protokoll nehmen".
„Muss das sein?"
„Ja". Die Antwort von Langner war streng und eindeutig. Konrad sah ein, dass jegliche Weigerung zwecklos war und wandte sich zum Gehen. Gerade in diesem Moment trat ein Uniformierter zu Langner heran und überreichte ihm eine durchsichtige Plastiktüte, in der sich gut zehn Visitenkarten, zusammen gehalten von einer großen Büroklammer, befanden.
„Das haben wir beim Toten gefunden".
Langner betrachtete die Karten aufmerksam. Schließlich sagte er, während er sich über seinen Schnauzbart strich: „Der Tote könnte zum Beispiel ein Privatdetektiv gewesen sein".

Pünktlich um 17:00 Uhr betraten Konrad und Lena das Polizeirevier, wobei Konrad äußerst widerwillig hierher gekommen war. Als sie sich bei Kommissar Langner anmeldeten, wurde ihnen mitgeteilt, dass dieser noch unterwegs sei, jedoch jeden Moment zurück sein müsse. Sie wurden gebeten, solange auf dem Flur Platz zu nehmen.
„Das passt ja ins Bild", meckerte Konrad. „Zuerst glaubt man uns nicht, danach werden wir verdächtigt und jetzt lässt man uns auch noch warten".
„Beruhige Dich", entgegnet Lena, „uns bleibt nichts anderes übrig. Vielleicht bekommen wir ja nachher – als Ausgleich – noch einige wichtige Informationen, die uns weiter helfen, den Schatz zu finden. Zudem würde mich schon sehr interessieren, wer der Unbekannt war".
„Klar, mich auch. Ich bin auch schon wieder ganz ruhig". Lena lächelte, während sie ihm einen Klaps auf die Schulter gab.
Letztendlich vergingen aber noch 30 Minuten, bis ihnen mitgeteilt wurde, dass der Kommissar jetzt eingetroffen sei und sie erwartete.

Langner war wie verwandelt. Jetzt strahlte er nicht mehr diese distanzierte, ja aggressive, Art aus – nein, sein Auftreten war nun fast schon kollegial zu nennen. Es war ihm anzusehen, dass er nun wusste, wer sein Freund und wer sein Feind war.
„Entschuldigt bitte, dass es so lange gedauert hat“, begann er beflissen, „aber ich war noch im Hotelzimmer des Toten. Hat man euch schon etwas zu trinken angeboten?“
„Nein, bis jetzt noch nicht“.
„Na dann aber … Stahl“. Er brüllte den Namen seines Assistenten mit lauter Stimme, um sich danach sofort wieder in normaler Lautstärke an Konrad und Lena zu wenden: „Kaffee vielleicht?“
„Gerne“, gab Lena zurück. Konrad nickte nur.
Als Stahl daraufhin schwer atmend eintrat, bestellte der Kommissar drei Kaffee bei seinem Assistenten. Dieser hatte bei dem lauten Gebrüll seines Chefs offenbar etwas Schlimmeres erwartet. So zumindest ließen seinen Gesten und sein Gesichtsausdruck vermuten. Dass es sich jetzt nur um drei Kaffee handelte, beruhigte ihn anscheinend ein wenig.
Immerhin kam er nach kurzer Zeit mit einem Tablett zurück, auf dem vier dampfende Tassen mit Kaffee standen. Ein Zeichen, dass er sich berufen fühlte, an der kommenden Unterhaltung teilzunehmen. Langner schien nichts dagegen zu haben, sondern forderte ihn nur auf, Platz zu nehmen. Anschließend richtete Konrad an Langner die Frage, ob der Tote inzwischen identifiziert sei.
„Das war leicht“, antwortete der Kommissar. „Wir haben in seinen Taschen und im Auto einiges gefunden, um ihn zu identifizieren: Ausweis, Führerschein, Visitenkarten und solche Dinge. Auch seine Brieftasche mit Bargeld und Kreditkarten steckte in seiner Hose. Deswegen können wir einen Raubmord bereits ausschließen“.
„Wie heißt der Mann?“, wollte Lena wissen.
„Lars Lürsen“, gab Langner zurück. „Dies wäre meine nächste Frage gewesen. Der Mann wohnte nämlich in Kiel

und betrieb dort ein Privatdetektei. Kennen sie ihn?"
Lena ließ sich einige Zeit mit der Antwort. Sie durchforstete ihr Gehirn nach diesem Namen. „Nein", gab sie schließlich zu verstehen, „der Name sagt mir überhaupt nichts. Aber es ist schon seltsam, dass er auch aus Kiel stammt".
„Nicht wahr? Aber es wird noch seltsamer: Wir haben in seinem Hotelzimmer ein Bild von ihnen gefunden".
Lena erschrak sichtlich. „Von mir?"
„Genau. Alles deutet darauf hin, dass er ihretwegen in Albstadt war. Wahrscheinlich hat er sie observiert".
Konrad, der sehr aufmerksam zugehört hatte, warf jetzt ein: „Man müsste vielleicht auch in Erwägung ziehen, dass er als eine Art unbekannter Leibwächter von Lena agiert haben könnte. Ich erinnere dich nur an die Geschichte auf dem Schlossfelsen, als er uns vor der Bande gerettet hatte".
„Möglich. Wir haben leider keine Hinweise darauf gefunden, wer sein Auftraggeber war. Haben sie vielleicht eine Idee?" Der Kommissar hatte sich wieder an Lena gewandt.
„Nein, absolut nicht", antwortete diese.
„Nun gut. Aber jetzt zu dieser Bande …", fuhr der Kommissar fort, als sein Assistent Stahl ihn jäh unterbrach: „Die Mörder!"
„Jetzt mal schön sachte", übernahm der Kommissar wieder das Wort. „Das Problem bei der Sache ist, dass wir von diesen Leuten nicht die geringste Spur haben. Wir haben weder am Fundort noch am Tatort auf dem Ochsenberg irgendwelche Indizien gefunden. Außerdem haben wir niemanden, der etwas gesehen hat. Es ist momentan nur eine reine Vermutung, dass die Bande hinter der Sache steckt. Damit kämen wir vor Gericht nicht weit".
„Aber wir sind doch Zeugen. Sie haben uns doch bedroht".
„Schon, aber ich fürchte, das reicht nicht aus, um sie des Mordes zu überführen".
„Könnt ihr diese Typen nicht ausquetschen – wie im Fernsehen?" Konrad war sich der Sinnlosigkeit seiner Frage durchaus bewusst.

„Leider funktioniert das oft nur dort. In der Praxis sieht vieles anders aus. Immerhin haben wir die Bande dank eurer Angaben identifizieren können. Ich habe auch schon Kontakt zu den Kollegen in Kiel aufgenommen. Die Leute scheinen einer rechtsextremen Organisation anzugehören.
Konrads Gehirn arbeitete auf Hochtouren, um das Gehörte richtig einzuordnen: „Kann man da gar nichts machen?“
„Im Moment sind uns die Hände gebunden. Außerdem ist es ratsam, nicht gleich etwas gegen die Bande zu unternehmen. Wir werden jedoch mit Hochdruck an der Sache arbeiten. Ich erwarte immer noch einen Anruf aus Kiel. Ferner stehen die endgültigen Ergebnisse aus dem Labor noch aus. Danach werden wir weiter sehen. Jetzt möchte ich euch bitten, eure Aussagen zu Protokoll zu geben und euch sofort bei mir zu melden, falls euch noch etwas einfällt. Ist das in Ordnung so?“
„Ich denke schon“, gab Konrad zurück.
„Gut. Bitte geht jetzt mit Kollege Stahl. Ich werde wohl noch einige Stunden weiterarbeiten“.

Nach der langatmigen Prozedur des Protokollierens verließen Konrad und Lena, sichtlich erleichtert, das Polizeirevier. Stahl hatte mit seiner umständlichen Art die ganze Sache so in die Länge gezogen, dass sich Konrad kaum im Zaum halten konnte. Allein Lenas besänftigender Wirkung war es zu verdanken, dass es nicht zum Eklat gekommen war.
„Was hältst du von einem Italiener?“, frage Lena spitzbübisch, „ich meine natürlich ein italienisches Lokal, eine Pizzeria. Ich habe mächtigen Hunger“.
„Eigentlich habe ich mir ja geschworen, nach der Halbfinalniederlage bei der Fußball-Weltmeisterschaft nie mehr zum Italiener zu gehen. Aber … meinetwegen“.
„Schön, kannst du eine Pizzeria empfehlen?“
„Ganz in der Nähe ist ein gutes Lokal“.
Konrad öffnete Lena galant die Beifahrertür seines Autos und stieg danach weltmännisch auf der anderen Seite ein. So als handelte es sich bei dem Wagen nicht um einen Citroën,

sondern um einen Jaguar oder einen Porsche. Erst die Tatsache, dass der Wagen beim ersten Mal nicht ansprang, erinnerte ihn jäh daran, doch eher in einem Oldtimer zu sitzen als in einem flotten Sportwagen. „Wenigstens brauche ich mir keine Gedanken zu machen, wenn ich einmal über einen hohen Randstein fahre", gab Konrad lachend von sich, als er beim Ausparken über eine Bordsteinkante holperte. Lena grinste nur amüsiert zurück.

In der Pizzeria angekommen, bestellte Konrad eine Pizza mit Meeresfrüchten, während Lena Penne alla Arabiata wählte. Dazu gab es einen knackigen Salat.

„Die Sache wird immer mysteriöser", meinte Konrad mit nachdenklicher Mine. „Dass du tatsächlich von einem Privatdetektiv beobachtet wurdest ..".

„Mir geht diese Geschichte schon die ganze Zeit durch den Kopf. Aber ich komme zu keiner Erklärung".

„Gehen wir das Ganze doch noch einmal von Anfang an durch", schlug Konrad vor. „Also: Du kopierst einen Brief, der an eure Zeitung gerichtet war. Es ist anzunehmen, dass er von einem Mann stammt, der wenig später unter nicht geklärten Umständen ums Leben gekommen ist. Der Brief wiederum ist von seinem Großvater, einem alten Nazi, und beinhaltet eine unglaubliche Aussage: Es wird von einem Schatz – Gold und Dokumente aus dem Zweiten Weltkrieg – berichtet. Du kommst nach Albstadt, um nach diesem Schatz zu forschen. Aber nicht nur Du, sondern auch eine Gruppe von Neonazis und ein Privatdetektiv. Die Nazis, denen auch dein Kollege von der Zeitung angehört, haben wohl ebenfalls Kenntnis von dem Brief bekommen. Auch sie suchen nach dem Schatz und schrecken dabei vor nichts zurück".

Lena setzte Konrads Gedanken fort: „Und dann ist da noch der Privatdetektiv, bei dem man ein Bild von mir gefunden hat. Der rettet uns zuerst das Leben und wird einen Tag später selbst ermordet. Von wem? Wahrscheinlich von den Nazis – oder irren wir uns hier?"

„Ich denke nicht. Es spricht doch alles dafür, dass die Bande hinter der Geschichte steckt; und auch dafür, dass sie vielleicht sogar etwas mit der Sache in Kiel – dem verunglückten Enkel – zu tun haben“.
„Wenn das alles aber so ist, dann befinden wir uns in höchster Gefahr. Wir müssen noch vorsichtiger sein. Vielleicht sollte ich nochmals mit meiner Freundin in Kiel telefonieren“, sinnierte Lena.
„Das wäre bestimmt nicht verkehrt. Unter Umständen kennt sie noch jemanden, der etwas über die Sache weiß“, entgegnete Konrad, als Lena plötzlich ihre Hand hob: „Moment mal! Wenn du das sagst, fällt mir jemand ein, der immer über alles Bescheid weiß und mir – durch meinen Vater – sehr verbunden ist: Der Chef unserer Zeitung, mein väterlicher Freund!“
Konrad bestätigte ihre Vermutung prompt: „Genau! Gute Idee! Du musst ihn gleich anrufen!“
„Ja, aber lass uns erst einmal Essen“.
Soeben wurden die Pizza und die Nudeln serviert.
„Ich muss mir genau überlegen, wie ich ihm beichte, dass ich eine Kopie vom Posteingang gemacht habe. In solchen Dingen versteht er keinen Spaß“.
„Meinst Du, man muss ihm gleich alles in jeder Einzelheit erzählen?“
„Auf jeden Fall. Sonst würde er so lange nachhaken, bis er schließlich doch alles erfahren hätte. Und im Lügen bin ich nicht besonders gut. Glaub mir, ich kenne ihn gut“.
„In Ordnung“. Konrad ließ sich überzeugen. „Und jetzt lass dir erst einmal das Essen schmecken. Guten Appetit!“

Während des Mahls verhielt sich Lena auffallend schweigsam. Sie dachte nach. Konrad störte sie dabei nicht. Erst als die leeren Teller abgetragen wurden und Konrad zwei Espressos bestellt hatte, brach Lena ihr Schweigen: „Du musst das verstehen. Ich habe diesem Mann sehr viel zu verdanken. Als mein Vater damals starb, hat er sich um mich

gekümmert. Ich bin mit allen meinen Problemen zu ihm gekommen. Er hat mir immer geholfen. Auch den Job bei der Zeitung habe ich nur durch ihn bekommen; wobei ich sagen auch muss, dass meine Arbeit sein Vertrauen durchaus gerechtfertigt hat. Ab und zu habe ich an Artikeln recherchiert, die unsere Zeitung in der Lesergunst steigen ließen. Zuletzt war es der erste Fall von Vogelgrippe in unserer Region, den die Behörden – wegen des Tourismus' – vertuschen wollten.
„Ich glaube, du brauchst keine Bedenken zu haben, ihm alles zu erzählen. Ihr scheint wirklich ein gutes Verhältnis zu haben".
Lena nickte, während sie nach ihrem Handy griff. Auswendig tippte sie die Nummer ein. Bereits nach kurzer Zeit war die Verbindung hergestellt. „Hallo, ich bin's – Lena", waren ihre ersten Worte. Daraufhin schilderte sie die zurückliegenden Ereignisse ausführlich und ließ dabei nicht das Geringste aus. Ihr Gesprächspartner schien ihr gespannt zuzuhören, ohne sie zu unterbrechen.
Nachdem sie geendet hatte, begann ihr Chef zu erzählen. Jetzt war es Lena, die zuhörte. Nur manchmal war von ihr ein ungläubiges „Was?" oder „Wie?" zu hören.
Konrad konnte Lenas Gesprächspartner nicht hören, schloss aber aus Lenas Mimik, dass sie allerlei Neuigkeiten erfuhr. Er konnte es kaum erwarten, bis das Gespräch beendet war. Als es soweit war, steckte Lena das Handy wieder ein und atmete dabei mehrmals schwer – so, als müsse sie das Gehörte erst einmal verarbeiten.
„Und?", Konrad konnte es kaum noch erwarten.
„Jetzt wird einiges klarer", entgegnete Lena, „also pass' auf! Wie du gehört hast, habe ich Magnus alles wahrheitsgemäß berichtet. Er war überhaupt nicht böse. Magnus ist eigentlich Doktor Magnus Dahl, mein Chef. Vor etwa zehn Tagen hatte er einen Anruf von Thorsten Maurer erhalten, dem Enkel unseres Briefe schreibenden Nazis Ernst Maurer. Darin hat Thorsten mitgeteilt, beim Aufräumen des Kellers seines

verstorbenen Großvaters den Brief gefunden zu haben. Er sprach angeblich sehr geheimnisvoll und erwähnte nur so viel, dass irgendwo auf der Schwäbischen Alb eine bedeutende Hinterlassenschaft der Nazis versteckt sein müsse. Allem Anschein nach wollte er Geld herausschlagen. Gegen das Verhandlungsgeschick von Magnus ist jedoch kein Kraut gewachsen, und so einigten sie sich darauf, dass Maurer den Brief erst einmal zur Redaktion schicken sollte. Danach vergingen mehrere Tage, an denen nichts geschah. Magnus hatte die Sache anscheinend schon fast wieder vergessen, als er durch die Nachricht vom Tod Thorsten Maurers aufgeschreckt wurde. Er forschte selbst ebenfalls nach und erfuhr, dass Maurer bei einem Autounfall ums Leben gekommen war und dass die Polizei ermittelte, da ein Fremdverschulden nicht auszuschließen war. Als ich daraufhin ankündigte, eine Woche Urlaub zu nehmen, um in Albstadt an einem Mountainbike-Rennen teilzunehmen, zählte er eins und eins zusammen. Er wusste offenbar schon länger, dass ich ab und zu den Posteingang ‚kontrolliere'. Magnus duldete dies, da er es war, der immer gesagt hatte, dass ein Reporter seine Nase überall hinein stecken müsse. Er forschte weiter und erfuhr dabei auch mehr über Kuster von der Poststelle und diese Gruppe von Neonazis, der Kuster angehörte. Magnus kombinierte blitzschnell. Er hatte damals meinem Vater versprochen, sich um mich zu kümmern. So entschloss er sich, Lars Lürsen, einen Privatdetektiv, damit zu beauftragen, mich zu beobachten und gegebenenfalls zu beschützen. Lürsen folgte mir also nach Albstadt. So kam es auch, dass er uns auf dem Schlossfelsen vor der Bande gerettet hat. Aber er war nicht vorsichtig genug … Das ist alles so schrecklich! Aber jetzt ergibt das Ganze auch einen Sinn".
„In der Tat!" Konrad hatte aufmerksam zugehört. „Allem Anschein nach haben diese Verbrecher jetzt schon mindestens zwei Morde auf dem Gewissen. Wir müssen gleich Kommissar Langner Bescheid geben".
„Ja, das müssen wir. Ich schlage vor, du rufst deinen

Schulkameraden sofort an“.
Diesmal griff Konrad nach seinem Handy und wählte die Nummer von Langner. Er berichtete dem Kommissar von Lenas Gespräch und gab ihm anschließend die Telefonnummer von Magnus Dahl. Der Kommissar bedankte sich – für seine Verhältnisse – geradezu überschwänglich.
„Wir suchen gleich Morgen weiter nach dem Versteck“, gab Lena beinahe euphorisch von sich.
„Du vergisst, dass wir gegen die Neonazis immer noch nichts in der Hand haben. Sie laufen weiterhin frei herum und könnten uns gefährlich werden. Ich denke nämlich nicht, dass sie jetzt aufhören werden, nach dem Schatz zu suchen“.
„Klingt irgendwie logisch, aber überlege dir doch einmal folgende Situation: Wenn wir die Dokumente finden, die so bedeutend sind wie damals die mysteriösen Hitlertagebücher von Konrad Kujau ..“.
„Nur dass diese nicht echt waren!“
„Natürlich, aber unsere Dokumente sind echt!“
„Hm …“ Konrad war nicht wirklich überzeugt.
„Und außerdem“, fuhr Lena lächelnd fort, „bestelle ich jetzt noch die Dessertkarte. Mir ist nach etwas Süßem!“
Gegen soviel Charme hatte Konrad keine Chance. Im Gegenteil, er bestellte sich umgehend einen Amarena-Becher und genoss diesen ebenso wie Lena ihr Spagetti-Eis.
Mit vollem Bauch verließen die beiden das Restaurant, als Konrads Handy klingelte. Er meldete sich erwartungsvoll und hörte danach zwei Minuten in das Telefon hinein, ohne ein Wort zu sagen. Erst am Ende sagte er: „In Ordnung, bis Morgen. Tschüss Jojo“.
Jetzt war es Lena, die es nicht erwarten konnte, zu erfahren, wer angerufen hatte und um was es gegangen war.
„Es war Kommissar Langner“, gab Konrad nachdenklich Auskunft. „Er sieht keine Chance, der Bande etwas nachzuweisen, ohne sie – quasi – auf frischer Tat zu ertappen. Dabei sollen wir beide die Lockvögel sein“.

15

Nach einer mehr als unruhigen Nacht wurde Konrad durch das Läuten seines Handys geweckt. Nachdem er Lena gestern Abend nach Hause gebracht hatte, hatte er sich auf direktem Weg in seine Wohnung begeben und dort schon bald in einen tiefen Schlaf gefallen. Kurz danach war er völlig orientierungslos aufgeschreckt, weil er plötzlich das Bild von dem Toten im Kofferraum vor sich hatte. Von da an war die Nacht eine Qual. Immer wieder war er kurz eingeschlafen, um bald wieder eine Stunde lang wach zu liegen. Erst in den Morgenstunden hatte er schließlich Ruhe gefunden und war in tiefen, festen Schlaf gefallen.

Entsprechend gerädert fühlte er sich jetzt. Es war bereits nach 9 Uhr. Mühsam raffte sich Konrad auf, um nach seiner Jeans zu suchen, in deren Tasche das Telefon steckte. Die Hose war achtlos über die Lehne eines Esszimmerstuhls gehängt. „Landberg“, meldete er sich mit krächzender Stimme. Nachdem er sich geräuspert hatte, nannte er seinen Namen noch einmal.

Es war Kommissar Langner: „Guten Morgen Konrad. Gut geschlafen? Habt ihr euch die Sache überlegt?“ Die erste Frage des Kommissars war reiner Sarkasmus, die zweite jedoch bezog sich auf ihr Telefonat von gestern Abend. Langner hatte bei diesem Anruf erklärt, dass die Entscheidung, als Lockvogel zu dienen, ganz und gar von Konrad und Lena selbst abhing. Die Polizei würde sie keineswegs dazu drängen. Genau genommen war ja nicht einmal erlaubt, Dritte einer solchen Gefahr auszusetzen. Es sei denn, sie gaben ihr ausdrückliches Einverständnis. Wie es Konrad erwartet hatte, hatte sich Lena sofort bereit erklärt, die Rolle des Lockvogels zu übernehmen. Bei Konrad stand die Sache anders. Aber nach einigem Zureden Lenas hatte er sich endlich ebenfalls entschieden mitzuspielen.

„Das erkläre ich dir später. Jetzt gehen wir. Lena wird gleich angezogen ..., ich meine verarztet sein“.
„Jetzt aber hallo“, wehrte sich Konrad, „sie ist wirklich mit dem Fahrrad gestürzt“.
„Genau in deine Arme?“ Konrad wollte etwas Passendes antworten, als Lena die Treppe herunter kam.
„Hallo, ich bin Lena Hansen. Ich bin mit dem Rad gestürzt und Konrad hat mir geholfen“. Dem hatte Gerd, außer einem „Hallo Lena“, nichts entgegen zu setzen. Auch Marion war verblüfft, hatte sich aber sofort wieder gefangen und dachte praktisch weiter: „Kann ich ihnen irgendwie helfen? Haben sie Schmerzen?“
„Es geht schon, danke. Bis auf die Schürfwunden ist nichts passiert“. Ein kurze Pause trat ein, die Gerd jedoch reichte, sich wieder zu fangen. „Dann werden wir mal aufbrechen. Vielen Dank für das ‚Gassi-Gehen’. Du warst doch ‚Gassi’ ?“
„Ja, ich war und der Hund auch“.
„Sehr witzig!“ Anschließend verabschiedete man sich, und bald war Familie Müller samt Hund verschwunden.

Als sie die Treppe zu Konrads Wohnung hoch stiegen, musste Lena laut aufstöhnen.
„Weißt du was?“, sagte Konrad daraufhin. „Das Beste ist, ich bringe dich jetzt in deine Wohnung, damit du dich ausruhen kannst“.
„Wir müssen aber doch den Schatz suchen“.
„Vor allem müssen wir jetzt erst einmal Informationen sammeln. Das kann ich am Besten hier im Internet und Du, indem du dir einige Bücher meines Vaters vornimmst – über die Geschichte der Region. Ich fahre dich jetzt und bringe morgen Früh, das Rad zur Reparatur. In Ordnung? Keine Widerrede“.
„In Ordnung“.

Einen Strohhut über dem Gesicht, ein aufgeschlagenes Buch über dem Bauch, ein halb volles Glas mit Rotwein neben

Genau diese Auskunft gab er jetzt dem Kommissar. Dieser schien nicht sonderlich überrascht über die Zusage: „Sehr gut“, sagte er, „es ist jetzt nur so: Wir brauchen noch Zeit, um die Sache vorzubereiten. Ihr solltet euch nun erst einmal treffen – und zwar in deiner Wohnung. Diese ist für die Überwachung einer Überwachung viel besser geeignet als das Haus deiner Eltern. Wir gehen nämlich davon aus, dass die Bande euch beobachtet. Wir wiederum beobachten dann die Bande. Ihr dürft die Wohnung aber auf keinen Fall verlassen, verstanden? Du solltest gleich nach unserem Gespräch Frau Hansen anrufen. Sie soll möglichst bald zu dir kommen und am besten einen ganzen Stapel Bücher und Landkarten mitbringen. Wir müssen die Bande glauben machen, dass ihr nach dem Schatz forscht. Lasst euch deshalb ruhig ab und zu auf dem Balkon sehen – in Bücher vertieft oder über Landkarten gebeugt. Aber übertreibt es nicht! Wir werden über Handy Kontakt halten. So weit alles verstanden?“
„Ja, wir werden Bücher studieren und auf dem Balkon Landkarten betrachten. Was ist aber, wenn wir Hunger bekommen?“
„Bestellt euch eine Pizza ins Haus. Ihr dürft, wie gesagt, das Haus nicht verlassen. Und Konrad ..“.
„Ja?“
„ ... zu keinem Menschen ein Wort!“
„Schon klar. Tschüss Jojo“.

Konrads Lebensgeister waren während des Gesprächs langsam zurückgekehrt. Dennoch begab er sich nun zuerst einmal in die Küche, um Wasser zu trinken. Dabei reckte er seine Glieder und machte allerlei Dehnübungen. Schließlich griff er nach seinem Handy und wählte die inzwischen gespeicherte Nummer von Lenas Anschluss. Es dauerte länger als erwartet, bis sie sich meldete.
„Guten Morgen Lena“, begrüßte er sie, „wie wäre es mit einem zweiten Frühstück?“
„Konrad. Guten Morgen. Ich hatte noch nicht einmal das

erste Frühstück. Du hast mich gerade aus der Dusche geholt".
„Umso besser. Sag meiner Mutter bitte einen Gruß, sie soll dir das Frühstück einpacken und ein zweites für mich dazugeben".
„In Ordnung. Möchtest du mir sonst noch etwas sagen?"
„Natürlich!" Konrad erzählte Lena von seinem Gespräch mit Kommissar Langner. Er erklärte ihr auch genau, welche Landkarten und Bücher sie von seinem Vater mitbringen sollte. Er wollte die Suche nach dem Schatz nicht einfach nur vortäuschen – er wollte tatsächlich nach ihm suchen. Zum Schluss fügte er hinzu: „ Ach übrigens Lena …"
„Ja?"
„Zieh dir etwas über!"
„Woher weißt Du, dass ich nackt bin?"
„Ich kann dich sehen".
„Was?" – Lena schreckte auf.
„Spaß! Das war nur ein Spaß! Ich dachte nur, die Chancen stehen dafür nicht schlecht – wo du doch gerade aus der Dusche kommst ..".
„Ach, und ich dachte schon … Also Konrad, wirklich!"
„Sorry! Dafür setze ich uns jetzt auch sofort einen köstlichen Kaffee auf. Also bis gleich".

Lena klingelte mit dem Ellenbogen. Auf beiden Händen trug sie einen Stapel von Büchern. Obenauf eine große, zusammengerollte Landkarte. Auf den Rücken hatte sie sich ihren Fahrradrucksack geschnallt, in dem sich jetzt das Frühstück befand. Konrads Mutter hatte das Paket großzügig gefüllt, ohne ein Wort darüber zu verlieren, dass Lena auf einmal bei Konrad frühstücken wollte. Offenbar freute sie sich darüber, ihrem Sohn ein leckeres Mahl bereiten zu können, damit dieser wieder einmal etwas „Rechtes" zu essen bekommt. Konrads Vater dagegen konnte sich eine Bemerkung nicht verkneifen: „Zu meiner Zeit hat man es gerade anders herum gemacht. Da war man die Nacht zusammen und hat sich vor dem Frühstück getrennt – damit es niemand bemerkt ..".

Konrad nahm Lena die Bücher an der Haustüre ab. Nachdem sie eingetreten war, kickte er die Tür mit dem Fuß zu und lobte Lena: „Ausgezeichnet. Wenn du beobachtet wurdest, haben wir sie jetzt bestimmt getäuscht. Aber davon abgesehen, würde ich die Bücher und Karten tatsächlich noch einmal genauer studieren“.
„Von der Ferienwohnung bis hierher ist mir prompt ein Auto gefolgt, das etwa 100 Meter von hier entfernt geparkt hat“. Konrad begab sich sofort zum Badfenster und spähte hinaus. „Ich kann keinen Wagen sehen, aber vermutlich haben sich die Burschen einen unauffälligeren Beobachtungsposten gesucht“. Lena nickte, während sie den Rucksack auspackte. Allerlei Schüsseln und Tüten kamen zum Vorschein, die sie auf dem Esszimmertisch abstellte. Der von Konrad frisch aufgebrühte Kaffee verbreitete einen einladenden Duft.
„Mutter hat wohl an Alles gedacht“, meinte Konrad, als Lena den Rucksack ausgeräumt hatte. In der Tat war der Tisch bereits mit frischen Brötchen und Croissants, Wurst und Käse, Eiern, Konfitüre, Honig und Butter voll gestellt.
„Ich habe einen riesigen Hunger. Lass uns gleich anfangen“, gab Lena das Kommando. Freudig setzte sie sich an den Tisch und wartete, bis Konrad den Kaffee eingeschenkt hatte. Sie ließ sich nochmals detailliert vom Anruf des Kommissars berichten. Danach fasste sie ihr Bild von der aktuellen Lage lakonisch zusammen: „Dann sind wir jetzt also hier gefangen“.
„Genau – und deshalb sollten wir unsere Zeit nutzen, um weitere Nachforschungen anzustellen. Vielleicht gelingt es uns ja tatsächlich, das Versteck zu finden. Oder zumindest, es so einzugrenzen, dass eine Suche vor Ort überhaupt Sinn macht“.
„Aber erst nach dem Frühstück!“

Erst knappe zwei Stunden später beendeten die beiden das Frühstück, das sie mit vielen kurzweiligen, mitunter sehr vertrauten Gesprächen begleitet hatten. Gemeinsam räumten sie nun den Tisch ab. Satt und vorerst zufrieden, raffte Konrad sich als erster auf: „Bevor wir uns nachher in die

Arbeit stürzen, müssen wir uns kurz auf dem Balkon blicken lassen, wie es der Kommissar gefordert hat. Ich nehme die große Landkarte mit, dann kannst du dein schauspielerisches Talent unter Beweis stellen".

Der nun folgende Auftritt der beiden musste auf einen möglichen Beobachter in der Tat den Eindruck erwecken, als suchten die beiden angestrengt nach irgendetwas. Konrad breitete die Karte über dem Geländer aus – und zwar so, dass jedermann deutlich sehen konnte, dass es sich um eine Landkarte handelte. Er und Lena diskutierten angeregt, als hätten sie eine sensationelle Entdeckung gemacht. Nun hingen beide über der Karte. Konrad zeichnete mit dem Zeigefinger einige Straßen auf der Karte nach. „Ja", rief Lena plötzlich begeistert aus. Und zwar so laut, dass die leicht schwerhörige Nachbarin, die gerade in ihrem Garten Blumen goss, ungläubig nach oben sah. Nach einem kurzen, jetzt wieder leiseren Zwiegespräch faltete Konrad die Karte einmal zusammen und winkte Lena, ihm nach drinnen zu folgen. Im Wohnzimmer, nicht sichtbar für Beobachter, hob er seine rechte Hand und fragte: „Na, wie waren wir?" „Sehr gut", antwortete Lena und klatsche dabei Konrads Hand ab.
„Finde ich auch. Ab jetzt kannst du George Clooney zu mir sagen".
„Wegen der schauspielerischen Leistung oder wegen deines Aussehens?"
„Das kannst du dir selbst aussuchen".
Lena antwortete mit einem wissenden Lächeln und sagte daraufhin: „Jetzt aber an die Arbeit, George"
„Jawohl!"

Konrad startete nun seinen PC und fütterte einige Internetsuchmaschinen mit den neuen Begriffen und Namen, die in den vergangenen Tagen aufgetaucht waren. Lena dagegen griff nach einem Buch, das sie von Konrads Vater mitgebracht hatte. Es hatte sofort ihr Interesse geweckt, da es einen seltsamen Titel trug: „Rätselhafte aber verbürgte Geschehnisse von der Schwäbischen Alb und Umgebung aus den Jahren 1920 bis 1945“. Die beiden vertieften sich in Buch und PC und schienen dabei ihre Umgebung völlig zu vergessen. Nach gut einer Stunde war es Lena, die ihre Arbeit unterbrach. Sie nahm sich einen Stuhl und stellte ihn neben den von Konrad.

„Ich muss dich kurz unterbrechen. Soeben habe ich eine hochinteressante Geschichte gelesen. Sie hat zwar nichts mit unserer Sache zu tun – trotzdem hat sie mich so gefesselt … Und sie soll sogar wahr sein“.

Konrad schob seine Tastatur beiseite. „Dann lass mal hören!“

„Schön“ – Lena schien ganz aufgeregt zu sein. „Die Einleitung lasse ich weg, es wird hier nur auf die Hauptperson eingegangen: Sebastian, einen 16-jährigen Jungen aus dem kleinen Örtchen Hausen im Donautal, nahe Sigmaringen“.

„Oh, das ist ja gar nicht weit von hier. Eine beeindruckende Gegend“.

„Genau. Also, dieser Sebastian lebte in den dreißiger Jahren des vergangenen Jahrhunderts mit seinen Eltern und fünf Geschwistern auf einem kleinen Hof in Hausen. Es war eine arme Familie und so war es ein Glück, dass Sebastian im Sommer Arbeit im Kloster Beuron im Donautal fand. Er sollte dort den Mönchen bei der Feldarbeit und der Ernte helfen. Die gut sieben Kilometer vom Haus seiner Eltern zum Kloster legte er zu Fuß zurück. Hier beginne ich nun zu lesen“. Lena rückte sich den Stuhl zurecht, schlug das Buch auf und begann zu lesen:

„Und so kam es, dass sich Sebastian bei Sonnenaufgang auf den Weg machte, um seine neue Arbeitsstelle anzutreten. Es war Dienstag, ein herrlicher Tag im Frühsommer. Immer an der Donau entlang, schlängelte sich der Weg in Richtung des Klosters. – Jetzt führte der Pfad durch den Wald. Nach Beuron konnte es nicht mehr weit sein. Plötzlich bemerkte der Junge weit vor sich eine Bewegung auf dem Weg. Als er einige Schritte weiter gegangen war, gewahrte er eine Frau, die – nach einem Sturz – auf dem Boden lag und leise wimmernd ihren Fuß massierte. Ein Bastkorb lag umgekippt neben ihr. Drum herum war allerlei Kleinholz zerstreut, welches aus dem Korb gefallen war. Noch hatte die Frau Sebastian nicht bemerkt. Als dieser seine Stimme erhob, fuhr sie erschrocken herum.

„Gute Frau“, fragte er, „was ist euch geschehen?“
„Gestürzt bin ich, beim Holzsammeln, über eine Wurzel. Den Fuß habe ich mir aufgeschlagen“.
Nun stand Sebastian direkt neben der Verwundeten. Er beugte sich zu ihr hinab und betrachtete zuerst die Frau, danach ihr verletztes Bein. Trotz ihres fortgeschrittenen Alters war die Frau sehr schön. Ihr helles Haar hatte sie zu einem Zopf zusammen gebunden. Am Knöchel ihres rechten Fußes klaffte eine tiefe, blutende Wunde, die sie sich beim Sturz zugezogen hatte.
„Kommt, ich helfe euch. Da drüben ist ein Baumstumpf, da sitzt ihr bequemer“. Sebastian legte sich den linken Arm der Frau um seine Schultern und stemmte sich mit ihr nach oben. Behutsam führte er sie zu dem erwähnten Baumstumpf, um die Verwundete dort vorsichtig abzusetzen.
„Ihr seid sehr nett“, sagte die Frau fast schüchtern.
„Nicht der Rede wert“, entgegnete Sebastian, „Ihr könnt von Glück sprechen, dass ihr nicht da drüben ins Wasser gestürzt seid“. Er deutete auf die langsam dahin plätschernde Donau.
„Oh, das wäre keine Not gewesen“, gab die Frau zurück, „ich bin eine sehr gute Schwimmerin“.
Sebastian nickte, während er aus seiner Hosentasche ein Taschentuch aus Stoff hervor zog. Es war weiß und hatte einen grünen Rand. Seine Mutter hatte es ihm heute Morgen gegeben, als er sich auf den Weg gemacht hatte: „Es gehört deinem Vater“, hatte sie gesagt, „doch er braucht es im Moment nicht. Dir dagegen kann es bei der Feldarbeit zum Abwischen des Schweißes dienen. Passe gut auf das Tuch auf, es ist wertvoll“.

Jetzt ist eine Notsituation, dachte Sebastian, die Frau kann das Taschentuch im Moment besser gebrauchen als ich.
„Wartet“, sagte er und lief mit dem Tuch zum Fluss, um es dort in das kühlende Nass zu tauchen. Wieder bei der Frau, tupfte er ihr damit sanft die Wunde ab und reinigte sie so gut als möglich. Als er damit fertig war, lief er erneut zum Wasser und Wusch das Tuch notdürftig aus. Er wrang es so weit aus, bis nur noch eine kühle Feuchte darin war. Nun legte er das Taschentuch um den verletzten Knöchel der Frau und befestigte es, weil es als notdürftiger Verband die Blutung stillen sollte.
„Wie heißt Du, mein Junge?“, fragte die Frau.
„Sebastian“.
„Danke Sebastian. Mein Name ist Rose Wagner, weil mein Vater Rosen über alles liebte“.
Sebastian blickte der Frau in ihre warmen, grünen Augen und sagte dann: „Jetzt muss ich weiter. Ich habe Arbeit im Kloster und darf nicht zu spät kommen“.
„Natürlich, beeile Dich! Und nochmals vielen Dank, Sebastian!“
Bevor er sich jedoch abwandte, um dem Kloster entgegen zu eilen, sammelte er das aus dem Korb gefallene Holz zusammen und legte es dorthin zurück.

Die Arbeit forderte ihn während des Tages sehr und er hätte das Taschentuch manchmal gut gebrauchen können. Aber der Ärmel seines Hemds genügte auch. Über die schwere Beschäftigung vergaß er die Frau, nur als er abends auf dem Rückweg an der Stelle vorbei kam, musste er an Rose Wagner denken. Ein Anflug von Stolz überfiel ihn, dass er der Frau geholfen hatte. Aber jetzt kannte er nur ein Ziel: nach Hause zu kommen, um den Eltern von seiner Arbeit zu berichten und zu sagen, dass die Mönche sehr zufrieden mit ihm gewesen waren.
Auch als er sich am nächsten Morgen, wieder auf den Weg zum Kloster machte, dachte er nicht an die Frau. Jedoch, als er wieder die Stelle des gestrigen Zusammentreffens erreich-

te, sah er Rose auf dem Baumstumpf sitzen, den Bastkorb gefüllt mit Holz neben sich stehend.
„Guten Morgen Sebastian“, begrüßte sie ihn, „bist du wieder auf dem Weg ins Kloster?“
„Ja“.
„Du musst dich beeilen, weil du schon fast zu spät bist. Das mögen die Mönche nicht“.
„Ja. Auf Wiedersehen“, entgegnete Sebastian. Er hatte seine Schritte nur verlangsamt und war nicht einmal stehen geblieben. Dennoch war ihm so, als stimme mit der Frau etwas nicht. Er überlegte krampfhaft, dann fiel es ihm ein: Die Frau hatte keine Verletzung am Fuß! Aber das konnte doch nicht sein – die Wunde war so tief gewesen, dass sie unmöglich in einem Tag verheilen konnte. Er drehte sich nochmals zu Rose um – diese war jedoch verschwunden.
Seltsam, dachte Sebastian. Vielleicht hatte er sich auch getäuscht und die Wunde war am anderen Fuß gewesen. Oder er hatte es einfach nicht richtig gesehen. Er machte sich keine weiteren Gedanken. Im Augenblick fehlte ihm ohnehin die Zeit, er musste schnell ins Kloster.

Die Arbeit war weiterhin anstrengend, aber sie machte Spaß. Am letzten Arbeitstag der Woche, am Samstag, bekam er seinen ersten Lohn, worauf er sehr stolz war. Rose Wagner hatte er nicht wieder gesehen.
Am Montag darauf rief ihn gegen Mittag der für die Feldarbeit zuständige Mönch zurück ins Kloster. Er teilte Sebastian mit, dass der für die Pflege des Friedhofs zuständige Bursche nicht zur Arbeit erschienen war. Sebastian sollte vorerst diese Arbeit übernehmen. Bruder Martin sei auf dem Friedhof, bei ihm sollte er sich melden. Sebastian war es gleichgültig, welche Art von Arbeit er zu verrichten hatte. Im Gegenteil, er freute sich über die Abwechslung. So ging er auf den Friedhof zu Bruder Martin; einem älteren, liebenswürdigen Mönch, der Sebastian anwies, bei einigen Gräbern im hinteren Teil zu hacken und das Unkraut zu entfernen.

Sebastian machte sich an die Arbeit. Das dritte Grab war bereits Routine für ihn und er hackte munter drauf los, als er urplötzlich das Werkzeug fallen ließ. Mit weit aufgerissenen Augen starrte er auf den Grabstein. Bruder Martin, der in der Nähe beschäftigt war, hatte den Vorfall beobachtet und trat auf Sebastian zu. „Was ist dir geschehen, mein Junge?“, fragte er besorgt.

„Der Grabstein …“ Sebastian stand unter Schock.

Dort stand mit großen Buchstaben: „Rose Wagner“.

„Hast du die Frau gekannt?“, wollte der Mönch wissen.

„Ja, aber sie ist nicht tot“.

„Was redest Du?“ Der Mönch wurde strenger. „Über solche Dinge spaßt man nicht. Die Frau ist ziemlich genau vor einem Jahr in der Donau ertrunken. Ich glaube es war ein Dienstag“.

„Aber sie ist eine gute Schwimmerin. Sie kann nicht ertrunken sein …“

„Jetzt reicht es. Gehe wieder an deine Arbeit und: Keinen Ton mehr!“

Sebastian war zwar aufgebracht, aber viel zu schüchtern, um dem Mönch zu widersprechen. Er hackte weiter, überlegte dabei aber angestrengt, wie es dazu kommen konnte, dass er die Frau, die bereits seit einem Jahr tot sein sollte, noch eine Woche zuvor getroffen hatte.

Er war froh, dass dieser Tag bald zu Ende war und er nach Hause gehen konnte. Seine Nacht war unruhig und so machte er sich am anderen Morgen früher als sonst auf den Weg zum Kloster. Draußen war die Sonne noch nicht aufgegangen. Genau eine Woche zuvor war er diesen Weg zum ersten Mal gegangen und hatte dabei Rose Wagner verletzt vorgefunden. Just als er diese Stelle erreicht hatte, hörte er einen Schrei. Er beschleunigte seine Schritte, als er erneut einen Schrei vernahm: „Nein…!“ Jetzt sah er sie. Es war Rose Wagner, die mit einem großen, kräftigen Mann kämpfte. Sebastian kannte diesen Mann. Er arbeitete als Metzger in Beuron und war ein grobschlächtiger Kerl. Die Frau hatte keine Chance, wehrte sich aber nach Leibeskräften. Da geschah es: Im

Kampf stolperte sie über eine Wurzel und schlug mit dem Hinterkopf hart auf. Sofort färbte sich der Boden rot. Als der Mann sah, was er angerichtet hatte, packte er die leblose Gestalt und zerrte sie zum Wasser. Unter Aufbietung all seiner Kraft warf er sie in die Donau. Sie verschwand schnell in den Fluten des Flusses. Danach machte er sich daran, die Spuren zu verwischen.

Sebastian hatte, als er Rose erkannt hatte, keinen Schritt mehr tun können und hatte alles beobachtet. Voller Entsetzen begann er los zu rennen. Nach nur wenigen Schritten geriet er jedoch ins Straucheln und landete auf dem Boden. Sofort raffte er sich wieder auf – aber der Mann war verschwunden. Sebastian hetzte zu der Stelle des Kampfes, konnte jedoch keine Spuren erkennen. Sein Blick glitt über den morgendlichen Fluss, der so sanft und unschuldig dahin floss, als wäre nichts geschehen. Er lief ins Wasser, bis ihm dieses über den Bauch reichte, um nach Rose Ausschau zu halten. Nichts war zu sehen. Weiter konnte er sich nicht vor wagen, da er nicht schwimmen konnte. Völlig entnervt kehrte er zum Ufer zurück und setze sich auf eine Wurzel. Was war geschehen? Was sollte er tun? Lange Zeit überlegt er, bis er schließlich den Entschluss fasste, sich Bruder Martin anzuvertrauen. Er musste einfach mit jemanden über diese Sache reden. Auch wenn sie ihn für verrückt hielten!

Zu seiner Überraschung hörte ihm der Mönch dieses Mal zu, ohne ihn zu unterbrechen oder böse zu werden. Mit ernster Miene hieß ihn Bruder Martin, weiter zu arbeiten, bevor er sich entfernte. Gut eine Stunde später kehrte der Mönch zurück und forderte Sebastian auf, ihm zu folgen. Sie betraten das Kloster und der Mönch führte ich in einen großen Saal, wo bereits der Prior des Klosters wartete.
Sebastian musste ihm alles noch einmal berichten. Der Prior hörte dem Jungen aufmerksam zu und betrachtete ihn danach lange mit nachdenklichem Blick.

„Du kannst jetzt wieder an deine Arbeit gehen“. , sagte er schließlich. „Wenn ich dich nochmals brauche, werde ich dich rufen lassen“.
Noch am selben Tag, kurz vor Arbeitsende, schickte der Prior nach ihm.
„Ich habe den Metzger verhaften lassen. Er hat sofort gestanden, die Frau – Rose Wagner – vor einem Jahr umgebracht und sie dann in den Fluss geworfen zu haben. Er sitzt jetzt im Gefängnis und ist glücklicher als vorher. Die Schuld lastete stark auf ihm. Man hatte die Frau damals aus der Donau gezogen – in der Annahme, sie wäre ertrunken. Gott hat dir diese Eingebung gegeben, um das Verbrechen zu sühnen. Gehe jetzt nach Hause und erscheine Morgen pünktlich zur Arbeit. Und Sebastian – es ist besser, wenn du mit niemanden über diese Sache redest“.
Der Junge fühlte, dass das Erlebte keine Eingebung gewesen war. Zu real waren die Geschehnisse gewesen. Aber nie im Leben würde er dem Prior widersprechen.
Als er am nächsten Morgen, auf dem Weg ins Kloster, wieder an der Stelle vorbei kam, bemerkte er auf dem Baumstumpf, auf dem die Frau gesessen hatte, etwas weißes liegen. Näher kommend sah er, dass es sich um sein Taschentuch handelte. Es war frisch gewaschen und fein säuberlich zusammengelegt. Und es duftete nach Rosen.

„Was für eine schöne, aber gruselige, Geschichte!“, rief Konrad aus.
„Nicht?“ – entgegnete Lena, „ich habe sie jetzt zum zweiten Mal gelesen und wieder eine Gänsehaut bekommen“.
„Und du meinst, die Geschichte ist wirklich so geschehen?“
„Was meinst Du?“
„Hm … Ich meine schon, dass es Dinge zwischen Himmel und Erde gibt, die zu kompliziert sind, als dass sie der Mensch verstehen könnte“.
„Interessant. Also ich bin fest davon überzeugt, dass es solche Dinge gibt und glaube, dass die Geschichte wahr ist“.

„Das war mir von vorn herein klar“.
„Wieso denn das?“ Lena war offenbar etwas empört.
„Na, weil du irgendwie anders bist ..“.
„Anders …?“
„Ja, …“, Konrad suchte nach Worten. „Schon dein Aussehen zum Beispiel …“
„Was ist mit meinem Aussehen?“
„ ... du hast einfach etwas, was andere nicht haben“.
Nach kurzem Überlegen entgegnete Lena beeindruckt: „Oh, danke. Damit hätte ich nicht gerechnet. Ein schönes Kompliment“.
„Gerne“
„Wie weit bist du eigentlich im Internet gekommen?“ Lenas abrupter Themenwechsel war verblüffend.
„Internet… Ach ja. Nun, etwas habe ich über diesen Maurer gefunden. Leider nur ein Nebensatz in einem Artikel über die Tailfinger Forschergruppe. Ich habe ihn ausgedruckt. Moment …“ Konrad durchsuchte einige lose Blätter, die auf seinem Schreibtisch lagen und las, als er den gesuchten Ausdruck gefunden hatte, vor:
„Besonders Ernst Maurer hatte es die Gegend um Tailfingen angetan. Jede freie Minute verbrachte er wandernd in der näheren Umgebung“. Konrad legte das Blatt beiseite. „Daraus schließe ich, dass er auch den Schatz in der näheren Umgebung versteckt hat. Anscheinend hat er sich durch die vielen Wanderungen bestens ausgekannt“.
„Das leuchtet ein. Also können wir das Zielgebiet schon etwas eingrenzen“
„Das können wir. Aber wir haben immer noch ein riesiges Areal zu erforschen. Mit einer Tageswanderung kann man bestimmt 15 bis 20 Kilometer weit kommen. Ein wirklicher Durchbruch ist uns also noch nicht gelungen“.
„Vielleicht brauchst du mal eine Pause“, schlug Lena vor, „...um nachzudenken. Ich könnte dann so lange deinen PC benutzten“.
Konrad blickte ungläubig, worauf Lena fort fuhr: „Ich würde

gerne noch ein wenig an meinem Artikel weiter schreiben. Mir sind vorhin ein paar gute Gedanken gekommen"
„Weiter schreiben …?"
„Ja – *tip, tip* … so mit den Fingern auf die Tastatur. Du wirst doch irgendein Schreibprogramm auf deinem PC haben?"
„Ja, natürlich …"
„Siehst Du!" Lena kramte in ihrer Hosentasche. „Und ich habe einen Speicherstick dabei, auf dem der erste Teil des Artikels gespeichert ist. Den schließe ich an deinem Computer an und schreibe meinen Artikel weiter. So einfach ist das. Der Artikel wird ein Renner. Du kannst mir glauben!" Lena steckte den Speicherstick in einen freien USB-Steckplatz des Computers und öffnete ihren Artikel. Sie sah dabei so geschäftig aus, dass Konrad die Entscheidung traf, sich zurückzuziehen: „Ich bin dann mal etwas nachdenken. Falls du mich suchst – ich bin im Schlafzimmer". Angezogen wie er war, streckte er sich dort auf seinem Bett aus und verfiel alsbald in einen tiefen Schlaf.

Als er wieder erwachte, dauerte es eine geraume Zeit, bis er wieder wusste, wo er war. Erst die eintönigen Tastaturanschläge von Lena erinnerten ihn wieder an die Geschichte, in die er hineingeraten war. Lena arbeitet also immer noch, dachte er, während er sich mühsam aus dem Bett raffte. Er streckte sich in alle Richtungen und rieb sich mit der Hand über sein Gesicht. Lena saß tatsächlich noch immer vor dem Computer. Sie machte einen äußerst konzentrierten Eindruck.
„Hallo, du arbeitest ja immer noch – Respekt!", sagte Konrad anerkennend.
„Ja …"
„Habe ich lange gesch… nachgedacht?"
„Zwei Stunden".
„Was, so lange?! Dann mach' ich jetzt erst einmal einen Kaffee für uns".
„Habe ich schon gemacht …"
„Du verblüffst mich".

Auf diese Feststellung bekam Konrad keine Antwort. Lena tippte – ohne Unterbrechung – weiter an ihren Artikel. Konrad schenkte sich eine Tasse Kaffee ein und trat auf den Balkon hinaus, um sich den Beobachtern wieder einmal zu zeigen. Er tat dabei sehr erschöpft, so als würde er nach langer, anstrengender Arbeit eine kurze Pause einlegen. Dabei suchten seine Blicke ganz unauffällig die Umgebung ab, konnten aber nichts Auffälliges entdecken.
Zurück im Wohnzimmer, setzte er sich aufs Sofa und blätterte einige Bücher durch, die Lena mitgebracht hatte. Konrad war inzwischen an einem Punkt angelangt, an dem er glaubte, den Schatz nicht mehr finden zu können. Wo sollten sie suchen? Zwar schwirrten viele Gedanken und Ideen durch seinen Kopf, wo eine mögliche Fundstelle sein könnte. Bei allen Orten fehlte ihm jedoch die innere Gewissheit, die richtige Stelle gefunden zu haben. Schon immer hatte er versucht, auf seine ‚Innere Stimme' zu hören. Zeitweise hatte er sich sogar alle noch so flüchtigen Gedanken notiert, weil er sehen wollte, was sich später bewahrheiten würde. Inzwischen beschränkte er sich aber darauf, in sich hinein zu hören, um so in die Geheimnisse seines Unterbewusstseins vorzudringen. Immerhin hatte er dadurch gelernt, die Signale seines Körpers richtig zu deuten oder zumindest diesen eine größere Bedeutung zu zu sprechen. Das Signal, der richtigen Fundstelle des Schatzes auf der Spur zu sein, hatte sich allerdings noch nicht eingestellt; und allmählich verließ Konrad jegliche Zuversicht.

Lena dagegen war bester Laune. Gerade hatte sie ihre Arbeit beendet und den Speicherstick wieder in ihre Hosentasche zurück gesteckt. Mit einer Tasse Kaffee in der Hand nahm sie Konrad gegenüber Platz. Sie strahlte ihn an und wollte gerade etwas Aufmunterndes sagen, als dessen Handy klingelte. Gespannt meldete sich Konrad und hörte sich danach wortlos an, was sein Gesprächspartner zu sagen hatte. Es war Kommissar Langner. Nach einer Weile sagte Konrad

schließlich: „In Ordnung Jojo. Sie ist da und sitzt neben mir. Ich mache den Lautsprecher an, dann kannst du uns alles erklären“.
Konrad drückte die entsprechende Taste und legte das Handy auf den Tisch. Jetzt war Langner laut und deutlich zu hören: „Guten Tag Frau Hansen. Wir haben jetzt polizeitechnisch alle Vorkehrungen getroffen, um die Falle zuschnappen zu lassen. Allerdings müssen wir den Einsatz auf morgen verschieben. Das hat mehrere Gründe, die sie aber nicht zu interessieren brauchen. Also jetzt bitte genau zuhören: Morgen um zehn Minuten vor 6 Uhr beginnt Konrad damit, seinen Wagen mit einem Pickel und einem Spaten zu beladen. Das Gerät steht im Keller eures Hauses, wie mir Konrad bestätigt hat. Dort werdet ihr auch die kugelsicheren Westen finden, die ihr bitte unter eurem Pullover anzieht. Wir haben sie bereits dort deponiert. Fragt nicht wie. Das Verladen des Werkzeugs geschieht, um dem Beobachter Gelegenheit zu geben, seine Komplizen zu verständigen. Gut 20 Minuten später werdet ihr dann das Haus verlassen und in Konrads Wagen steigen. Ihr fahrt nach Pfeffingen zu dem stillgelegten Steinbruch. Konrad, du weißt Bescheid. Dort ladet ihr das Werkzeug aus, begebt euch an die besagte Stelle und beginnt dort zu graben. Das ist alles. Den Rest über nehmen wir. Soweit alles verstanden?“
„Ja“, antworteten die beiden wie aus einem Munde. Der Kommissar fuhr fort: „Eine Sache ist da noch, die unumgänglich ist, da wir nicht zwei Stellen gleichzeitig überwachen können: Frau Hansen muss heute bei dir übernachten Konrad. Also dann – Gute Nacht!“ Dieses Mal waren die beiden zu überrascht, um gleich zu antworten.

16

5.30 Uhr. Konrad nippte verträumt an dem Kaffee, den ihm Lena ans Bett gebracht hatte. Er dachte an die vergangene Nacht zurück, die, um sich auszuschlafen, viel zu kurz gewesen war. Und dies lag nicht an dem Wecker, der ihn vor einer halben Stunde unsanft aus dem Schlaf gerissen hatte. Vielmehr hatte es an dem fernen Donner gelegen, welcher kurz vor Mitternacht aus weiter Entfernung zu hören gewesen war. Nicht dass dieses Brummen in irgendeiner Weise gefährlich geklungen hätte; dennoch hatte Lena plötzlich im Wohnzimmer vor dem Sofa gestanden, auf dem Konrad sein Nachtlager aufgeschlagen hatte: „Ich glaube ein Gewitter zieht auf", hatte sie nur mit Slip und T-Shirt bekleidet gesagt, „Kannst du dich nicht ein wenig zu mir setzen, bis es vorbei ist?"
Konrad war zu diesem Zeitpunkt ohnehin noch nicht eingeschlafen, da er sich unablässig gefragt hatte, ob er zu Lena ins Schlafzimmer gehen sollte oder nicht: „Natürlich! Die Gewitter auf der Alb können sehr heftig werden – und gefährlich".
Lena hatte Konrad die Hand gereicht und ihn ins Schlafzimmer geführt. Bald hatten Slip und T-Shirt neben dem Bett auf dem Boden gelegen – ebenso wie Konrads Boxershorts. Wie das näher kommende Gewitter an Intensität und Stärke zugenommen hatte, so hatte sich auch ihre Leidenschaft gesteigert. Als das Gewitter genau über ihnen gewesen war und jedem Blitz sofort ein Donner gefolgt war, hatte sich diese Leidenschaft entladen und die beiden Körper mit einer wohltuenden Wärme überzogen. Ausgestreckt hatten die beiden noch lange auf dem Bett gelegen, als wollten sie die kurzfristige Abkühlung durch das Gewitter in ihre Körper aufsaugen. Nur ihre Stirn hatte sich noch berührte. Sie hatten dem regelmäßigen Klopfen der Regentropfen gelauscht, die – immer schwächer werdend – auf das Dachfenster gefallen

waren. Doch allmählich hatten sie die entsprechende Müdigkeit erlangt und waren zuletzt in einen tiefen Schlaf gefallen.

Lena war sofort wach, als der Wecker um 5 Uhr klingelte, während Konrad etwas länger brauchte. Erst Lenas Kaffee weckte seine Lebensgeister. Beiden war nicht nach Frühstück zumute; zu sehr bewegte sie die Sache, die unmittelbar vor ihnen lag. Ganz ungefährlich war das Ganze nämlich bestimmt nicht – im Gegenteil. Konrad hatte zusammen mit dem Werkzeug die kugelsicheren Westen aus dem Keller geholt, die sie jetzt anlegten. Danach, die Uhr zeigte zehn Minuten vor 6 Uhr, trug er Pickel und Spaten, wie verabredet, zu seinem Auto. Er achtete dabei darauf, so zu tun, als wollte er dabei nicht gesehen werden. Nach der verabredeten Zeit machten sich die beiden schließlich auf den Weg. Sie bestiegen den Citroën und Konrad fuhr los.
Ihr Weg führte nach Pfeffingen, zu einem stillgelegten Steinbruch, von denen der Ort gleich zwei besaß. Am Ortsende, Richtung Margrethausen, zweigte Konrad nach links auf einen Forstweg ab. Das Schild „Durchfahrt verboten", ignorierte er. Er handelte ja quasi im Auftrag der Polizei. Von seinen neuen „Kollegen" war jedoch nichts zu sehen; und ebenso wenig von einem Auto, welches sie verfolgen sollte. Dies wiederum machte Konrad und Lena leicht stutzig. Lena meinte dazu aber nur, dass das vermutlich gar nichts zu bedeuten habe und letztlich Sache der Polizei sei. „Außerdem wird mir diese komische Weste schon jetzt zu schwer".
Der holprige Weg führte in vielen Kurven durch dichten Wald. Konrad kannte die Strecke gut – wegen seiner vielen Touren mit dem Mountainbike.
Endlich hatten sie den Steinbruch, der von Wald umschlossen war, erreicht. Konrad parkte den Citroën und trug das Werkzeug zu der mit Kommissar Langner verabredeten Stelle. Lena folgte ihm mit einer Landkarte und verschiedenen losen Blättern in der Hand. Von möglichen Verfolgern oder Beobachtern hatte sie noch immer nichts bemerkt.

Wenn Konrad und Lena meinten, nicht verfolgt worden zu sein, so täuschten sie sich allerdings gewaltig.
Der General hatte seine vier Helfer darauf angesetzt, Lena abwechselnd zu beobachten. Kurze Zeit hatte er erwogen, sowohl den Mann als auch Frau Hansen zu observieren, sich schließlich jedoch entschieden, nur die Reporterin überwachen zu lassen. Weil sie nun aber mit „diesem Landberg" gemeinsam unterwegs war, waren schließlich doch beide unter Kontrolle.
Der General hatte seinen Männern befohlen, ihn regelmäßig zu informieren und bei jedwedem Anlass sofort Alarm zu schlagen. Seine Leute hatten ihm alsbald berichtet, dass „die Hansen und Landberg" wie verrückt nach dem Schatz forschten.
Als Heute, am frühen Morgen, der Anruf von Bruno gekommen war, war der General sofort hell wach und bereit gewesen, die Verfolgung persönlich aufzunehmen. Nur eine viertel Stunde nach dem Anruf hatte er sich im Überwachungsversteck seiner Männer eingefunden und dort auch sogleich erfahren, dass sich die Frau und der Mann noch im Haus befanden. Und das war gut so! Alles lief nach Plan.

Der General ließ sich den letzten Lagebericht geben und nickte dabei zufrieden mit seinem Kopf. Kaum hatte Kuster seinen Bericht beendet, wurde die Haustür geöffnet und Frau Hansen und der Mann traten ins Freie. Weil sie auf keinen Fall gesehen werden wollten, begaben sie sich sofort zum Auto und fuhren davon. Der General übernahm das Steuer. Er lenkte den Wagen so, dass die Verfolgten nichts von ihm bemerken konnten, er aber die Spur des Citroëns nicht verlor. Selbst als die beiden auf einen Feldweg abbogen, gelang ihm dieses Kunststück.
Wie es schien hatten sie ihr Ziel bald erreicht. Sie parkten den Wagen und luden Pickel und Spaten aus dem Kofferraum. Der General hatte ebenfalls angehalten und beobachtete die beiden mit einem Feldstecher. Nach kurzer

Zeit setzte er das Fernglas ab und winkte seine Leute näher heran, um nicht so laut reden zu müssen. „Wir sind jetzt kurz davor, die persönlichen Dokumente unseres Führers in den Händen zu halten. Deshalb: Keine Fehler und keine Kompromisse! Ich will, dass wir das Pärchen beseitigen – aber erst auf mein Kommando. Wir werden nun zwei Gruppen bilden. Ich gehe mit Kuster hier rechts durch den Wald, um von hinten zu ihnen zu schleichen. Ihr anderen geht geradeaus weiter. Aber Achtung: Lasst euch nicht blicken, bis ich den Befehl dazu erteile. Danach aber – wie ich schon sagte: Keine Überlebenden!“

Bei diesem Worten blickte er seinen Männern tief in die Augen, um zu überprüfen ob sie ihn richtig verstanden hatten. Anschließend nickte er energisch mit dem Kopf und machte sich ohne weiterer Worte auf den Weg. Kuster folgte ihm nach. Die zweite Gruppe folgte dem Forstweg in Richtung Steinbruch, wie ihnen gesagt wurde. Der General hatte noch keine 100 Schritte zurückgelegt, als sich sein Handy meldete. Er hatte es wohlweislich stumm geschaltet und nur den Vibrationsalarm aktiviert. Sichtlich überrascht nahm er den Anruf entgegen.

Konrad und Lena hatten die Stelle erreicht, die Kommissar Langner ihnen genannt hatte. Sie befand sich am Waldrand und lag rechts neben dem kleinen Steinbruch – unmittelbar neben drei markant aufragenden Tannen. Die Bäume schienen uralt zu sein und Konrad konnte sich gut vorstellen, an dieser Stelle einen Schatz zu vergraben. Davon abgesehen musste er sich aber eingestehen, den Steinbruch in ganz anderer Erinnerung zu haben. Seit er das letzte Mal hier gewesen war, waren bestimmt schon über zehn Jahr vergangen. In dieser Zeit hatte die Natur ganze Arbeit geleistet. Wo früher noch der nackte Kalkstein zu sehen war, wucherten jetzt Büsche und sogar junge Bäume. An einigen Stellen deute nichts mehr darauf hin, dass sich hier früher ein Steinbruch befunden hatte. Überdies machte die Gegend einen sehr verlassenen Eindruck. Konrad konnte sich nicht vorstellen, dass sich viele Wanderer hierher verirrten. Zu dieser frühen Stunde sowieso nicht. Genau deshalb hatte der Kommissar diesen Ort und diese Zeit gewählt. Er wollte sicher gehen, dass keine weiteren Zivilpersonen die Operation behinderten. Apropos Langner – Konrad war inzwischen etwas beunruhigt darüber, noch immer nichts von dem Kommissar gehört zu haben. Der letzte Kontakt war gestern – telefonisch – gewesen, bei dem er angekündigt hatte, sich noch einmal zu melden. Dies war jedoch bis zum jetzigen Zeitpunkt noch nicht geschehen. Lena gegenüber hatte Konrad seine Befürchtungen aber noch nicht geäußert. Nun lehnte er den Spaten an eine der Tannen und beugte sich zusammen – wie vorhin besprochen – mit Lena über die Landkarte. Abwechselnd den Blick auf die Karte, danach prüfend auf die Umgebung gerichtet, versuchten sie mögliche Beobachter in die Irre zu leiten. Schließlich setzte Konrad den Pickel an und begann, ein Loch auszuheben. Lena hielt ihren Blick auf die Karte gerichtet, ließ diesen aber von Zeit zu Zeit unauffällig durch den Steinbruch schweifen. Sie konnte jedoch nichts Auffälliges entdecken. Entweder war niemand da, oder der Beobachter hielt sich sehr gut versteckt.

Den General und seine Leute konnten Konrad und Lena noch nicht sehen, da sie sich noch nicht in der Nähe befanden. Bruno und seine beiden Kumpanen schlichen – wie befohlen – äußerst vorsichtig an die Stelle heran und vermieden dabei, so gut es ging, jegliches Geräusch. Inzwischen hatten sie sich den Grabenden bis auf 30 Meter genähert. Hinter dem dichten, dornigen Geäst eines Schlehenstrauchs schienen sie ein geeignetes Versteck gefunden zu haben. Die drei legten sich flach auf den Boden und krochen unter das Gestrüpp. So waren sie schon aus nächster Nähe kaum noch zu erkennen. Dagegen hatte sie einen nahezu freien Ausblick auf das Geschehen vor ihnen und waren jederzeit in der Lage, auf Befehl des Generals los zu schlagen.

Der trockene, steinige Boden bereitete Konrad mehr Mühe, als ihm lieb war. Nur sehr langsam gelang es ihn, das Loch größer werden zu lassen. Schon bald rann ihm der Schweiß aus allen Poren. Immer wieder lockerte er zuerst mit dem Pickel den festen Boden, um ihn danach mit dem Spaten auszuheben. Seit einiger Zeit, hatte er das darüber hinaus das Gefühl, beobachtet zu werden. Er wusste nur nicht recht, ob er sich deswegen freuen oder fürchten sollte – ob es Freund oder Feind war, dessen Nähe er zu spüren schien. Als endlich ein großes Loch von gut 50 Zentimeter Tiefe ausgehoben war, musste er eine Pause einlegen. Er stütze sich zuerst auf dem Spaten ab, beschloss aber schließlich, sich doch auf den Boden zu setzen, um sich besser ausruhen zu können. Sein Sweatshirt war bereits völlig durchnässt, wozu auch die schusssichere Weste beigetragen hatte, die er darunter trug. Erst jetzt fiel ihm ein, dass er vergessen hatte, sich etwas zu Trinken mitzunehmen.
„Ich werde dich ablösen“, sagte Lena geschäftig und nahm den auf dem Boden liegenden Pickel auf, um diesen über ihren Kopf schwingend nach unten sausen zu lassen. So zumindest war ihr Plan gewesen. Sie hatte jedoch nicht mit dem Gewicht des Werkzeugs gerechnet: Beim Über-den-Kopf-Schwingen wurde sie nach hinten gezogen und wäre um ein Haar auf den steinigen Boden gestürzt. Erschrocken ließ sie das Gerät fallen.
„Lass nur gut sein“, sagte Konrad, „ich mache gleich weiter – nur eine kurze Pause noch. Wir wollen doch keine Opfer riskieren, noch bevor der Kampf begonnen hat“.
Lena erwiderte nichts, sondern setze sich nur betreten neben Konrad auf den Boden. Dieser gönnte sich noch zwei Minuten Pause, um daraufhin mit der Ausgrabung fortzufahren.

Über eine Viertelstunde lang beobachteten Bruno und seine beiden Kumpanen nun schon das geschäftige Treiben des Paares. Inzwischen hatte Konrad wieder begonnen, zu graben. „Die schaufeln ihr eigenes Grab“, raunte er seinem

Nebenmann zu, der mit einem breiten Grinsen antwortete. Allmählich wurde ihnen die Zeit lang. Sie waren geradezu begierig darauf, endlich loszuschlagen. Vom General unterdessen war jedoch nichts zu sehen. Umso überraschender war es für die drei Beobachter, als plötzlich, auf der gegenüberliegenden Seite der Ausgrabungsstätte, Kuster auftauchte. Er trug eine Pistole schussbereit in der Hand. Vom General war nichts zu sehen. Dennoch deutete Bruno das Auftauchen Kusters als Signal zum Angriff. Er gab seinen Komplizen hektisch einen Wink, ihm zu folgen, und stürzte aus dem Gebüsch. Während er los rannte, zog er seine Pistole aus der Innentasche seiner Jacke.

Konrad hatte die Angreifer noch nicht bemerkt. Zu sehr war er mit seiner Arbeit beschäftigt. Dagegen gewahrte Lena just in diesem Moment die drei Männer, die aus Richtung Steinbrucheingang auf sie zugelaufen kamen. Obwohl sie mit einem solchen Überfall gerechnet hatte, war sie für den Moment zu erschrocken, um auch nur einen Laut von sich zu geben.
Jetzt bemerkte Konrad – aus dem Augenwinkel heraus – das ängstliche Gesicht Lenas. Er ließ sofort den Spaten fallen, blickte um sich: Sie waren umzingelt von vier furchterregenden Gestalten, von denen zwei – Kuster und Bruno – eine Pistole auf sie gerichtet hatten. Er erkannte sie sofort. Es waren die selben Männer wie kürzlich auf dem Schlossfelsen. Nur der Anführer fehlte. Dies war im Augenblick allerdings ein schwacher Trost; zu bedrohlich war nun die Situation.
Noch hatte niemand etwas gesagt. Plötzlich ergriff Kuster das Wort: „So sieht man sich wieder. Guten Tag Kollegin Hansen!"
Lena hatte sich inzwischen wieder etwas gefangen und antwortete: „Herr Kuster! Was wollen denn sie hier?"
„Schweige, du dummes Weib! Eines ist sicher... – dass du den heutigen Morgen nicht überleben wirst, um wieder eine Geschichte darüber zu schreiben".
Jetzt mischte sich Konrad ein: „Sie würden doch niemals schießen. Dafür fehlt ihnen der Mut". Das war provokant,

aber genauso von Konrad gewollt. Er ging ohnehin davon aus, dass in Kürze bereits die Polizei eingreifen würde. Kusters rote Backen wurden noch roter. „Halts Maul, du Drecksack! Du kannst ja den Privatschnüffler fragen – wenn es noch möglich wäre. Der hatte dasselbe behauptet“.
Dies war es, was Konrad hören wollte. Er tat ganz erschrocken und hob seine Hände, wie zum Schutz, vor sich. Angesichts der Waffen, die auf ihn gerichtet waren, musste er sich dazu jedoch kaum verstellen. Kuster schien die ängstliche Geste seines Kontrahenten zu gefallen. Sie gab ihm ein Gefühl der Überlegenheit und er entschied, den Mann nicht sofort zu erschießen. Stattdessen befahl er in harschem Ton: „Grab jetzt die Dokumente aus! Danach könnt ihr euch gleich selbst in das Loch legen“.
Konrad griff langsam zum Pickel und hoffte inständig, dass Kommissar Langner jetzt endlich mit seinen Männern auftauchen würde.

„Halt!“, rief da Kuster laut. Er hatte es sich anders überlegt. Der Pickel in der Hand des Mannes erschien ihm zu gefährlich. Leicht konnte er das Werkzeug als Waffe benutzen. „Leg den Pickel wieder hin“, herrschte er Konrad an. „Ich denke, es ist besser, euch doch sofort zu beseitigen. Los, da rüber zu den Bäumen!“ Er winkte mit der Pistole in Richtung der Tannen. An Bruno gewandt, fuhr er fort: „Wir werden sie erschießen. Der General hat es so befohlen“. Bruno wirkte gleichgültig. Ihm war sowieso nicht klar, warum man noch lange reden musste und die beiden nicht sofort liquidierte.
Lena begann zu zittern. Noch immer war die Polizei nicht zu sehen. Nichts deutete darauf hin, dass sie in der Nähe war. Konrad ergriff ihre Hand. Ihm selbst lief inzwischen kalter Schweiß über die Stirn. Wo bleibt Langner?

„Stellt euch an den Baum“, rief Kuster, die Pistole direkt auf Lena gerichtet. „Du nimmst den Kerl“, sagte er zu Bruno.

In diesem Moment hallte bereits eine übernatürlich laute Stimme durch den alten Steinbruch: „Waffen runter! Hier spricht die Polizei. Sie sind umzingelt".
Sogleich tauchten rund 20 schwer bewaffnete Polizisten mit Schutzhelm und Visier auf und kreisten die Verbrecher, samt Konrad und Lena, ein. Ihre Waffen waren auf Kuster und Bruno gerichtet. Diese hielten noch immer ihre Pistolen auf ihre Opfer gerichtet. Da ertönte erneut die laute Stimme. Sie kam von Kommissar Langner, der durch ein Megaphon sprach: „Waffen runter. Es ist aus!"

Kuster schüttelte sich, als realisiere er erst jetzt die Lage. Sein Mund begann zu zucken. Der Kopf war feuerrot – danach ganz plötzlich kreidebleich. Er ließ die Pistole fallen und reckte die Arme nach oben. Bruno, der die Situation noch nicht begriffen hatte, sah nur auf Kuster und folgte schließlich dessen Beispiel. Sofort waren zwei Polizisten zur Stelle, die die Waffen sicherten. Anschließend wurden die Männer von je zwei Beamten ergriffen und mit Handschellen gefesselt. Langner gab ein Zeichen, sie sogleich abzuführen.
„Seid ihr in Ordnung?", richtete er sich jetzt an Konrad und Lena.
„Den Umständen entsprechend", gab Konrad zurück. „Seid ihr nicht ein bisschen spät?"
„Keine Angst, die Sache war jederzeit unter Kontrolle. Wir haben die ganze Aktion sogar gefilmt und Euer Gespräch mit einem Spezialmikrofon aufgezeichnet. Dank deiner Stichelei haben wir so auch ein Geständnis für den Mord an dem Privatdetektiv bekommen. Gute Arbeit!"
„Danke. Ist es dir eigentlich aufgefallen, dass der Anführer gar nicht dabei war?"
„Das ist mir sehr wohl aufgefallen und beunruhigt mich außerordentlich. Ich habe Stahl sofort mit einigen Männern losgeschickt, um nach ihm zu suchen. Wir wissen ganz sicher, dass er noch dabei war, als ihr beiden vom Haus weg verfolgt wurdet".

„Dann hat ihn jemand gewarnt …“, platze Konrad hervor.
„Eher unwahrscheinlich“. Langner strich sich über seinen Bart. „Ich werde jetzt gleich seine Komplizen aushorchen. Vielleicht erfahre ich etwas“. Der Kommissar verschwand in Richtung Eingang des Steinbruchs, ohne sich noch einmal umzuwenden.
Bei Lena, die bisher geschwiegen hatte, war Farbe ins Gesicht zurückgekehrt. Ihre Augen strahlten nun wieder jene Kampfeslust und Sicherheit aus, die man von ihr gewohnt war. „Was für eine unglaubliche Geschichte“, sagte sie, „das gibt eine erstklassige Story“.
Konrad konnte nicht anders. Er drückte sie leidenschaftlich an sich und küsste sie zärtlich. Die Polizisten, die immer noch herum standen, kümmerten ihn nicht. Lena genoss die Liebkosung. Schließlich gab sie aber zu bedenken: „Dass dieser Anführer immer noch frei ist, beunruhigt mich allerdings auch sehr“.
„Ach“, beschwichtigte Konrad, „lass das jetzt mal Sache der Polizei sein. Wir haben damit nichts mehr zu schaffen“.
„Ich weiß nicht …“
„Jetzt komm erst mal nach Hause. Ich habe schrecklichen Durst“. Konrad packte Spaten und Pickel und machte sich, gefolgt von Lena, auf den Weg zurück zum Auto.
Etwas erschrocken waren sie nun von dem Bild, welches sich ihnen hier bot. Noch vor einer Stunde schien die Gegend menschenleer gewesen zu sein. Jetzt tummelten sich hier Polizisten in Uniform und Zivil. Dazu standen zwei große Einsatzwagen und vier Polizeiautos um Konrads Citroën herum.

Konrad hatte gerade das Werkzeug in seinen Wagen geladen, als Kommissar Langner aus einem der Einsatzfahrzeuge ausstieg. Er trat heran und sagte: „Dieser Kuster ist wie paralysiert. Er hat mir erzählt, was vorhin geschehen ist, und ich glaube ihm“.
„Was ist den passiert?“ Konrad war neugierig.
Langner blickte auf seinen Schulfreund, als schien er abzu-

wägen, was er ihm alles erzählen durfte. Schließlich entschloss er sich, Konrad Auskunft zu geben: „Der Anführer – General genannt – hat einen Anruf auf seinem Handy erhalten. Daraufhin habe er Kuster befohlen, den Schatz zu bergen und die beiden Personen umzulegen. Er selbst habe einen ‚lebenswichtigen' Anruf bekommen und wollte sich später wieder bei Kuster melden. Seither ist er verschwunden. Wie gesagt: In dieser Sache glaube ich diesem Kuster. Außerdem habe ich vorhin eine Mitteilung von Stahl bekommen, wonach weit und breit keine Spur des Generals zu finden ist. Aber die Männer suchen weiter".
Konrad sah Langner nachdenklich an. „Also doch ein Maulwurf", sagte er endlich.
„Es ist zumindest nicht mehr auszuschließen", antwortete der Kommissar. „Aber wer?"

17

Der General horchte angestrengt in sein Handy. Er durfte sich gegenüber Kuster nichts anmerken lassen. Seine Enttäuschung, gepaart mit Wut, war riesengroß. Noch vor einer Minute hatte er fest damit gerechnet, das Gold bald in seinen Händen halten zu können. So viel versprechend hatten die Meldungen geklungen, die er am Tag zuvor von seinen Leuten erhalten hatte. Der General war jedoch auch überzeugt davon, dass diese Reporterin und ihr einheimischer Freund das Rätsel um den Schatz gelöst hatten. Es hatte sich als richtig herausgestellt, sie rund um die Uhr überwachen zu lassen. Und jetzt dieser Anruf. Nur gut, dass ihm vorgestern dieser verblendete Trottel über den Weg gelaufen war. Er selbst hätte ihn bestimmt nicht mehr erkannt – dieser Kerl jedoch hatte sich sofort an ihn erinnert. Sie waren sich in der Nähe von Berlin bei einem Verbandstreffen der Organisation begegnet. Damals musste er diesen Jungen sehr beeindruckt haben. Der Mann war immer noch fest mit der Organisation verbunden. Das hatte er dem General sofort erzählt. So kamen sie sehr schnell ins Gespräch, in dessen Verlauf er noch nicht ahnte, welchen Nutzen ihm dieser Mann bringen konnte. Denn was er gerade eben über das Handy berichtet hatte, ließ den General erschaudern.

Jetzt hatte er sich wieder an Kuster gewandt: „Es ist etwas geschehen, von dem unser aller Leben abhängt!“, sagte er zu ihm, „Ich muss sofort in die Stadt zurück. Im Moment kann ich nicht mehr darüber erzählen. Unsere Operation wird aber planmäßig weitergeführt. Du übernimmst das Kommando!“ Er sah Kuster tief in die Augen. Dieser zitterte vor Stolz und ob der Verantwortung, die ihm der General gerade übertragen hatte. „Ihr werdet die Dokumente in eure Hände bringen“, befahl er weiter, „danach sind die beiden Personen unbedingt

zu erschießen. Verstanden? Es darf keine Zeugen geben!"
Kuster nickte.
„Gut, dann mach dich jetzt auf den Weg!"
Während Kuster weiterging, schlug der General den Weg ein, den ihm sein Anrufer genannt hatte: durch den Wald wieder hinunter in den Ort. Schon nach wenigen Minuten waren die ersten Häuser von Pfeffingen zu sehen. Mühelos fand der General die Bushaltestelle, von der aus der Bus nach Ebingen abfuhr. Er wusste genau, dass nun Eile geboten war, um seine Sachen aus dem Hotel zu holen und unterzutauchen.

An der Haltestelle befanden sich fast ausschließlich Schüler, die in eifrige Diskussionen vertieft waren. Niemand schien Notiz von ihm zu nehmen. Schon nahte der Bus. Auch der war voller Jugendlicher, die auf dem Weg nach Ebingen in die Schule waren. Im Stadtteil Pfeffingen gab es nämlich weder Real- noch Berufsschule oder gar ein Gymnasium. So mussten die Kinder schon ab der fünften Klasse mit dem Bus pendeln. Der General mischte sich unter die Fahrgäste und musste sich, wie alle neu hinzu gestiegenen, mit einem Stehplatz begnügen. Allerdings bot ihm gleich nach dem Anfahren des Busses ein Jugendlicher mit runder Brille seinen Sitzplatz an. Der Junge erinnerte ihn an Kuster. Kuster – tja ...! Er hatte keine andere Wahl gehabt. Er musste seine Männer opfern, um sich selbst zu retten. Aber dies war zu vernachlässigen. Leute wie sie waren ohne Nachteile austauschbar. Es gab vielfachen Ersatz im braunen Milieu – Männer, die sich durch einige gekonnt vorgetragene ideologische Phrasen in jede gewünschte Richtung lenken ließen.

Der General sah sich im Bus um. Viele Schüler trugen Trikots der deutschen Fußballnationalmannschaft. Einige schauten leeren Blicks aus dem Fenster, während andere sich lebhaft und lautstark – über vier Sitzreihen hinweg – unterhielten. Wieder andere waren damit beschäftigt, in letzter Minute noch ihre Hausaufgaben anzufertigen. Dabei

gingen sie mit äußerstem Geschick vor und schienen jedes Schlagloch auf der Straße zu kennen, da sie fast immer zu schreiben aufhörten, noch ehe es wieder einmal holprig wurde. Ab und zu trat aber anscheinend auch ein unerwartetes Holpern auf. Für diesen Fall hielten die Schüler in der linken Hand den Tintenkiller bereit, der im Übrigen auch als Lineal zum unterstreichen diente. Im nächsten Ort – Margrethausen – stiegen weitere Fahrgäste zu, so dass der Bus jetzt beinahe zu platzen drohte.
Schließlich erreichte man Ebingen. Der General war froh, nicht in die Falle geraten zu sein; und froh, hier nun unbeschadet aussteigen zu können. Jetzt durfte keine Zeit mehr verloren werden. Er musste nun schleunigst von der Oberfläche verschwinden. Das Gold hatte er aber längst noch nicht aufgegeben.

18

Ihr „Polizeieinsatz“ war für Konrad und Lena nicht so schnell beendet, wie sie gedacht hatten. Kommissar Langner bat die beiden, noch aufs Revier mitzukommen, um mit ihren Aussagen das Protokoll der Operation zu vervollständigen; und um ihre Unterschriften zu leisten.
Deswegen war es fast Mittag, als Konrad seine Mitstreiterin vor ihrer Ferienwohnung absetzte. Lena hatte aus zwei Gründen darum geben: Zum einen wollte sie sich von den emotional anstrengenden Ereignissen erholen. Zum anderen – natürlich! – die vergangenen Ereignisse zu Papier bringen und an ihrem Artikel weiterarbeiten. Konrad war sofort damit einverstanden gewesen. Auch er benötigte Zeit, das Erlebte zu verarbeiten. Sie verabredeten sich jedoch zum Abendessen. Konrad wollte Lena um 20 Uhr abholen. Gleich nachdem Lena ausgestiegen war, machte er sich auf den Heimweg.
Unterwegs deckte er sich mit Proviant ein: warmer Fleischkäse auf einem frischen Brötchen, welches er, zu Hause angelangt, gleich gierig verschlang. Außerdem leerte er eine Literflasche Apfelschorle, fast mit einem Zug, als hätte er seit Tagen nichts mehr zu trinken bekommen. Nachdem die Nahrungsaufnahme beendet war, streckte er sich auf seinem Sofa aus und schlief augenblicklich ein.

Nach gerade einmal zehn Minuten Ruhe wurde er aber bereits durch das Klingeln an seiner Haustür aufgeschreckt. Er raffte sich hoch. Seine Schultern schmerzten von der ungewohnten Anstrengung beim Ausgraben. Er meldete sich an der Sprechanlage. Als er keine Antwort erhielt, begab sich Konrad zur Haustür. Es war jedoch niemand zu sehen. Hatte er das Klingeln möglicherweise nur geträumt? Laut seufzend legte er sich zurück auf sein Sofa. Doch an Schlaf war jetzt nicht mehr zu denken. Wilde Gedanken rasten durch seinen

Kopf, die sich um verschwundene Schätze und geladene Pistolen drehten, die auf ihn gerichtete waren. Nach kurzer Zeit wusste er, was zu tun war. Im Bad wusch er sich sein Gesicht mit kaltem Wasser und zog danach seine kurze Radhose und ein T-Shirt an. Er hatte beschlossen, eine Tour auf seinem Mountainbike zu unternehmen. Die sportliche Anstrengung im Freien, gepaart mit der gesunden Luft in den schattigen Wäldern würden seinen Kopf wieder frei machen! Kurze Zeit später radelte er auf der Verbindungsstraße zwischen Truchtelfingen und Bitz den Berg hinauf. Er trat kräftig in die Pedale und hatte nach wenigen Minuten die Albhochfläche erreicht. Oben beim Schafhaus ging es nach links in Richtung Schützenhaus Tailfingen weiter. Die Fahrt ging bald – leicht abfallend – durch den kühlen Wald. Seine Stimmung wurde allmählich besser. Jedoch verspürte er keinen Ehrgeiz zu sportlicher Höchstleistung, und so entschied er sich, auf der Hochfläche zu bleiben, um auf die steilen Anstiege und damit leider auch auf die rasanten Abfahrten zu verzichten. Schließlich erreichte er, wie kürzlich schon mit Lena, das Zeller Horn; jenen grandiosen Aussichtspunkt zur Burg Hohenzollern hin. Hier legte er eine Rast ein. Konrad konnte sich an diesem Ausblick niemals satt sehen, so oft er auch schon hier gewesen war. Er lehnte sein Fahrrad an einen Baum, setze sich auf die Bank und nahm einen kräftigen Schluck aus der Wasserflasche.

Seine Gedanken rasten jetzt nicht mehr wild durch den Kopf, sondern hatten sich in eine Richtung gebündelt: Er wollte diesen Nazischatz unbedingt finden! Aber wie? Seiner Meinung nach hatte er alle verfügbaren Quellen angezapft – jedoch ohne greifbaren Erfolg. Was konnte er jetzt noch tun? Seine positive Stimmung war Nahe daran, ins Gegenteil umzukippen, als sich ein Wanderer näherte. Er kam nicht über den Forstweg, den Konrad mit dem Rad genommen hatte, sondern über einen Pfad, der durch den Wald vom Tal herauf führte. Er nickte Konrad zu und setze sich, ohne zu

fragen, neben ihn auf die Bank. Es handelte sich um einen Mann, der die siebzig bereits hinter sich gelassen hatte. Dennoch machte er mit seiner gesunden, gebräunten Gesichtsfarbe und seinem übrig gebliebenen, grauen Haar einen äußerst vitalen Eindruck. Oben auf seinem Haupt prangte eine sonnengebräunte kahle Platte. Mit einem Taschentuch wischte er sich den Schweiß von seiner Stirn und der Kopfhaut. Erst danach legte er seinen Rucksack ab, aus dem er schließlich eine Thermoskanne entnahm. Er füllte zwei Plastikbecher mit dem noch warmen Tee aus der Kanne und reichte Konrad einen davon, ohne diesen gefragt zu haben, ob er etwas Trinken möchte. Stattdessen sagte er nur: „Trinken Sie! Das ist das Allerbeste, wenn man geschwitzt hat. Sie haben doch auch geschwitzt".
Konrad – etwas verblüfft – griff nach dem Becher und bedankte sich. Irgendwie war die unkonventionelle Art des Mannes sympathisch. Oft verspürte Konrad bei solchen Gelegenheiten wie dieser keine Lust, sich auf ein Gespräch einzulassen. Dieses Mal war es anders.
„Kommen sie von unten?", fragte er, um das Gespräch in Gang zu bringen, während er mit der Hand ins Tal hinab deutete. Dem Fremden schien Konrads Interesse zu gefallen. Begeistert antwortete er: „Ja, und noch von viel weiter". Er nahm einen kräftigen Schluck aus seinem Becher, bevor er fort fuhr: „Ich bin schon den ganzen Tag unterwegs. Seit heute Morgen. Ich wohne in Onstmettingen und habe mich heute Früh um 9 Uhr auf den Weg gemacht. Der Hohenzoller war meine erste Station. Dort habe ich auch zu Mittag gegessen. Danach ging es weiter über Boll, bis hierher".
„Dann haben sie ja schon einige Kilometer in den Knochen!"
„Das kann man wohl sagen. Aber es macht Spaß, und solange es noch geht …"
„So wie sie aussehen, geht es in der Tat noch lange".
„Ach wissen Sie, ich habe mein ganzes Leben lang Sport getrieben. Warum sollte ich plötzlich aufhören?"
„Dafür sehe ich auch keinen Grund".

Der Fremde fühlte sich durch Konrads Worte geschmeichelt. „Begonnen habe ich im Alter von sieben Jahren mit dem Skispringen. Meinen ersten Wettkampf habe ich mit acht Jahren auf der alten Onstmettinger Schanze absolviert. Damals noch unter dem Hakenkreuz. Sie als Mountainbiker müssen die Schanze doch kennen. Unterhalb davon führt doch das Radrennen vorbei, wo immer so viel Zuschauer stehen".
„Natürlich kenne ich sie. Ich bin auch aus Albstadt und schon oft die Wiese bei der alten Schanze hochgefahren. Jedoch niemals mit Publikum – am Rennen habe ich noch nie teilgenommen".
„Ja", sinnierte der Mann, „das waren damals andere Zeiten – schlimme Zeiten. Ich bin 1930 geboren und weiß bis heute nicht, welchem glücklichen Umstand ich es zu verdanken habe, dass ich nicht in den letzten Kriegsjahren noch eingezogen wurde. Den meisten meiner Klassenkameraden ist es so ergangen. Sie wurden mit 14 Jahren an die Front geschickt. Die Hälfte von ihnen ist nicht zurückgekehrt". Der Alte kratze sich an seiner Glatze. „Geben sie mir ihren Becher", sagte er schließlich, „die Kanne muss leer werden".
Konrad reichte dem Fremden das Gefäß. Er war hellhörig geworden, als der Mann begonnen hatte, über den Zweiten Weltkrieg zu reden. Deswegen fragte er jetzt so desinteressiert wie nur möglich: „Wissen sie vielleicht zufällig etwas über irgendwelche Wissenschaftler, die am Ende des Zweiten Weltkrieges in Tailfingen gelebt und geforscht haben? Ich meine nur, weil sie die Zeit erwähnt haben und ich gerade einen Artikel über den Bau der Atombombe gelesen habe".
Der Mann blickte abwechselnd Konrad und seinen Teebecher an, als entstaubte er gerade längst vergessene Erinnerungen. „Wenn sie mich so fragen – lassen sie mich nachdenken … Ja, ich glaube, meine Eltern haben einmal erwähnt, dass sich bei uns in der Gegend irgendwelche hochrangigen Männer versammelt hatten. Viel mehr hat man damals aber nicht gewusst. Es soll sich ja auch um eine sehr geheime Sache

gehandelt haben. Später allerdings, als der Krieg schon längst zu Ende war, hat man erfahren, dass deutsche Forscher in Tailfingen und Haigerloch versucht haben, die Atombombe zu bauen. Es ist ihnen ja zum Glück nicht gelungen".
„Mehr wissen sie nicht?" Konrad klang leicht enttäuscht.
„Nein, junger Mann, es tut mir Leid".
Die Beiden unterhielten sich noch über belanglose Dinge, als der Mann, ebenso schnell wie er aufgetaucht war, seinen Rucksack wieder zusammen packte.
„Ich muss pünktlich zum Abendessen zu Hause sein. Meine Frau versteht keinen Spaß".
„Das verstehe ich", lachte Konrad. „Ich wünsche ihnen einen schönen Abend".
„Ebenfalls!"
Mit diesen Worten war der Alte auch fast schon verschwunden. Nach gut zehn Schritten machte er jedoch nochmals kehrt.
„Die Sache mit den Wissenschaftlern scheint ihnen wichtig zu sein. Mir ist da gerade noch etwas eingefallen: Aus meiner Zeit im Turnverein kenne ich einen ehemaligen Lehrer. Ich weiß zufällig, dass er sich intensiv mit dem hiesigen Nazitreiben beschäftigt hat. Vielleicht kann er ihnen ja weiterhelfen. Er heißt Schliemann und wohnt auf der Langenwand in Tailfingen. Sagen sie einen Gruß von mir, wenn sie ihn treffen!"
Mit diesen Worten war der Mann endgültig verschwunden. Konrad wusste nicht einmal, von wem er diesem Schliemann einen Gruß ausrichten solle. Dennoch, dies war ein Ansatz – eine neue Perspektive für die Suche nach dem Nazigold.

Konrads Entscheidung war schnell getroffen. Kurz hatte er überlegt, Lena zu informieren. Dies erschien ihm aber zu umständlich und langwierig. Das Jagdfieber hatte ihn gepackt. Er wollte, nein er musste jetzt sofort nach Tailfingen radeln, um mit diesem Schliemann zu reden. Dazu allerdings würde er ihn erst einmal finden müssen. Der Ortsteil Langenwand war nicht gerade winzig.

Voller Elan trat er in die Pedale, während er sich den schnellsten Weg überlegte. Er entschied sich, am Onstmettinger Skilift vorbei zum Stichwirtshaus, einem beliebten Ausflugslokal, zu fahren. Von dort aus sollte es auf der Straße nach Pfeffingen über den Ortsteil Stiegel zur Langenwandsiedlung weitergehen. Als nächstes legte er sich einen Plan zurecht, wie er Schliemann finden konnte und, wenn er ihn gefunden hatte, was er ihm sagen würde.
Nachdem ihm dort jedoch auch der dritte Passant keine Auskunft über diesen Schliemann geben konnte, sondern nur mit einem ungläubigen Schulterzucken reagierte, beschloss Konrad, sich ein Telefonbuch zu besorgen. Sofort fiel ihm eine öffentliche Telefonzelle in der Nähe ein. Schon von weitem sah er, dass gerade ein Postbote damit beschäftigt war, den Briefkasten neben der Zelle zu leeren. Der Mann kam wie gerufen. Wenn er hier die Briefkästen leerte, war dies sicher auch sein Bezirk. Und wer kannte sich schon besser in einer Gegend aus als ein Briefträger in seinem Arbeitsbereich?
Der Mann war höchstens Anfang Zwanzig und man sah ihm auf den ersten Blick an, dass es sich bei ihm um einen lustigen Typen handelte. Als Konrad noch überlegte, ob er „Du" oder „Sie" sagen sollte, ergriff der Postbote das Wort: „Hallo", rief er laut, „von der Strecke abgekommen? Ich glaube die Bikemarathonstrecke führt nicht hier vorbei". Dabei grinste er so sympathisch, dass man ihm unmöglich böse sein konnte.
„Abgekommen bin ich schon ein wenig", antwortete Konrad, „aber nicht von der Strecke. Ich suche jemand".
„Jemand? Kenn' ich nicht. Hat er auch einen Vornamen?" Wieder dieses Grinsen.
„Sein Name ist Schliemann. Es handelt sich um einen älteren Herrn. Mehr weiß ich leider nicht".
„Schliemann … klar! Der wohnt in der Troja-Straße. Das Haus mit dem hölzernen Pferd vor der Garage".
Diesmal konnte Konrad nicht anders, er musste in das Lachen des jungen Mannes einstimmen.

„Ich hätte nicht gedacht, dass die Leute auf der Post noch Zeit haben, Homer zu lesen“.
„Das mache ich während des Austragens, wenn ich alle Briefe und Postkarten gelesen habe“, konterte der Briefträger.
Konrad schüttelte sich belustigt. „Hm ... und dieser Schliemann?“, frage er schließlich nochmals.
Der Mann nickte: „Die Straße runter, das letzte Haus auf der rechten Seite“.
„Danke!“
„Gern geschehen. Und ...“
„Ja?“
„Das Seitenfenster einen Spalt auflassen, wenn du das Fahrrad nachher parkst. Wegen der Hitze“.
„Selbstverständlich – außerdem ziehe ich immer auch die Handbremse an, wenn ich am Berg parke“.
„Wir verstehen uns“, lachte der Postbote, während er einen Postsack unter den Briefkasten klemmte und diesen danach öffnete.
Konrad fuhr die Straße hinunter bis zum letzten Haus. Es handelte sich um ein kleineres Reihenhaus mit gepflegtem Vorgarten. Darin war ein älterer Herr damit beschäftigt, einen Buchsbaum in Form zu schneiden. Er war so in seine Arbeit vertieft, dass er auf Konrad erst nach dessen zweiten Ruf aufmerksam wurde.
„Hallo Herr Schliemann!“
Der Alte drehte sich um. Er schien sehr alt zu sein, bewältigte seine Arbeit aber trotzdem ohne Brille und mit sehr großem Geschick.
„Hallo“, entgegnete er auffallend langsam, wobei der Gruß eher wie eine Frage klang, die heißen sollte: „Wer sind sie und was wollen sie von mir?“
„Mein Name ist Landberg“, stellte sich Konrad vor. „Ich habe ihren Namen von einem Bekannten von ihnen aus Onstmettingen, der sie aus dem Turnverein kennt. Ich soll sie grüßen. Leider weiß ich seinen Namen nicht“.
„Das kann nur der Fritz sein. Sonst hatten wir keine Onst-

mettinger in unserem Turnverein. Grüßen sie ihn zurück. Was kann ich für sie tun?"
„Nun, der Mann – Fritz – hat gesagt, sie wären Experte, was den Zweiten Weltkrieg anbelangt – speziell für unsere Gegend. Ich interessiere mich für die Wissenschaftler, die am Ende des Krieges hier in Tailfingen gewohnt und gearbeitet haben".
„Interessant. Sind sie Journalist?"
„Nein".
„Macht nichts, kommen sie trotzdem mit hinters Haus, auf meine Terrasse. Dort können wir uns setzen".
„Danke, sehr freundlich von ihnen". Konrad hätte nicht gedacht, so schnell ins Gespräch mit dem alten Mann zu kommen.
Hinter dem Haus befand sich eine kleine, überdachte Terrasse, auf der ein runder Gartentisch und ein zusammenklappbarer Stuhl mit Polsterauflage standen.
„Warten sie bitte. Ich hole noch einen Stuhl". Der Alte verschwand hinter einer Ecke des Hauses und kehrte nach kurzer Zeit mit einem weiteren Klappstuhl und einem Polster zurück. „Sie müssen wissen", erklärte er, „dass meine Frau schon vor über zehn Jahren gestorben ist und ich seither alleine hier wohne. Deshalb benötige ich auch normalerweise nur einen Stuhl. Wenn jedoch Besuch kommt, habe ich weitere immer griffbereit".
Inzwischen hatte er den Stuhl aufgestellt und das Polster darüber gelegt.
„Setzen sie sich", forderte er Konrad auf. „Ich habe gerne Besuch. Wissen Sie, wenn man so lange alleine lebt, ist man für jede Abwechslung dankbar".
Konrad nahm Platz und nickte dem Alten freundlich zu.
„Darf ich ihnen ein Wasser anbieten?", fuhr Schliemann fort, „Bei dieser Hitze sollte man viel trinken".
„Gerne, wenn es ihnen Nichts ausmacht".
Der Mann verschwand abermals hinter der bereits erwähnten Ecke, sodass Konrad jetzt Zeit hatte, sich umzusehen. Die kleine, halbrunde Terrasse schmiegte sich direkt ans Haus.

Drum herum standen allerlei Kübelpflanzen, die dem Ort einen schönen, natürlichen Charakter verliehen und zudem als Schattenspender dienten. Die Terrasse selbst war mit sehr alt wirkenden Natursteinen gepflastert. Auf dem runden Tisch lag ein Buch. Konrad beugte sich vor, um es genauer betrachten zu können. Es handelte sich um einen Krimi von Henning Mankell.
In diesem Augenblick kehrte Schliemann auf die Terrasse zurück. „Ich lese viel“. Offenbar hatte er den letzten Blick seines Gastes bemerkt. „Dabei achte ich darauf, die Literatur so breit gefächert wie möglich auszuwählen. Vor kurzem habe ich mal wieder Wilhelm Buch gelesen. Sie wissen doch: Max und Moritz und Anderes. So bleibt man geistig rege und das Gehirn rostet nicht ein“.
Er stellte eine Flasche Mineralwasser, nebst zwei Gläsern auf den Tisch und setzte sich neben Konrad. Dieser übernahm den Einschank.

„Sie haben einen sehr schönen Garten“. Konrad hielt es für eine gute Idee, das Gespräch mit einem Kompliment zu beginnen.
„Das ist neben dem Lesen mein zweites Hobby“, entgegnete der Mann. „Die Arbeit fällt mir zwar nicht mehr so leicht wie früher, aber es geht noch“.
„Ist der Zweite Weltkrieg ein weiteres Hobby von ihnen?“
„Sagen wir so: Er war es einmal. Teilweise berufsbedingt, da ich Lehrer für Geschichte war. Außerdem bin ich ein Tailfinger Ureinwohner, der sich halt für seine Heimat interessiert. Was genau wollen sie wissen?“
Konrad erklärte sein Interesse an den Wissenschaftlern, erwähnte aber mit keinem Wort das verschwundene Gold. Schliemann hörte aufmerksam zu und entgegnete, nachdem Konrad geendet hatte: „Natürlich kenne ich die Geschichte der Wissenschaftler. Allerdings nicht durch persönliche Erfahrungen, da ich zu jener Zeit bereits in russischer Gefangenschaft war. Durch das Lesen von Berichten und

einige Gespräche habe ich mich aber später darüber informiert. Haben sie an bestimmte Personen gedacht?"
Konrad überlegte kurz. „Ja, genau genommen interessiert mich ein gewisser Ernst Maurer".
„Maurer …" Schliemann blickte wie abwesend in sein Glas. „Ja, ich meine den Namen in diesem Zusammenhang schon einmal gehört zu haben. Für geschichtliche Daten habe ich ein sehr gutes Gedächtnis. Seltsamerweise ist dies bei mir persönlich bekannten Personen nicht der Fall. Oft fällt mir hier nur der Vorname ein.
Also dieser Maurer. Ich meine zu wissen, dass er damals in Tailfingen in der Verwaltung beschäftigt war. Er war jedenfalls kein Wissenschaftler. Warten sie …!" Wieder blickte der Mann in sein Glas, als suchte er in dem Mineralwasser eine Erleuchtung. Konrad wagte es nicht, ihn in seinen Gedanken zu stören.
„Jetzt weiß ich wieder Bescheid!" Schliemann blickte auf. „Ernst Maurer war stellvertretender Verwaltungsleiter und für die Logistik zuständig. Er war sozusagen das verwaltungstechnische Bindeglied zwischen Tailfingen/Haigerloch und Berlin. Nicht zu vergessen, dass über ihn auch alle finanziellen Transaktionen gelaufen sind. Ich meine mich zu erinnern, dass Hitler in den letzten Kriegsmonaten den Bau der Bombe noch einmal mit allen Mitteln forcieren wollte. Ob jedoch etwas daraus geworden ist, kann ich nicht sagen".
Konrad schluckte. Das Gold! Er sagte jedoch nichts, sondern ließ Schliemann weiter reden. „Das allerdings, so fürchte ich, ist auch schon alles, was ich ihnen berichten kann. Es gibt jedoch einen, der kann ihnen unter Umständen noch mehr erzählen. Er wohnt in Ebingen und heißt … Sein Vorname ist auf jeden Fall Alfons".
Konrad ließ ihm Zeit, sich zu erinnern. Nach kurzem Überlegen zuckte Schliemann jedoch mit den Schultern. „Ich kann mich beim besten Willen nicht erinnern. Aber falls mir sein Name einfällt – lassen sie mir ihre Telefonnummer hier!"
„Das mach ich gerne. Sie haben mir ohnehin schon geholfen.

Es ist ja wirklich sensationell, wie sie die Fakten von damals noch alle parat haben“.
„Danke, aber mein Gedächtnis hat schon sehr nachgelassen. Früher war ich viel besser. Wenn ich etwas gelesen habe, das mich anspricht, kann ich mir das einfach gut merken“.
Konrad bedankte sich nochmals sehr herzlich, hinterließ seine Handynummer und machte sich auf den Rückweg. Jetzt musste er abermals jemanden finden, von dem er nicht den vollständigen Namen wusste. Diesmal war es sogar nur der Vorname. Aber Konrad war sich dennoch sicher: Er würde diesen Alfons finden!

19

In Gedanken versunken steuerte Konrad sein Mountainbike gemütlich die Straße zurück, auf der er gekommen war. Ein Blick auf seine Armbanduhr belehrte ihn jedoch eines Besseren. Es war Viertel vor acht! In 15 Minuten war er mit Lena verabredet. Wie wild stieg er in die Pedale. Über das Lerchenfeld und durch das Rossental wollte er auf dem schnellsten Wege nach Truchtelfingen fahren, danach schnell duschen und hinterher Lena zum Abendessen ausführen. In Höhe des Sportplatzes auf dem Lerchenfeld musste er jedoch einsehen, dass sein Vorhaben unmöglich in dieser kurzen Zeit zu schaffen war.
Er lehnte sein Fahrrad an die Umzäunung des alten, nur noch zu Festzwecken genutzten Platzes und griff nach seinem Handy. Schon nach dem zweiten Klingeln meldete sich Lena: „Hallo Konrad. Schön das du anrufst".
„Tja… Ich rufe eigentlich nur an, um zu sagen, dass ich mich verspäten werde. Momentan befinde ich mich noch total verschwitzt auf meinem Bike – mitten im Wald".
„Das macht gar nichts. Ich wollte dich sowieso gerade anrufen. Es war mir nicht möglich, heute Nachmittag zu schlafen. Irgendwie war ich viel zu aufgeregt. Deshalb habe ich bis gerade vorhin an meinem Artikel gearbeitet. Jetzt bin ich total müde und habe schreckliche Kopfschmerzen. Es ist besser, wenn ich mich gleich hinlege. Außerdem habe ich überhaupt keinen Appetit".
„Oh…" Konrad war seine Enttäuschung anzumerken. Jedoch fing er sich rasch wieder: „Dann musst du dich wirklich sofort hinlegen und ausruhen. Ich hoffe, es ist nichts Ernstes".
„Nein, nein. Der Tag war … wie soll ich sagen … ein wenig ungewöhnlich. Morgen sieht die Welt schon wieder anders aus. Vielleicht können wir zusammen Mittagessen?"

„Eine gute Idee!“ Konrads ausgeglichenes Gemüt war nun wieder vollständig hergestellt. „Dann hole ich dich ab – sagen wir um 12 Uhr?“
„Ausgezeichnet – ich freue mich schon“.
„Ich auch“.

Konrad hatte absichtlich nichts von seinen neuesten Erkenntnissen berichtet. Er wollte Lena nicht durch irgendwelche halbfertigen Rechercheergebnisse durcheinander bringen. Vielmehr wollte er den morgigen Vormittag nutzen, um diesen Alfons ausfindig zu machen. Mit etwas Glück konnte er Lena mit einer positiven Nachricht überraschen.
In einem langsameren Tempo radelte er anschließend nach Hause. Der Weg war zuerst noch schön eben, verwandelte sich aber bald in eine rasante, kurvenreiche Abfahrt, die ins Truchtelfinger Rossental, ein idyllisches Seitental des Albstädter Schmiechatals, mündete. Bald hatte Konrad seine Wohnung erreicht und freute sich schon jetzt auf eine erfrischende Dusche und sein Sofa. Zum Glück fand er noch einen Rest der Lebensmittel, die Lena am Tag zuvor mitgebracht hatte, in seinem Kühlschrank. Die Brötchen und Croissants waren zwar nicht mehr frisch, genügten aber, um seinen Hunger zu stillen. Erschöpft streckte er sich auf seinem Sofa aus und griff nach der Fernbedienung des Fernsehers. Erst jetzt bemerkte er, dass dieser gar nicht eingeschaltet war. Er ließ seinen Kopf zur Seite fallen und stöhnte lauf auf. Nein, er würde sich jetzt nicht mehr erheben und die vier Schritte zum Fernseher machen. Stattdessen starrte er müde zur Decke, als ihm plötzlich wieder die Geschichte einfiel, die Lena gestern, hier an dieser Stelle, vorgelesen hatte: Die Geschichte von dem jungen Sebastian, der diese seltsame Erscheinung am Fluss gehabt hatte. Schon gestern musste er während der Erzählung an eine Geschichte denken, die er früher oft von seinem Vater gehört hatte. Der hatte ihm und seiner Schwester diese Geschichte besonders gerne bei Wanderungen erzählt. Gerade jetzt, als er so müde

auf dem Sofa lag, meinte er, die Stimme seines Vaters zu hören, der gerade begann, die – angeblich wahre – Geschichte zu erzählen:

Etwa zwei Kilometer von dem kleinen Örtchen Burgfelden entfernt befand sich im Mittelalter eine stattliche Festung – die hoch über dem Eyachtal gelegene Schalksburg. Von ihr ist heute nur noch der in den Jahren 1957 bis 1959 wieder aufgebaute Bergfried und einige Teile des Ringmauerwerks zu sehen. Die Burg war direkt an steil abfallende Felsen gebaut und nur über einen schmalen Pfad, der durch den Wald führte und ebenfalls zu beiden Seiten steil abfiel, zu erreichen.
Damals, in dieser unsicheren Zeit, in der es nur so von Wegelagerern, Banditen und feindseligen Rittern wimmelte, war die Burg ein sicherer Ort, der leicht zu verteidigen war. Ihr Burgherr war jahrelang der Ritter Ronald gewesen. Er war ein guter Herr, der seine Untertanen mit strenger, aber gerechter Hand führte. Auf seiner Herkunft lag jedoch ein dunkles Geheimnis. Seinerzeit war es allgemein bekannt, dass er nicht der leibliche Sohn des alten Burgherrn war. Dieser hatte nämlich keine Kinder zeugen können, und so war es umso erstaunlicher, als die Frau des Burgherrn – über Nacht – plötzlich ein Windelkind auf ihren Armen trug: nämlich Ronald. Woher er gekommen war, wusste niemand, weswegen alsbald die wildesten Gerüchte die Runde machten. Für die einen kam dieses Kind direkt vom Himmel, für die anderen aus der Hölle. Wieder andere meinten, er wäre von einem großen, schwarzen Vogel gerade über der Burg abgeworfen worden.
Wie auch immer, der Junge entwickelte sich prächtig und wurde zum Mann. Als der alte Burgherr schließlich starb, wurde Ronald sein Nachfolger. Immer wieder gelang es ihm durch Geschick und großen Mut, die Burg vor Feinden zu schützen. Ronald kannte keine Ruhe. Ständig war er unterwegs um, so wie er sagte, „Seine Herrschaft zusammen zu halten“.

So kam es, dass er wieder einmal unterwegs war, seine Ländereien bei Burgfelden zu besuchen. Er ritt allein über den schmalen, nach beiden Seiten steil abfallenden Weg in Richtung Burgfelden. Kaum hatte er den Wald verlassen, ließ er sein Pferd ausgreifen. Der Weg führte ihn über eine weitläufige Wiese. Schon von weitem bemerkte er eine Gestalt, gebückt im Gras. Als er näher kam, sah er, dass es sich um eine alte Frau handelte, die gerade damit beschäftigt war, allerlei Kräuter zu sammeln. Sie trug einen langen, schwarzen Rock, eine schwarze Bluse und ein Kopftuch in der selben Farbe. Noch hatte sie den Reiter nicht bemerkt, der sich ihr von hinten näherte. Ronald zügelte sein Pferd, um nahe bei der Frau ganz anzuhalten.
„Seid gegrüßt, Frau“, rief er ihr entgegen.
Erst jetzt bemerkte sie den Ritter. Mit einem Aufschrei drehte sie sich herum und blickte Ronald ehrfürchtig an.
„Ich habe euch nicht gesehen“, fuhr dieser fort. „Seid ihr aus dem Dorf?“
„Ja“, entgegnete die Frau mit sanfter Stimme.
„Von welchem Hof stammt ihr?“
„Unser Hof liegt von hier aus gesehen direkt hinter der Kirche“
Ronald schwieg. Er kannte sich gut aus in Burgfelden und wusste wohl, dass hinter der Kirche kein Hof zu finden war. Er blickte der Frau tief in die Augen und fühlte plötzlich, wie ihm der Schweiß aus allen Poren drang. Sofort hatte er sich jedoch wieder unter Kontrolle. Er bemerkte, dass sich die Frau fürchtete und noch immer sehr erschrocken schien. Auf diese Tatsache führte er es schließlich zurück, dass die Alte vergessen hatte, wohin sie gehörte.
„Dann pflückt mal schön eure Kräuter weiter. Entfernt euch aber nicht zu sehr vom Dorf! Es ist eine Menge Gesindel unterwegs heutzutage“.
„Ihr müsst euch in Acht nehmen“, erwiderte die Alte daraufhin in einem Ton, der Ronald aufhorchen ließ. „Wenn ihr noch zehn Minuten lang in dieser Richtung weiter reitet,

so gelangt ihr am Eingang zum Buchenwald in einen Hinterhalt. Wegelagerer lauern dort hinter den Bäumen. Sie warten auf euch!"

„Auf mich? Redet keinen Unsinn! Woher wollt ihr das wissen?"

„Ich weiß es", antwortete die Frau geheimnisvoll. Ihre Augen schienen durch Ronald hindurch zu sehen. Dieser bemerkte den Blick und deutete ihn so, als hätte er es mit einer Irren zu tun. Ohne noch ein Wort zu verlieren, schnalzte er mit der Zunge und galoppierte davon. Die Frau sah ihm lange hinterher – Tränen standen in ihren Augen. Ronald jedoch gingen die Worte der Alten nicht aus dem Sinn. Was redete diese Frau? Sein Verstand sagte ihm, dass er es mit einer Verrückten zu tun gehabt hatte, allein – da war noch etwas. Eine innere Stimme warnte ihn: Was, wenn die Alte recht hatte?

Noch war der erwähnte Buchenwald nicht in Sichtweite, als Ronald sich entschloss, einen Bogen zu reiten, um sich von hinten an die besagte Stelle anzupirschen. Die letzten Meter legte er zu Fuß zurück, um keine Geräusche zu verursachen. Und siehe da: Wie beschrieben, lagen am Eingang des Buchenwaldes rund ein Duzend Wegelagerer hinter den Bäumen versteckt – die geladene Armbruch im Anschlag. Sie schienen tatsächlich auf jemand zu warten. Der Ritter erschrak heftig. Das wäre sein sicherer Tod gewesen. Er schlich zurück zu seinem Pferd, um Verstärkung zu holen. Als er wenig später wieder an der Wiese vorbeikam, war von der alten Frau nichts mehr zu sehen. Woher hatte sie von den Wegelagerern gewusst? Zurück auf der Burg mobilisierte er seine Männer. Nur eine Stunde später lagen am Eingang des Buchenwaldes zwölf tote Wegelagerer im Gras.

Ronald sprach mit niemand über die Begegnung mit der alten Frau. So wurde seine Position gestärkt, da es von nun an hieß, er können geplante Überfälle auf ihn voraussagen. Sein Gefolge auf der Burg, aber auch die Leute aus dem Dorf begegneten ihm nun mit noch mehr Respekt und Ehrfurcht. Ihn jedoch ließ die scheinbar irre, alte Frau nicht los. Wer

war sie? Ronald beschloss – fünf Tage waren seither vergangen – ins Dorf zu reiten, um die Alte zu suchen. Auf dem Weg dorthin erblickte er, zu seiner großen Überraschung, die schwarz gekleidete Frau auf der selben Wiese wie vor fünf Tagen. Er ritt mit seinem Pferd auf die Alte zu. Diesmal schien sie schon auf ihn gewartet zu haben.
„Frau“, platzte Ronald hervor, „Woher habt ihr von den Wegelagerern gewusst?“
„Ich wusste es“, gab die Alte zurück. Ohne eine Pause einzulegen fuhr sie fort: „Und jetzt habe ich euch vor einer weiteren Gefahr zu warnen, bevor meine Aufgabe erfüllt ist: Hütet euch vor dem weißen Ritter mit dem roten Schwert! Er trachtet nach eurem Leben“.
„Welcher weiße Ritter?“, wollte Ronald wissen.
Die Frau blieb die Antwort aber schuldig. Ihre Blicke bohrten sich Ronalds Augen, der sofort wieder einen Schweißausbruch bekam. Plötzlich verfärbte sich da der Himmel. Dunkle Wolken zogen herauf, die die Sonne zu verschlucken schienen. Ein ohrenbetäubender Donnerschlag erklang, welcher das Pferd des Ritters in Panik versetze. Es wieherte laut und stellte sich auf die Hinterbeine. Ronald hatte alle Hände voll zu tun, um das Tier unter Kontrolle zu halten. Als es ihm endlich gelungen war, waren auch die dunklen Wolken fast wieder verschwunden. Die Sonne schien, als ob nichts passiert wäre. Ronald wandte sich wieder an die Frau. Diese jedoch war verschwunden. Wohin er sein Pferd auch lenkte – er konnte keine Spur von der schwarzen Frau entdecken. Verwirrt ritt er dem Dorf entgegen. Beim Hof, der der Kirche am nächsten lag, war ein Bauer damit beschäftigt, Holz zu spalten. Als dieser den Ritter erkannte, verbeugte er sich tief und murmelte: „Welch eine Ehre, welch eine Ehre!“
„Ich suche einen, der im Dorf Bescheid weiß und alle Leute kennt, besonders die Älteren“, sagte Ronald ohne Vorrede.
„Dann seid ihr hier genau richtig Herr. Mein Vater ist der Dorf-Älteste und kennt jeden Bewohner“
„Wo finde ich ihn?“

„Kommt herein, er ist im Haus“. Wieder verbeugte sich der Bauer. Ein uralter Mann hockte auf einem wackligen Stuhl am Tisch und bearbeitete ein Holzstück. Als er den Ritter erkannte, versuchte er schwerfällig, sich zu erheben.
„Bleibt sitzen, Väterchen!“, sagte Ronald, während er sich gegenüber dem Alten an den Tisch setzte. Ronald begann, nach der Frau und dem angeblichen Hof hinter der Kirche zu fragen. Der Greis musste nicht lange überlegen, ehe er antwortete: „In der Tat stand hinter der Kirche früher ein Hof; bis er restlos niedergebrannt ist. Das muss vor mehr als 30 Jahren gewesen sein. Gut ein Jahr zuvor war der Bauer des Hofes – damals noch unter eurem Vater – bei der Verteidigung der Burg gefallen. Er hinterließ seine Frau, die zu diesem Zeitpunkt schwanger war. Seit dem Tod ihres Mannes trauerte sie um diesen und trug nur noch schwarze Kleidung. Gut ein Jahr später – wie ich schon sagte – ist der gesamte Hof lichterloh niedergebrannt. Alle Bewohner mitsamt dem ganzen Vieh kamen in den Flammen um“. Der Alte schwieg nun, als erlebte er den Brand gerade noch einmal mit. Auch Ronald fand keine Worte. Nach einiger Zeit sprach der Alte weiter: „Mir fällt ein, dass auf der Burg Aufschriebe vorhanden sein müssten. Euer Vater hatte einen Schreiber aus Ulm beschäftigt, der alle Ereignisse zu notieren hatte“.

Ronald ließ sich nicht anmerken, dass er von diesen Niederschriften nichts wusste. Er bedankte sich bei dem Alten und trat den Heimweg an. Die nächsten beiden Tage nutze er, um in der Burg nach den Aufzeichnungen zu suchen – allerdings vergebens. Am dritten Tag darauf wurde Ronald Besuch gemeldet, der auf der Durchreise eine Nacht im Schutze der Burg verbringen wollte. Dies war nichts Ungewöhnliches, und so befahl er, Einlass zu gewähren und bei ihm vorzusprechen. Wenig später betrat er den großen Empfangssaal, wo bereits ein Ritter mit seinen beiden Dienern wartete. Als Ronald den Neuankömmling sah, fuhr er wie vom Blitz getroffen zurück: Der Ritter war weiß gekleidet und aus

seinem Gürtel ragte ein rotes Schwert. Sofort hatte sich Ronald aber wieder in der Gewalt.
„Seid gegrüßt, Ritter Ronald!“ Der Gast verbeugte sich. „Ich ersuche euch, uns eine bescheidene Unterkunft für die Nacht zu gewähren. Wir sind auf der Durchreise nach Straßburg“.
„Wie ist Euer Name?“
„Ritter Bernhard“
„Ritter Bernhard. Die Unterkunft sei euch und den euren gewährt“.
„Verbindlichsten Dank!“

Ronald hieß seine Diener ein üppiges Mahl zubereiten und lud Ritter Bernhard dazu ein. Beim Essen wurden die üblichen Gespräche geführt. Ronald beobachtete seinen Gast dabei ganz genau. Nichts jedoch deutete auf eine schlechte Gesinnung von Ritter Bernhard hin. Dennoch schrillten die Alarmglocken in Ronalds Kopf. Die Warnung der schwarzen Frau ging ihm nicht aus dem Sinn. Bald verabschiedete sich der Gast vom Essen, dankte überschwänglich, und zog sich daraufhin in sein Schlafgemach zurück. Ronald leerte noch einen Becher Wein und begab sich danach ebenfalls zur Ruhe. – Nicht jedoch, um zu schlafen! Angezogen wie er war, legte er sich unter die Decke, sein Schwert neben sich, fest in seiner rechten Hand haltend. Im hinteren Teil des Raums hatte er eine schwache Kerze angezündet, um das Zimmer nicht ganz im Dunkeln zu lassen. Er lauschte auf jedes Geräusch. Jedoch deutete nichts daraufhin, dass sich jemand seinem Schlafgemach nähern wollte. So verging Stunde um Stunde. Nichts geschah. Plötzlich zuckte Ronald zusammen. Es musste schon weit nach Mitternacht sein. War da nicht ein Geräusch an der Tür gewesen? Er lauschte angestrengt. Da – da war das Geräusch wieder – dieses Mal deutlicher. Jemand öffnete die Tür und schlich herein. Im schwachen Licht der Kerze erkannte er seinen Gast – den weißen Ritter mit dem roten Schwert. Ohne zu zögern hob dieser mit beiden Händen sein Schwert in die Höhe und stürzte sich auf das Bett, in dem er den Schlafenden wähnte. Im letzten Moment gelang es Ronald jedoch, sein eigenes Schwert in die Höhe zu reißen und dem Angreifer entgegen zu stellen. Mit seiner vollen Angriffswucht lief Bernhard in das Schwert seines Gegners. Augenblicklich ließ er das rote Schwert zu Boden sinken. Er schwankte stark und versuchte noch etwas zu sagen. Es gelang ihm aber nicht mehr. Er stürzte dem roten Schwert hinterher und war tot. Ronald schnaufte. Wieder hatte die schwarze Frau sein Leben gerettet.

Eine Befragung der Diener Bernhards am nächsten Morgen ergab, dass dieser gelogen hatte. Ihr Weg führte sie nicht nach Straßburg, sondern allein hierher, um Ronald zu töten und die Burg zu übernehmen. Sie wurden mit Schimpf und Schande aus der Festung verjagt. Ronald verstärkte jetzt die Suche nach den Aufzeichnungen seines Vaters. Er hatte bereits die gesamte Burg überprüft – ohne Erfolg. Schließlich jedoch kam ihm ein Gedanke: Sein Vater, der alte Burgherr, war sehr fromm gewesen und hatte jeden Tag in der kleinen Burgkapelle gebetet. Immer am selben Platz. Ronald rannte in das Kirchlein und untersuchte die betreffende Stelle. Tatsächlich: genau an der Stelle, an der sein Vater immer nieder gekniet war, war eine Platte locker. Es benötigte nicht allzu viel Kraft, um sie zu heben. Darunter befand sich eine Kiste, die gerade in den Hohlraum unter der losen Platte passte. Ronald hob sie vorsichtig an und öffnete sie. Drinnen befand sich ein dickes Buch: Genau die Aufzeichnungen, die Ronald gesucht hatte!

Noch in der Kirche begann der Ritter zu lesen. Nachdem er zu Ende gelesen hatte, begann er bitterlich zu weinen. – Er war nicht der Sohn des Burgherren, sondern der des Bauern, der im Kampf gefallen war, und dem der Hof hinter der Kirche in Burgfelden gehört hatte. Als der Hof brannte, war er der einzige Mensch gewesen, den man hatte retten können. Seine Mutter, die seit dem Tod des Mannes nur noch die

‚Schwarze Frau' genannt wurde, war hingegen im Stall verbrannt. Sie hatte versucht, das Vieh zu retten. Ronald war damals vier Monate alt gewesen. Der Burgherr hatte ihn in den Wirren jener Nacht einfach mitgenommen und ihn fortan als seinen eigenen Sohn ausgegeben, den er sich so sehr gewünscht hatte. Niemand sollte jedoch davon Kenntnis erlangen. So wollte es der Burgherr.
Ronald konnte die Wahrheit nur langsam begreifen. Seine leibliche Mutter, die schon 30 Jahre nicht mehr lebte, war ihm zwei Mal erschienen, um sein Leben zu retten!

Diese Geschichte hatte Konrad als Kind fasziniert, und sie tat es immer noch. Mit seiner letzten Energie schaffte er es, sich vom Sofa zu erheben und ins Bett zu schleppen. Sofort fiel er in einen tiefen Schlaf, der ihm neue Kraft für den Morgen geben sollte, um das Geheimnis des Nazischatzes zu ergründen.

20

Nach einer wohltuend störungsfreien Nacht erwachte Konrad voller Tatendrang, der jedoch jäh gebremst wurde, nachdem er vergeblich versucht hatte, etwas Essbares für sein Frühstück aufzutreiben. „Freitag Morgen und nichts zu futtern…“, nuschelte er in sich hinein, wobei diese Tatsache bestimmt nichts mit dem Wochentag zu tun hatte. Konrad sah keine andere Möglichkeit, seinen brummenden Magen zur Ruhe zu bringen, als sich anzuziehen und zum Bäcker zu fahren. Die Rechnung von 42 Euro bezahlte er mit einem Lächeln. Seiner Meinung nach hatte er sich jetzt mit allem eingedeckt, was man für ein Frühstück benötigt – und zwar für den Rest des Jahres.
Zu Hause räumte er die gekauften Lebensmittel – wie Kaffee, Butter in rauen Mengen, Konfitüre, Honig, verschiedene Kekse und einen Kirschstreuselkuchen – geduldig in seinen Kühlschrank ein.
Während des Frühstücks las er wie gewohnt in der Zeitung. Zum Abräumen schaltete er dann den Fernseher ein. Es war jetzt genau 10 Uhr. Eine hübsche Nachrichtensprecherin lächelte ihm entgegen. Beim Abwasch seines Geschirrs blickte er gedankenverloren auf das Fernsehgerät. Im Moment wurde von Unwettern in Venezuela berichtet. Die starken Regenfälle hatten einen Erdrutsch ausgelöst, der eine ganze Ortschaft von der Außenwelt abgeschnitten hatte. Es wurden Bilder von Überschwemmungen gezeigt, gefolgt von einem Reporter, der vor Ort seine Einschätzung der Lage beschrieb: „…dabei wurde die einzige Zufahrtsstraße von dem Erdrutsch völlig unpassierbar gemacht. Der Bevölkerung bleibt nun keine andere Möglichkeit, als am Ende dieser Sackgasse auf Hilfe zu harren ...“
Konrad wäre beinahe die Tasse aus der Hand auf den Boden gefallen. „Ich Idiot …“, schrie er laut und eilte zum Fernseher. Auf halbem Wege hielt er inne, machte kehrt und

rannte zum Schreibtisch. Dort kramte er nach der Kopie des Briefes von Ernst Maurer. Während der Suche fiel ihm ein, dass er die Kopie des Briefs in eine Tasche seiner Radhose gesteckt hatte. Im Badezimmer schließlich war die Suche erfolgreich. Er lief zum Fernseher, stellte dort die gespülte Tasse ab, die er immer noch in der Hand hielt, und schaltete das Gerät aus. Reichlich durcheinander, musste er sich zur Ruhe zwingen. Seine Nervosität war durchaus begründet. Endlich meinte er nämlich zu wissen, wo das von Maurer beschriebene Vermögen vergraben war: in Burgfelden – in der Ruine der Schalksburg. Wie der von der Außenwelt abgeschnittene Ort in Venezuela, so hatte auch Burgfelden nur eine einzige Zufahrtsstraße. Dort war die Ruine einer ehemaligen Ritterfestung, die Schalksburg, zu finden. Auf der wiederum hatte es früher eine Kirche gegeben – und damit gewiss auch ein Kreuz – wie in der Geschichte vom Ritter Ronald und der schwarzen Frau erzählt wurde.

„Durch die hohle Sackgasse findet man unter Ruinen, im Zeichen des Kreuzes, den Schatz!"

Jetzt war sie wieder da, seine innere Stimme, die ihm sagte, auf der richtigen Spur zu sein! Immer noch sehr nervös, griff er zum Telefon, um Lena anzurufen. Ihr Handy war ausgeschaltet, nur die Mailbox meldete sich. Kurz überlegte er, bei seinen Eltern anzurufen, entschied sich dann aber doch, gleich selbst hinzufahren. Pickel und Spaten lagen noch von gestern im Wagen, so dass er sofort aufbrechen konnte.

Lena hatte gerade ihr Frühstück beendet und war nicht wenig überrascht, den sichtlich nervösen Konrad zu sehen.
„Ist es schon 12 Uhr, oder habe ich die Zeit falsch verstanden?", fragte sie neugierig.
„Ich habe die Dinge falsch verstanden, habe mich die ganze Zeit geirrt – was den Ort betrifft, an dem der Schatz vergraben ist. Jetzt aber glaube ich, Bescheid zu wissen!"

„Wirklich?“
„Ja, mach dich bitte fertig! Wir brechen gleich auf“.
Lena betrachtete Konrad kritisch. Seinem Blick entnahm sie jedoch, dass er tatsächlich eine Spur gefunden hatte. Deswegen zögerte sie jetzt keine Sekunde mehr.
„Sofort“, sagte sie nur, „ich ziehe mich rasch an“.
Fünf Minuten später verließen sie das Haus und eilten zu Konrads Wagen. Im Garten trafen sie auf Herrn Landberg.
„Ah – Sohn und Feriengast. Wo pressiert´s denn hin?“
„Ich habe jetzt keine Zeit, Vater. Später erkläre ich dir alles“.
„Das habe ich mir schon gedacht. Als ich so jung war, hatte ich auch nie Zeit. Aber d’Johr hebet automatisch d’Kretzer nei“.
Konrad übersetzte die letzten Worte seines Vaters eilig für die fragend drein blickende Lena ins Hochdeutsche: „Mit den Jahren wird man automatisch langsamer“. Danach startete er den Citroën. Während der Fahrt berichtet er Lena von seiner Vermutung. Konrads Schlussfolgerungen erschienen ihr durchaus plausibel, und so wuchs auch bei ihr die Anspannung.
Die Fahrt führte vorbei am Freizeitbad „Badkap“, über Margrethausen und Pfeffingen hinauf nach Burgfelden. Die „Sackgasse“ zu dem höchstgelegenen Albstädter Stadtteil war eine breite, gut ausgebaute Straße. Burgfelden mit seinen knapp 400 Einwohnern ist der kleinste Teilort von Albstadt und liegt auf einer Höhe von 912 Metern.

„Immer wenn ich nach Burgfelden komme – meistens mit dem Fahrrad – denke ich, in einer verlassenen Westernstadt gelandet zu sein. Besonders vormittags an Werktagen ist dies der Fall“, sagte Konrad, als sie das Ortsschild der kleinen Teilgemeinde passierten. „Von diesem Ort“, fuhr er fort, „geht eine geradezu magische, wohltuende Ruhe aus, die ich gar nicht genau beschreiben kann“.
Tatsächlich wirkte der Ort wie ausgestorben. Nur eine einzige Person – eine grauhaarige Frau – war zu sehen, die die Straße vor ihrem Haus kehrte. Konrad kannte sich aus und steuerte direkt auf einen großen Parkplatz zu, der am anderen Ende

des Dorfes lag. Von dort aus führte ein Weg direkt zur Schalksburg. Er stellte das Auto ab. Nur zwei weitere Wagen standen auf dem lang gestreckten Parkplatz. Als sie ausgestiegen waren, bemerkte Konrad: „Das klingt vielleicht seltsam, aber hier oben höre ich geradezu die Ruhe“.
Lena wackelte mit dem Kopf. „Ja, du hast recht. Irgendetwas liegt hier in der Luft“.
Konrad packte Pickel und Spaten und marschierte los.
„Schalksburg – 1 km“, las Lena auf einem Wegweiser für Wanderer. „Das klingt machbar“.

Der Weg führte zunächst zwischen zwei Grundstücken mit Häusern hindurch, deren Besitzer ihren Garten durch hohe Büsche vor allzu neugierigen Wanderern geschützt hatten. Danach ging es über einen flachen Wiesenweg weiter. Das Gras links und rechts des Weges stand halbhoch und war im Juni bereits das erste Mal gemäht worden. Dahinter erreichten die beiden, nach kurzem Marsch über die sonnenüberflutete Wiese, den Albtrauf. Allein der Ausblick, der sich den beiden hier erschloss, wäre schon den Weg wert gewesen. Mehrere hundert Meter, steil abfallend, senkte sich das Gelände hier ins Tal und eröffnete einen fantastischen Blick auf Laufen, einem weiteren Stadtteil von Albstadt.
Jetzt befanden sich Konrad und Lena auf einem ebenen Weg, der zu beiden Seiten steil abfiel. Allmählich stieg der Weg wieder an. Das Gelände links wurde flacher, und gewaltige Felsbrocken lagen am Wegesrand. In einen von ihnen war von den Chorgemeinschaften Schalksburggau und Zollernalbgau eine Gedenktafel gemeißelt. Sie gedachten damit der in den beiden Weltkriegen gefallenen Sänger.
Das letzte Stück des Weges stieg wieder sehr steil an und war mit hölzernen Stufen versehen, die mit Baumstämmen gesichert waren. Als endlich die Anhöhe erreicht war, wurde der Bergfried der Burg sichtbar. Dieser in den Jahren 1957 bis 1959 wieder aufgebaute Teil der ehemaligen Burg dient heute als Aussichtsturm. Die Schalksburg selbst, von der nun

nur noch Reste des Ringmauerwerks und ein Flankierungsturm sichtbar waren, war einst eine Festung gewesen und war – nachweisbar – um das Jahr 1100 entstanden. Vermutlich hatte sich hier aber schon früher eine Fluchtburg befunden.

Konrad atmete schwer. Das Mitschleppen des schweren Werkzeugs, die Hitze und wohl auch die Aufregung waren nicht spurlos an ihm vorüber gegangen. Auch Lena war ein wenig außer Atem. Der zurückliegende Weg und der Turm beeindruckten sie mächtig. Konrad führte sie zu einem Schaubild, auf dem unter anderem der Grundriss der ehemaligen Burg aufgezeichnet war. Anhand dieser Skizze machten sich die beiden ein Bild von dem Gebiet, welches es nun zu untersuchen galt.
„Das ist ja eine riesige Fläche“, stellte Lena fest. „Wo sollen wir da nur anfangen zu graben?“
„Das ist eine gute Frage, die ich im Moment noch nicht beantworten kann. Ich denke, wir müssen nach irgendetwas Markantem suchen. Am besten wir streifen jetzt erst einmal mit ‚offenen Sinnen’ durch das Gelände“.
„So offen wie dein Hosenschlitz?“
Konrad griff sich erschrocken an die betreffende Stelle, fand aber nichts offen stehend.
„War nur ein Witz“, lachte Lena. „Ich wollte die ganze Sache ein wenig aufheitern“.
„Das ist dir ja auch mehr oder eher weniger gelungen …“
„Ich fand es aber sehr lustig“.
„Hm …“ Konrad gab ein Zeichen mit der Hand, die Suche zu beginnen. Die beiden schwärmten in verschiedene Richtungen aus, die Sinne so offen wie möglich. Es erwies sich jedoch als äußerst schwierig, unter den vielen Bäumen und Büschen einen Hinweis auf das Versteck des Schatzes zu finden. Nach gut einer halben Stunde trafen sie sich – reichlich frustriert – wieder.
„Ich habe keinen blassen Schimmer, nach was ich eigentlich suchen soll“, sagte Lena enttäuscht.

„Nach einem Kreuz am besten“, gab Konrad zurück. „Findet man unter dem Kreuz …“
„Schon“, unterbrach Lena, „aber ich habe kein Kreuz gefunden“.
„Komm“, sagte Konrad, „wir gehen nochmals ganz nach hinten zu der Stelle, an der die Anhöhe steil ins Tal abfällt. Dort gibt es einige Hügel. Vielleicht sehen wir von oben mehr“.
Lena folgte Konrad, da sie selbst im Moment keine bessere Idee hatte. Sie kamen an einer Mulde vorbei, die tief in die Erde hinein ragte und in einem schwarzen Loch endete, welches noch weiter nach unten führte.
„Hier hat früher einmal ein Haus gestanden“, erklärte Konrad
„Und wozu das Loch?“
„Keine Ahnung. Vielleicht als Vorratskammer, vielleicht als Gefängnis …“

Lena erschauderte, während Konrad eine kleine Anhöhe hinauf stieg und sich um blickte. Sie folgte ihm, als sie plötzlich ein seltsames Zucken bei Konrad bemerkte. Er gab einen undefinierbaren Laut von sich und sprintete daraufhin – wie von der Tarantel gestochen – den Hügel hinunter, den er gerade erst mühsam bestiegen hatte. Lena blieb oben stehen und betrachtete von hier aus Konrads ungewöhnliche Gebärden.
Der war zu der Stelle geeilt, wo er das Werkzeug zurückgelassen hatte. Jetzt kehrte er mit Pickel und Spaten zurück und begann, mit diesem am Fuße des kleinen Hügels das hohe Gras und einen Busch nieder zu säbeln. Wie besessen arbeitet er eine Zeit lang, wobei Lena noch immer nicht einschätzen konnte, was Konrad eigentlich vor hatte.
Als er schließlich jedoch Inne hielt und wieder auf den Hügel zurückkehrte, sah Lena, was ihren Begleiter getrieben hatte. Verblüfft fuhr sie sich mit beiden Händen über Auge und Stirn, so als wolle sie sich einen klareren Blick verschaffen. Von hier oben war es jetzt eindeutig zu erkennen: Aus Steinen war ein gut zwei Meter breites und zwei Meter langes Hakenkreuz geformt.

„Natürlich, es war die Zeit des Dritten Reiches!“, rief Konrad ganz außer sich, „Mit dem Kreuz war nicht ein christliches Symbol, sondern das Hakenkreuz gemeint!“
Lena fand keine Worte, sondern schüttelte nur fassungslos ihren Kopf. Zuletzt sagte sie dann aber doch: „Unglaublich – du hast es gefunden!“
„Wir haben es gefunden!“
Beide strahlten. Lena drückte Konrad einen dicken Kuss auf die Wange. Als dieser mit einer eben solchen Geste antworten wollte, rief sie rasch: „Los jetzt, ich bin so gespannt. Lass uns graben!“ Kurz darauf stand sie unten und begann, die Steine in der Mitte des Kreuzes wegzuräumen. Allerdings hatte sie nicht mit deren Widerstand gerechnet. Die Steine bewegten sich keinen Zentimeter.
„Warte …!“ Sofort war Konrad bei ihr und setzte den Pickel an. Das Werkzeug als Hebel benutzend, gelang es ihm schließlich, einen Stein nach dem anderen wegzuräumen.
„Gut“, sagte er nach einiger Zeit, während er den Schweiß von seiner Stirn wischte. „Jetzt hier graben – okay?“
„Okay!“ Lena nickte heftig.
Konrad ließ den Pickel in den an dieser Stelle erstaunlich weichen Waldboden sausen. Nachdem die Erde gelockert war, begann er, sie mit dem Spaten beiseite zu schaffen. Ein Geräusch, wie wenn Metall auf Metall traf, ließ in inne halten. Er ging in die Knie, um die Stelle, in die er gerade mit dem Spaten gestochen hatte, genauer zu untersuchen. Mit bloßen Händen wühlte er die Erde beiseite und fand schließlich das, wonach er gesucht hatte. Er zog ein rund 20 Zentimeter langes und fünf Zentimeter breites Metallstück aus dem lehmigen Grund. Mit den Daumen beider Hände säuberte er das Fundstück, so gut es ging. Nach kurzer Zeit war zu erkennen, dass es sich bei dem Ding um einen – kaum verrosteten – Beschlag einer Truhe handelte. Etwa in der Mitte war ein Hakenkreuz eingraviert.
„Wir sind auf der richtigen Spur!“, rief Konrad begeistert, als er Lena das Behältnis weiterreichte.

„Sieht ganz so aus“, gab sie zurück. „Das hier scheint von einer Truhe aus dem Zweiten Weltkrieg zu stammen“.
„Dann nichts wie weiter“, jubelte Konrad und nahm jetzt wieder den Pickel zur Hand. Dieses Mal jedoch waren seine Schläge weit vorsichtiger und längst nicht mehr so hart wie vorhin. Der Schweiß tropfte von seiner Stirn und er schimpfte über sich selbst – dass er wieder vergessen hatte, etwas zu trinken einzupacken. Mitten in der Bewegung hielt er inne. Abermals hatte er ein metallenes Geräusch vernommen. Dieses Mal aber war er beim Graben nicht auf irgendeinen Gegenstand gestoßen. Das Geräusch kam von weiter hinten. Es war haargenau jenes Geräusch, welches verursacht wurde, wenn man eine Pistole entsicherte.
Sehr langsam hob Konrad den Kopf und blickte in die entsprechende Richtung. Was er sah, riss ihm förmlich den Pickel aus der Hand: Vor ihnen stand der General, seine Walther P90 auf sie gerichtet. Lena, die bis gerade noch immer den Metallbeschlag untersucht hatte, starrte nun – seinem Blick folgend – ebenfalls auf den General. Dieser triumphierte geradezu: „Man sieht sich im Leben immer zweimal. Nur schade, dass es für euch beide das letzte Mal sein wird“.
Lena erschrak so, dass ihr das Metall aus den Händen glitt.
„Keine Angst“, grunzte der General, „ich werde euch erst erschießen, wenn ihr mir das Gold ausgegraben habt. Also: Weitermachen!“ Seine letzten beiden Worte wurden scharf und laut gesprochen. Dabei fuchtelte er derart mit der Waffe, dass Konrad fürchtete, es könnte sich unbeabsichtigt ein Schuss lösen. Er beschloss deshalb, sofort mit dem Graben fortzufahren. Kräftig ausholend schaufelte er die Erde aus dem immer tiefer werdenden Loch. Unterdessen suchte er krampfhaft nach einer Lösung seines aktuellen Problems. Solange er den Schatz nicht fand, hatte er offensichtlich Zeit zum Überlegen und Handeln. Es gab da nur ein einziges Problem: Er hatte nicht die geringste Idee, wie er sich und Lena aus dieser gefährlichen Lage befreien konnte.
„Ihr dachtet wohl, ihr hättet mich reingelegt, gestern im

Steinbruch“, tönte der General. Inzwischen hatte er es sich auf einem entwurzelten Baumstamm bequem gemacht. Die Waffe jedoch war immer noch auf seine beiden Gegner gerichtet. „Es war ein netter Versuch, dass gebe ich zu“, fuhr er fort. „Ihr hättet nur nicht den Fehler machen dürfen, mich zu unterschätzen. Oder gar mich mit den Idioten gleich zu setzen, die für mich arbeiten. Das sind alles nur Statisten in einem großen Spiel, bei dem ich die Regeln bestimme“.

Konrad wischte sich den Schweiß von der Stirn, der mittlerweile nicht mehr nur von der großen Hitze herrührte, sondern auch von seiner Angst, die sich immer mehr ausbreitete. Doch der General duldete keine Pause: „Weitergraben!“, donnerte er barsch.
„Ich brauche eine kurze Pause“, gab Konrad zurück, weil er sie tatsächlich brauchte, aber auch, um Zeit zu gewinnen. Es war kaum 24 Stunden her, dass er an einem anderen Ende von Albstadt ebenfalls ein Loch gegraben hatte und dabei ebenfalls mit einer Pistole bedroht worden war. Dort allerdings hatte noch eine reelle Chance bestanden, gerettet zu werden. Im Moment sah er eine solche Möglichkeit jedoch nicht.
„Meinetwegen“, gab der General zurück, „dann soll die Reporterin weiter graben. Frau Hansen, darf ich bitten!“ Dabei wedelte der General wieder gefährlich mit der Pistole. „Schade, dass sie keinen Artikel mehr über die Sache schreiben können; er wäre bestimmt ein Renner geworden“.
Lena ergriff wortlos den Spaten, während sich Konrad an den Rand des jetzt schon beträchtlich tiefen Lochs auf den Boden setzte. Der General war gut zehn Meter von ihm entfernt, sodass Konrad den Plan sofort wieder verwarf, sich auf den Gegner zu stürzen, um ihn zu entwaffnen. Er hatte keine wirkliche Chance. Schon nach drei Meter würde ihn der General erschossen haben. Verzweifelt, aber so unauffällig wie nur möglich, blickte er sich im Wald um und suchte dabei nach einer anderen Möglichkeit, sich aus der Gewalt des Peinigers zu befreien. Nach wenigen Minuten wurde der

Atem Lenas deutlich schneller und lauter. Konrad bot an, nun wieder weiter zu graben. Der General, immer noch auf seinem Baumstamm, winkte als Zeichen seines Einverständnisses mit der Pistole.
Das Loch war bereits einen Meter tief, als Konrads Pickel plötzlich wieder auf etwas Hartes traf. Das helle Geräusch, welches sich durch diesen Schlag ergab, ließ auch den General aufhorchen. Neugierig erhob er sich von seinem Sitz und trat an den Rand des Lochs. Voller Ungeduld wedelte er erneut mit seiner Waffe: „Vorsichtig weiter graben!"
In diesem Moment tauchten – auch für Konrad und Lena völlig überraschend – wie aus dem Nichts fünf uniformierte bewaffnete Polizisten auf und umzingelten den General.
„Waffe runter!", gab einer von ihnen laut das Kommando. Der General zögerte. Sein Gesicht war, unter dem dunklen Vollbart, kreidebleich geworden. Nochmals erhob der Polizist seine Stimme: „Waffe runter und auf den Boden legen! Ein Scharfschütze hat sie im Visier!"

Jetzt erkannte der General die Ausweglosigkeit seiner Situation. Er legte seine Pistole behutsam auf den Waldboden. Danach streckte er beide Hände gerade in die Höhe. Sofort wurde die Waffe von einem Polizisten gesichert, während zwei andere Polizisten dem Gefangenen Handschellen anlegten. Nun tauchte ein Mann in Zivil auf, den Konrad sofort erkannte: Kommissar Langner. Mit einigen präzisen Anweisungen kontrollierte er die Lage. Erst danach trat er auf Konrad und Lena zu.
„Jojo!", empfing ihn Konrad. „Es hat mich selten so gefreut dich zu sehen!"
Dem Kommissar war anzusehen, dass auch er erleichtert war, seinen Schulkameraden und dessen Begleiterin unversehrt anzutreffen: „Meinst Du, wir legen unsere Hände in den Schoß, wenn der Rädelsführer noch frei herumläuft? Wir haben natürlich nicht aufgehört, Frau Hansen zu observieren. Dabei ist uns auch dieser General hier über den Weg gelaufen. Seit gestern nämlich beobachtete auch er die Ferienwoh-

nungen deiner Eltern. Als du heute Morgen vor fuhrst, um sie abzuholen, ist euch der Kerl gefolgt. Wir natürlich hinterher. Selbstverständlich hätten wir ihn sofort festnehmen können. Allerdings wollte ich mir die Gelegenheit, ihn auf frischer Tat zu ertappen, nicht entgehen lassen".
„Warum habt ihr solange gewartet, bis ihr eingegriffen habt?"
„Nun … das hat eigentlich einen sehr banalen Grund. Unser Scharfschütze hatte sich auf dem Hügel da drüben postiert".

Er deutete mit der Hand nach hinten. „Zu dumm nur, dass sich der General später auf diesen Baumstamm setzte. So war er nämlich für den Scharfschützen nicht zu sehen, weil er von einem dichten Gebüsch verdeckt war. Ich brauchte aber bei einem Angriff unbedingt eine zusätzliche Absicherung durch einen Scharfschützen. Also mussten wir solange warten, bis der General den Baumstamm wieder verließ".
„Na ja, es hat ja auf jeden Fall geklappt!"
„Warum ist der Verbrecher dann eigentlich aufgestanden?"
„Ich bin da auf irgendetwas gestoßen – etwas Hartem. Der General vermutete wohl, dass ich den Schatz entdeckt habe".
„Und – hast Du?"
„Das werden wir gleich sehen". Mit einem Satz war Konrad wieder in der Grube. Vorsichtig schaufelte er mit dem Spaten die Erde beiseite; erst an einer Stelle, schließlich im ganzen Loch. Von Oben betrachteten Lena und der Kommissar gespannt das Geschehen. Jetzt legte Konrad den Spaten weg und entfernte mit den Händen die Erde.
„Da ist ein Stein, ein riesiger Felsbrocken".
Die Enttäuschung Konrads war grenzenlos. Lena wollte sich selbst überzeugen und kletterte zu Konrad in das Loch. Auf allen Vieren untersuchte sie den Grund.
„Tatsache", schnaufte sie nach ausgiebiger Betrachtung der Fundstelle. „Hier ist mit Sicherheit kein Schatz versteckt. Der Fels ist zu mächtig; es geht hier nicht mehr weiter".
„Aber … wir haben doch den Beschlag gefunden ..."
„Das stimmt natürlich. Hm …"

Konrad dachte nach: „Das kann doch nur bedeuten, dass sich hier zwar irgendwann einmal etwas befunden hat, inzwischen aber weggeschafft worden ist“.
„Das ist durchaus möglich“, meldete sich jetzt der Kommissar zu Wort, wobei eine gewisse Ungeduld in seiner Stimme zu bemerken war, „ich muss jetzt allerdings meine Arbeit zu Ende bringen. Dazu ist es notwendig, dass ihr beiden mit aufs Revier kommt. Ich brauche eure Aussagen“.
„Muss das sein?“, empörte sich Konrad.
„Ja, das muss sein. Und vorher sollte noch das Loch zugeschüttet werden“
„Jojo …!“

„Keine Widerrede!“ – Langner wandte sich an seine umstehenden Kollegen, um ihnen den Befehl zu erteilen, den General abzuführen. Mitten in der Bewegung jedoch hielt er inne und starrte gebannt in Richtung der Polizisten. Aus deren Reihen nämlich hatte sich der Assistent des Kommissars, Stahl, gelöst. Seine Dienstwaffe, die bisher auf den Gefangenen gerichtet war, hielt er jetzt dem Kommissar entgegen. Konrad, der sich mit Lena immer noch in der Grube befand, seufzte tief. Er hatte angenommen, die Gefahr sei überstanden – und jetzt dies.
„Der Maulwurf“, stöhnte er.
„Schnauze …“, schrie Stahl, wobei ein Zittern in seiner Stimme unverkennbar war.
„Stahl“, meldete sich jetzt der Kommissar zu Wort, „machen sie keine Dummheiten! Sie werden doch nicht mit diesem Verbrecher gemeinsame Sache machen!“
„Und ob ich das mache. Hier werden höhere Ziele verfolgt, als sie ahnen“. Mit der Waffe fuchtelnd fügte er hinzu: „Öffnen sie sofort seine Handschellen!“
Langner blickte sich um, bevor er antwortete: „Stahl, hören sie! Seien sie vernünftig! Sie haben doch keine Chance!“ Während er diese Worte aussprach, bewegte sich der Kommissar langsam auf seinen Assistenten zu.

„Bleiben sie stehen …!“, rief dieser, wobei sich seine Stimme beinahe überschlug. Der Kommissar hörte nicht.
„Geben sie mir die Waffe!“, sagte er ganz ruhig und streckte dabei seinen Arm aus.
„Halt!“, tönte Stahl, „Halt oder ich schieße!“
„Machen sie sich nicht unglücklich!“ Inzwischen hatte der Kommissar den am ganzen Körper zitternden Stahl erreicht.
„Ich schieße …“
Langner schüttelte nur seinen Kopf und griff nach der Waffe seines Kontrahenten. Diesen verließ mit einem Mal der ganze Mut. Er übergab die Pistole und sank anschließend heulend auf seine Knie. Schnell erteilte der Kommissar Befehl, Stahl mit Handschellen sicher zu stellen. Als diese angelegt waren, befahl er weiter, Stahl und den General abzuführen.

Inzwischen waren Konrad und Lena aus der Grube gekrochen: „Ich bin beeindruckt, Jojo. Das war eine reife Leistung!“ Der so Gelobte lächelte still. Dann jedoch näherte er sich den beiden und flüsterte: „Solche Aktionen festigen meine Autorität innerhalb der Truppe. Aber, wenn es unter uns bleibt: Die Waffe von Stahl war nicht geladen“.
„Oh, …“, entfuhr es Lena.
„Ja“, flüsterte Langner weiter, „ich habe mir die ganze Zeit den Kopf zerbrochen, wer wohl der Verräter ist. Bei all meinen Überlegungen kam ich immer zum selben Ergebnis: Stahl! Es musste Stahl sein. Nur er verfügte über die Informationen, die dem General weiter gegeben wurden. Also habe ich ihn heute Morgen – vor diesem Einsatz – unter einem Vorwand aus dem Zimmer geschickt und unterdessen die Patronen aus seiner Dienstwaffe entfernt. Wie es sich gezeigt hat, war dies die richtige Entscheidung“.
„Genial – wirklich“, lobte Konrad seinen einstigen Schulkameraden. „Das hätte ich nicht besser machen können“.
„Na, wenn du das sagst… Aber jetzt: Zuschütten!“
Die letzten Worte hatte der Kommissar wieder mit lauter Stimme gesprochen. Konrad verdrehte die Augen, tat aber

wie ihm geheißen wurde. Das Loch füllte sich schneller als erwartet.

Schon nach wenigen Minuten war es fast vollständig zugeschüttet. Lena hatte den Beschlag mit dem Hakenkreuz an sich genommen und beobachtete jetzt Konrad, der gerade damit beschäftigt war, herumliegende Äste über die wieder zugeschüttete Stelle zu legen. Wenn man nun nicht besonders darauf achtete, fiel nun nichts mehr daran besonders auf.
„Wir sehen uns gleich im Revier“, rief der Kommissar den beiden zu, bevor er sich mit den restlichen Polizisten auf den Rückweg nach Burgfelden machte. Langner war bald außer Sichtweite, und urplötzlich traten an diesem Ort wieder Stille und Ruhe ein.
„War das jetzt das Ende für den Schatz? Sind das Gold und die Dokumente für immer verschwunden?“ Lena hatte sich an Konrad angelehnt.
„Schwer zu sagen. Ich gebe mich noch nicht geschlagen. Es gibt immer noch diesen Hobbyhistoriker, diesen Alfons. Wer weiß, vielleicht haben wir noch eine Chance …“

21

Die Prozedur auf dem Polizeirevier nahm dieses Mal nicht so viel Zeit in Anspruch wie beim letzten Mal. So traf Konrad mit Lena genau um 15 Uhr bei seinen Eltern ein; exakt zu der Zeit, in der die beiden älteren Leute für gewöhnlich eine Kaffeepause einlegten. So auch an diesem Freitagnachmittag. Der Tisch auf dem Balkon war bereits gedeckt und aus der Küche duftete es nach frisch aufgebrühtem Kaffee.
„Ganz Fremde!“, waren die Begrüßungsworte von Konrads Vater. „Seid ihr wieder in Eile?“
„Diesmal nicht“, entgegnete der Sohn. „Diesmal sind wir nur ratlos“.
„Wenn man erkennt, dass man nichts weiß, ist dies schon einmal ein Schritt in die richtige Richtung“.
„Tja … die Sache ist die … momentan suchen wir Alfons“.
„Alfons! Du meinst denjenigen, der als einziger auf der ganzen Welt Alfons heißt?“
„Etwas mehr Information habe ich schon noch. Am besten, ich erzähle euch die ganze Geschichte von Anfang an“.
Konrad blickte dabei auf Lena, die ihm zustimmend zunickte.
„Dann …“ Konrads Mutter tauchte mit zwei Kaffeetassen samt Untersetzern und Kuchentellern auf: „Setzt euch zu uns. Wir wollten gerade Kaffee trinken. Es gibt einen Käsekuchen dazu“.
„Ich liebe Käsekuchen“, rief Konrad begeistert. An Lena gewandt fuhr er fort: „Den musst du unbedingt probieren!“
Lena schmeckte der Kuchen so gut, dass sie gleich noch um ein zweites Stück bat. Währenddessen erzählte Konrad die Geschichte um das verschwundene Nazigold. Er wurde dabei von seinen Eltern nicht unterbrochen. Nur ab und zu warf sein Vater ein nachdenkliches „Hm…“ ein, während seine Mutter immer wieder die Hand vor den Mund hielt und erschrocken aufstöhnte. Lena fügte mehrmals Kommentare

und Erklärungen ein, sodass die Landbergs schließlich umfassend informiert waren.
„Ich wusste gar nicht, dass der Bleigehalt in der Albstädter Luft so hoch ist“, sagte Konrads Vater.
„Und vor allem, dass unser Sohn und unser Feriengast in eine solche Geschichte verwickelt sind …“, fügte die Mutter hinzu, ungläubig den Kopf hin und her bewegend. „Will noch jemand ein Stück Kuchen – Frau Hansen?“
„Nein danke“, erwiderte die Gefragte. „Er war wirklich ausgezeichnet, aber jetzt habe ich genug gegessen“.
„Ach, sie können es doch vertragen“, gab Frau Landberg zurück. „Mir kannst du noch mal ein Stück abschneiden“, warf Herr Landberg ein, „bevor er ganz weg ist“. Auch Konrad griff nochmals zu. Am Ende waren von dem großen Kuchen nur noch drei Stücke übrig.
„Also …“, Konrads Vater nahm einen großen Schluck Kaffee. „Ihr sucht also Alfons Weitling aus Ebingen“.
„Alfons … was?“ Konrad sah seinen Vater ungläubig an. „Du kennst diesen Alfons?“
„Natürlich kenne ich Alfons. Jeder kennt Alfons und weiß, dass er Hobbyhistoriker ist“.
„Ich zum Beispiel kenne ihn nicht“.
„Klar – ich meine ja eigentlich auch: Jeder in meinem Alter kennt Alfons, wenn er aus Ebingen ist und …“
„Und Alfons kennt“, unterbrach der Sohn. „Nun sag schon: Wo wohnt er? Denkst Du, er kann uns weiterhelfen?“
„Wenn euch einer weiterhelfen kann – in eurem Fall – dann ist es Alfons Weitling. Keine Frage“. Konrad ließ sich beschreiben, wo dieser Alfons wohnte und machte sich gemeinsam mit Lena sofort auf, diesen Mann zu besuchen. Die beiden hatten sich so sehr in die Geschichte hinein gesteigert, dass es kein Halten und keinen Aufschub mehr gab. Sie wollten, ja sie mussten jede Informationsquelle nutzen, die sich ihnen bot.
„Aber vorsichtig sein“, verabschiedete sich Konrads Mutter. „Nicht dass ihr wieder in eine Schießerei geratet“. Konrad

wollte sofort antworten, besann sich dann aber, es bleiben zu lassen. Er wollte sich jetzt auf keine Diskussionen einlassen, sondern nur eines: mit Alfons Weitling sprechen.

Martin Landberg hatte das Haus so exakt beschrieben, dass Konrad es auf Anhieb fand. Rund um das etwa 60 Jahre alte Gebäude befand sich ein eher langweiliger Garten, der gänzlich aus Rasen bestand und nur mit einem einzigen Gartenzwerg dekoriert war. Dieser schien noch älter als das Haus zu sein; dem strammen Zwerg fehlten jegliche Farbe und der rechte Arm. Von drinnen tönte das laute Surren eines Staubsaugers, so dass Konrad schon befürchtete, sein Klingeln fände kein Gehör. Das Betätigen des Klingelknopfes belehrte ihn jedoch sogleich eines Besseren: Das Läuten übertönte den Staubsauger um ein Vielfaches. Lena machte, der übermäßig lauten Klingel wegen, sogar einen Schritt zurück. Im Haus wurde der Staubsauger abgestellt. Schlurfende Schritte näherten sich der Haustür. Eine Frau – noch älter als der Zwerg – öffnete einen Spalt breit und schielte nach draußen. Als sie sich vergewissert hatte, dass ihr kein Unheil drohte, öffnete sie die Tür ganz. Ohne ein Wort zu sagen, blickte sie Konrad und Lena an. Sie trug ein Kopftuch, welches sie im Nacken zusammengebunden hatte, dazu einen dunkelblauen Arbeitsmantel und kniehohe Strümpfe.
„Guten Tag!“, begann Konrad, „Mein Name ist Landberg. Kann ich bitte Herrn Alfons Weitling sprechen?“
„Der Sohn von Martin?“, gab die Alte zurück, ohne auf die ihr gestellte Frage einzugehen.
„Ja, genau der bin ich“.
„Ist das ihre Schwester?“, fragte die Frau weiter.
„Nein, nein. Das ist Lena Hansen … eine Freundin“.
„Eine Freundin. Haben sie mehrere?“
„Nun …“
„Ach, egal. Ihr wollt also mit meinem Mann sprechen?“
„Ja, bitte“.
„In Ordnung“ Sie holte tief Atem und rief gleich darauf –

lauter als die Türklingel: „W e i t l i n g“. Nach einer kurzen Pause wiederholte sie den Schrei. Jetzt war aus dem Haus eine Stimme zu hören: „Ich komme …“

Die Frau nickte zufrieden und erklärte: „Ich nenne ihn nur beim Nachnamen. Sie müssen wissen: Ich kann seinen Vornamen nicht ausstehen. Alfons … iieeh!“ Sie schüttelte sich, als wollte sie ein lästiges Insekt abwehren.

„Was schreist du denn so?“ Alfons Weitling tauchte auf. Ein kleiner, hagerer Mann mit Glatze schob sich neben seiner Frau nach vorn. Er trug eine Latzhose, in deren Seitentasche ein gelber Meterstab steckte. Hinter dem rechten Ohr klemmte ein Bleistift. Er wischte seine Hände an der Hose ab und gab zuerst Lena, dann Konrad die Hand: „Alfons Weitling. Kann ich ihnen helfen?“

Seinen Vornamen hatte er besonders betont und dabei aus den Augenwinkeln heraus seine Frau beobachtet.

„Das ist der Sohn von Martin Landberg und eine seiner Freundinnen“, erklärte Frau Weitling. „Sie haben nach dir verlangt. Ich werde dann mal weiter an meine Arbeit gehen“.

Sie machte auf dem Absatz kehrt. Wenige Augenblicke später war wieder der Staubsauger zu hören.

„Wie geht es deinem Vater?“, fragte Alfons in einem sehr vertrauten Ton.

„Danke, gut. Ich soll viele Grüße von ihm ausrichten!“

„Vielen Dank, grüße zurück. Was aber führt euch her?“

„Nun, dass ist eine etwas längere Geschichte“.

„Na prima. Tretet ein – ins Wohnzimmer. Im Sitzen lässt es sich besser reden“.

Nachdem er ihnen einen Platz angeboten hatte, verschwand Weitling, um nach kurzer Zeit mit einer Flasche und drei Gläsern zurück zu kehren.

„Zum Reden gehört ein richtiger Schluck“, sagte Alfons und stellte die Flasche auf den Tisch. „Das ist Brombeerwein, vom Feinsten“.

Lena war eher zögerlich: „Ich weiß nicht so recht, ob Alkohol jetzt das Richtige für mich ist“.

„Das ist Brombeerwein, kein Alkohol. Den trinke ich schon zum Frühstück“.
Ohne weitere Einwände gelten zu lassen, goss Weitling die drei Gläser voll.
„Wie sie meinen…“, gab Lena zurück.
„Wie bitte?“ Weitling reckte den Kopf nach vorn und neigte ihn zur Seite. „Dieser Staubsaugerlärm …! Man versteht kein Wort. Einen Moment bitte!“ Er trat auf den Flur hinaus und bückte sich zu der Steckdose hinunter, in die der Staubsauger eingesteckt war. Seine Frau arbeitete gerade in der Küche. Alfons lockerte den Stecker so weit, dass kein Strom mehr fließen konnte, der Stecker aber trotzdem in der Steckdose blieb. Schnell bewegte er sich wieder zurück ins Wohnzimmer. Einen Augenblick später ließ sich seine Frau sehen: „Ich glaube, der Staubsauger ist kaputt!“
„Kein Problem, ich kümmere mich sofort darum, wenn meine Gäste gegangen sind“, erwiderte Alfons salbungsvoll.
„Hm …“ Frau Weitling schien mit dieser Antwort nicht wirklich einverstanden. Schließlich jedoch gab sie nach – was sollten die Landbergs auch denken?
„So ein Ärger. Ich habe doch gerade erst angefangen“, murmelte sie und verließ den Raum.
„Eben …“, raunte Alfons hinterher; jedoch so, dass sie es nicht hören konnte.
„Ich muss ab und zu solche Tricks anwenden“, sprach Weitling in normalem Tonfall weiter, als seine Frau aus der Hörweite verschwunden war. „Zum Beispiel meine Arbeitshose: alles nur Tarnung. So denkt meine Frau, ich hätte zu tun und lässt mich in Ruhe“. Er schmunzelte. „Aber denkt nicht, dass ich eine schlechte Ehe führe – im Gegenteil … Nun aber: Erzählt eure Geschichte und sagt mir dann, wie ich euch helfen kann. Zuerst jedoch: zum Wohl!“
Er hob sein Glas und stieß mit seinen Gästen an. Danach leerte er den Wein in einem Zug. Konrad nippte nur an dem seinen und begann unterdessen zu berichten, während Lena das Glas so unauffällig als möglich wieder auf den Tisch

stellte, ohne etwas getrunken zu haben.
Konrad erwähnte bei seinem Bericht nichts vom General und seiner Bande, sondern beschränkte sich ausschließlich auf das verschwundene Gold und die Dokumente.
Als er geendet hatte, zog Lena den Beschlag aus ihrer Tasche, den sie beim Graben in Burgfelden gefunden hatten. Alfons warf nur einen nachlässigen Blick darauf, erhob sich und verschwand aus dem Wohnzimmer, ohne einen Laut von sich zu geben.
„Hat das jetzt zu bedeuten, er kann uns helfen oder bedeutet es, dass er keine Ahnung hat?", fragte Lena mit gedämpfter Stimme.
„Ich weiß nicht", gab Konrad zurück. „Vielleicht repariert er ja auch den Staubsauger".
Lena musste sich die Hand vor den Mund halten, um nicht laut zu lachen.
Es verging geraume Zeit, ehe sich Alfons wieder blicken ließ. Mit einem dicken, schwarzen Ordner in den Händen tauchte er auf: „Ich kann euch dazu schon einige Informationen geben", sage er. „Ich muss nur noch einige Dinge nachschlagen. Einen Moment noch …" Er blätterte im Ordner, hielt inne, um zu lesen und blätterte anschließend weiter. So ging es eine ganze Weile, bis er schließlich ausrief: „Jetzt habe ich es!" Er las sehr aufmerksam und führte dabei den Zeigefinger seiner rechten Hand über das Papier.
Konrads und Lenas Anspannung wuchs mit jeder Sekunde. Sollte das Geheimnis jetzt endlich gelüftet werden?
Einen Augenblick später, der den beiden schier endlos vorkam, erhob Weitling seine Stimme: „Die Geschehnisse haben sich exakt so zugetragen, wie ihr berichtet habt. Hitler transferierte seine letzten Goldreserven nach Tailfingen, beziehungsweise Haigerloch, um doch noch den Durchbruch beim Bau der Atombombe zu schaffen. Auch – so ist es überliefert – soll er dazu noch detaillierte Pläne übermittelt haben, wie diese Bombe einzusetzen sei. Jedoch – zum Glück – war es zu spät. Die Amerikaner standen unmittelbar

vor Haigerloch. Ernst Maurer ließ daraufhin Gold und Dokumente verschwinden. Allerdings: Dass es eine Beschreibung – euren Brief – von diesem Versteck gab, war bisher unbekannt. Doch jetzt kommt das Interessante ...!“
Alfons legte seinen Finger wieder an die aufgeschlagene Seite seines Ordners und las:
„Das Gold und die, wie sich herausstellte, äußerst pikanten Dokumente wurden von den Amerikanern drei Tage später in der Nähe des kleinen Dörfchens Burgfelden geborgen und in Sicherheit gebracht. Der weitere Verbleib dieser Dinge ist bis heute ungeklärt. Ein Auftauchen der Dokumente würde in heutiger Zeit als absolute Sensation gelten und in Fachkreisen heftige Diskussionen auslösen“.
Alfons sah auf.
Seine Zuhörer waren sichtlich damit beschäftigt, das gerade Gehörte zu verdauen. In wenigen Sätzen wurde ihnen gerade klar gemacht, dass die ganze Anstrengung letztendlich vergebens gewesen war. Sie hatten die ganze Zeit nach etwas gesucht, das bereits seit über 60 Jahren gar nicht mehr vorhanden war. Alfons bemerkte die Enttäuschung in den Gesichtern seiner Gäste sehr wohl und versuchte, sie zu trösten: „Lasst den Kopf nicht hängen. Ihr habt doch gehört, dass der Schatz bis heute verschollen ist. Eine Gelegenheit, um sich nochmals voll ins Zeug zu legen, um ihn zu finden. Wenn ich nicht so alt wäre …“
„Nein danke“, entgegnete Lena.
Konrad ergänzte: „Für den Augenblick haben wir genug von der Schatzsuche. Wenigstens wissen wir jetzt, dass wir auf der richtigen Spur waren“.
„Absolut“, stimmte Alfons zu.
Konrad zuckte mit den Schultern und griff nach dem Wein: „Zum Wohl …“
Mit einem Schluck leerte er das Glas. Sofort schenkte sich Alfons nach, damit sein Gast nicht alleine trinken musste. Nach ausgiebigem Dank verabschiedeten sich die beiden von Alfons Weitling. Vor dem Haus trafen sie auf dessen Frau,

die vor der Tür den nicht vorhandenen Schmutz weg kehrte. „Hat ihnen Weitling helfen können?“, fragte sie, ihre Arbeit jedoch nicht unterbrechend.
„Auf jeden Fall“, gab Lena zurück.
„Na immerhin“. Jetzt hörte sie auf zu kehren. „Dann kann er ja wieder den Stecker einstecken und sich in seiner Latzhose hinters Haus legen“.
Die beiden sahen Frau Weitling erstaunt an. Diese verzog ihr Gesicht zu einem breiten Grinsen und kniff ihr rechtes Auge zusammen, während sie ihren Zeigefinger darunter legte.

„Willst du es dir nicht noch einmal überlegen?“ Konrad startete den letzten Versuch, Lena vom Mitfahren beim Bikemarathon abzubringen. „Die vergangenen Tage waren sehr anstrengend. Du hattest kaum Zeit zum trainieren“
„Für die paar Kilometer reicht es locker“, gab diese in etwas ironischem Ton zurück.
„Wie du meinst ... Es sind ja nur 86 Kilometer und 1600 Höhenmeter – und das bei dieser Gluthitze“.
„Konrad, na komm schon! Bis jetzt war ich doch sehr erfolgreich in Albstadt. Wir haben zwar den Schatz selbst nicht gefunden, dafür aber das Geheimnis drum herum gelüftet; ferner eine Mörderbande überführt und, was nicht ganz unwichtig ist: Ich habe eine super Story, die am Montag erscheinen wird. Zu guter Letzt habe ich hier auch noch einige viel versprechende Bekanntschaften gemacht“. Sie blinzelte Konrad an. „Warum also soll ich diese Woche nicht mit einem solchen Ereignis wie dem Albstädter Bikemarathon krönen?“
„Ich gebe mich geschlagen“. Konrad reckte die Arme in die Höhe. „Gegen solche Argumente bin ich machtlos. Ich werde dich jetzt also zu der Startnummernvergabe begleiten und heute Nachmittag an der Strecke stehen, um dich zu unterstützen“.
„Sehr gut! Dafür bekommst du jetzt einen Kuss“.
Als Konrad endlich wieder Luft bekam, sagte er: „Übrigens –

vorhin hat mich Kommissar Langner angerufen“.
„Ach ja – und?“
„Er hat mir mitgeteilt, dass alle Festgenommenen – auch der General – geständig waren. Auch, was den Mord an dem Enkel von Ernst Maurer in Kiel betrifft“.
„Das ist ja interessant und muss unbedingt noch in meine Geschichte rein“.
„Bestimmt. Aber zuerst musst du jetzt in mein Auto rein – wir müssen los“.

Am Start in der Ebinger Innenstadt herrschte ein unbeschreibliches Gewimmel von bunten, hoch motivierten Rennfahrern. Alle sehnten den Startschuss herbei. Lena hatte aufgrund ihrer bevorzugten Anmeldung als Reporterin einen Platz im vorderen Fünftel des Feldes ergattert. Konrad stand – allerdings hinter der Absperrung – direkt neben ihr. Seinem Gesicht war anzusehen, dass er noch immer nicht mit Lenas Start einverstanden war. Auf der anderen Seite hatte er in der vergangenen Woche ihre Zielstrebigkeit und Ausdauer kennen gelernt.
Sie nickte ihm lausbübisch zu: „In drei Stunden sehen wir uns wieder hier!“
„Lena, die Besten schaffen es in drei Stunden. Außerdem werde ich an der Straße stehen und dir Getränke reichen“
„Ich weiß. Das war ja auch nur ein Spaß. Also – bis dann!“
Sie zurrte ihren Helm fest und rückte die Brille zurecht. Gleich darauf erfolgte der Startschuss.
Konrad wartete, bis Lena angefahren war und beeilte sich dann, seinen Wagen zu erreichen. In etwa einer halben Stunde wollte er in der Nähe des kleinen Flugplatzes auf dem Degerfeld sein, an dem die Fahrer vorüber kamen.
Dank seiner Ortskenntnis schaffte er es in der Hälfte der Zeit. Kaum hatte er sich an der Strecke postiert, waren auch bereits die ersten Radfahrer zu sehen. In unglaublichen 20 Minuten hatten die Besten diese Strecke zurückgelegt. Konrad war natürlich nicht allein: Hunderte Zuschauer

säumten auch hier die Strecke. Mit lautem Klatschen, Rufen und Rätschen wurden alle Fahrer angefeuert.
Er hielt nach Lena Ausschau und war verblüfft, sie alsbald zu sehen. Dass sie sich bis jetzt so gut gehalten hatte, hätte Konrad nicht vermutet. Er hielt die gefüllte Trinkflasche bereit, die er mit Lenas inzwischen geleerter Flasche austauschen wollte – so hatten es die beiden besprochen. Die Übergabe glückte. Als er danach Lenas Flasche betrachtete, stellte er fest, dass sie kaum mehr als drei Schluck daraus genommen hatte. Ohne einen weiteren Fahrer abzuwarten, die sich wie Perlen auf einer riesigen Kette hintereinander über die Albhochfläche bewegten, eilte er zurück zum Auto, um sein nächstes Ziel anzufahren.
Es war verabredet, sich unterhalb der Onstmettinger Skisprungschanze zu treffen. Hier war ein wahres Volksfest im Gange. Eis, Würste und Getränke wurden verkauft. Über eine extra installierte Lautsprecheranlage informierte der Kommentator die Zuschauer über den aktuellen Stand des Rennens. Auf beiden Seiten stand das Publikum entlang eines fast zehn Meter breiten Weges, der über eine Wiese steil nach oben führte. Teilweise beobachteten die Zuschauer in Dreier- oder gar Viererreihen das Geschehen.
Noch waren die ersten nicht durchgekommen. Konrad eilte den Anstieg hinauf, um oben, wo die Steigung in einen ebenen Waldweg mündete, Posten zu beziehen.
Nach wenigen Minuten wurden die Zuschauer lauter und die Stimme des Sprechers überschlug sich förmlich. Ein sicheres Zeichen dafür, dass die ersten Fahrer zu sehen waren. Tatsächlich, mit einem höllischen Tempo näherten sich die Spitzenakteure. In einer nicht für möglich gehaltenen Geschwindigkeit meisterten sie den Anstieg, angepeitscht durch das frenetische Publikum.
Dieses Mal dauerte es über eine halbe Stunde, bis Konrad Lena zu sehen bekam. „Immerhin ist sie noch dabei“, murmelte Konrad nicht ohne einen gewissen Stolz, während er den Austausch der Trinkflaschen vorbereitete. Dieses Mal

war Lenas Flasche fast leer. Auch ihre Körpersprache wirkte nicht mehr so frisch wie zu Beginn des Rennens. Dennoch – so dachte Konrad – machte sie noch einen passablen Eindruck. Dieses Mal musste er sich nicht so sehr beeilen. Bis zum nächsten – und letzten – vereinbarten Treffpunkt waren die Fahrer sicher eineinhalb Stunden unterwegs. Konrad blieb deshalb noch einige Zeit an der Strecke stehen, um die vorbeikommenden Fahrer zu beklatschen. Er bewunderte alle, die am Rennen teilnahmen. Besonders beeindruckend jedoch fand er die Tandemfahrer, die in dem schwierigen Gelände eine Meisterleistung vollbrachten.
Schließlich machte er sich auf den Weg nach Truchtelfingen ins Rossental. Hier führte der letzte Teil der Strecke herab vom Ochsenberg, und anschließend sofort wieder den so genannten „Rick" hinauf. Dies war der letzte Anstieg des Rennens vor dem Ziel – aber einer, der es in sich hatte. War man oben angekommen, hatte man es praktisch geschafft. Von da an war das Ziel in gut 20 Minuten zu erreichen.
Auch hier, an dieser abgelegenen Stelle mitten im Wald, hatten sich zahlreiche Zuschauer versammelt. Wie überall auf den ganzen 86 Kilometern waren auch Feuerwehr, Rotes Kreuz und Streckenposten präsent. Konrad suchte sich einen Platz am Beginn der Steigung.

Etwa zweieinhalb Stunden nach Rennbeginn trafen die Führenden ein. Der Sieger würde eine Zeit von unter drei Stunden schaffen. Tröpfchenweise kamen jetzt die Rennfahrer vorbei, oft alleine, meist in kleineren Gruppen. Das Feld hatte sich unglaublich weit auseinander gezogen. Von Lena aber keine Spur.

Es waren bereits zwei Stunden vergangen, seit der Spitzenreiter vorbeigefahren war. Immer noch war Lena nicht zu sehen. Konrad war sich sicher, jeden Fahrer und jede Fahrerin betrachtet zu haben, so dass er sie nicht übersehen haben konnte. Konrad überlegte schon, wie er nun vorgehen

sollte: Weiter warten, zurück nach Ebingen zum Ziel fahren oder gar in ihrer Ferienwohnung nachsehen?
Eine weitere halbe Stunde verging, in der sich müde Fahrer den Anstieg hinauf quälten. Da tauchte plötzlich auch Lena auf. Sie schien total erschöpft zu sein. Vor Konrad hielt sie an und sagte fast weinend: „Ich kann nicht mehr …!"
„Das gibt es jetzt nicht", entgegnete Konrad in einem ungewöhnlich strengen Ton. „Du hast jetzt nur noch diesen einen Anstieg. Danach dauert es noch eine Viertel Stunde bis zum Ziel. Aufgeben ist verboten! Nach allem, was wir diese Woche erlebt haben …"
Er drängte sie, einen riesigen Schluck aus der Wasserflasche zu nehmen und goss den Rest über ihren Kopf. Danach tauschte er die Trinkflaschen aus und sah sie gespannt an: „Na, wie sieht's aus?"

War es nun die Abkühlung oder waren es Konrads Worte – Lenas Lebensgeister waren plötzlich wieder erweckt. Viel frischer als noch vor einer Minute entgegnete sie: „Gut sieht's aus. Nur noch 15 Minuten. Das schaffe ich im Schlaf!"
„So ist es richtig!", stieß Konrad begeistert aus.
Lena setze sich wieder in den Sattel. Konrad half beim Anschieben.
„Wir sehen uns im Ziel", rief er ihr hinterher, „und vergiss nicht: Ich bin bei Dir!"